風華世家 4

風 文創 229

十月微微涼 著

目錄

第六十五章

翌日。

嬌嬌與秀慧打扮好一同出門，秀慧看著嬌嬌，並不客氣地道：「其實我去不合適的。」

「我說合適就合適。」嬌嬌略微揚頭，這個時候她已經不比秀慧矮了，微微笑。

秀慧怔了一下，隨即點頭微笑。

「果然是嘉祥公主。」

兩人不再多言，四公主府富麗堂皇，位於京城繁華之處。

只是看這個住處，嬌嬌就覺得，四公主必定是內心空虛的，她自幼生活在皇宮，完全不會在乎這樣的外在物質，因為，她都擁有過，可是她依然如此做，這是為什麼呢？照嬌嬌看，那是空虛，是太多的空虛才讓她如此。

「嘉祥公主到——季二小姐到——」門房通傳。

不多時，兩人就被迎了進去，確實如同嬌嬌所認知的那樣，這場宴會並不只有她們幾個，還有不少人家的女眷，見宋瑜也在其中，嬌嬌微笑點頭。

這裡的人不是皇親國戚就是大臣女眷，說起來，季家的身分地位算是最低，但是季秀慧倒也不卑不亢。

嬌嬌是受了封的公主，這裡除了四公主，便是她的身分最高貴，雖然有不少人都是她的長輩，連帶宋瑜其實都算是她的堂姑姑，但是她們卻並不占什麼優勢。

這就要從本朝的體制說起了，皇權是大於一切的。

嬌嬌不是第一次出現在大家面前，但是在外交際，倒是頭一次。

眾人忙將四公主身邊的位置讓給了她，嬌嬌坐了過去，也不客氣。

「嘉祥見過四姑姑。」

四公主笑得有幾分冷。「倒是姑姑要謝謝嘉祥呢，如若不是嘉祥肯來參加四姑姑舉辦的賞花會，姑姑這裡哪會有這麼多人；想來，一個身分高貴又受寵的小公主，是比一個水性楊花的四公主更讓大家尊敬的，也更讓大家不敢小看。」

嬌嬌挑眉，四公主說話還真不避諱，不過想到她在宮中都是如此，嬌嬌又覺得，這也挺正常的。

「姑姑開玩笑了，往日您不邀請又有誰敢貿然地登門拜訪呢？要知道，您是身分高貴的四公主，不管什麼時候，您都是皇爺爺最疼愛的女兒呢！」嬌嬌微笑，表情沒有什麼尷尬。

「可不是呢？誰人不知道，這四公主府是京城名媛聚集之處。」一位命婦幫腔。

旁人並不多言，只是微笑坐在那裡，其實大家心裡都清楚，如若不是真的收到了四公主的請柬沒有辦法，誰肯來啊，這麼個風評，她們回去之後怎麼交代！誰人不知道，四公主養了一堆男寵，就算她們真的只是過來敘話聯絡感情，那也不成啊，要是與什麼男寵衝撞了，也不消說其他的了，直接投河便是。

這次來她們完全是為了看看四公主葫蘆裡賣的什麼藥，而嘉祥公主又是怎麼回事，說起來，這位也是不簡單的啊！

「一個個都是說得比唱得還好聽。」四公主冷哼。

這位大姊，完全是將別人叫來看她的冷臉的啊，費解。嬌嬌表示，自己看不懂她了，再說了，自己也沒招惹她啊，怎麼就覺得這廝有幾分針對自己呢？

如若不是這般，剛才說話也不必夾槍帶棒。

嬌嬌還真不是個小可憐，她笑著看四公主，清晰明白地道：「我總算是明白為什麼大家都不太敢來參加四姑姑的宴席了，四姑姑這般說話夾槍帶棒，我們哪裡敢呢！膽子小的，該是直接就嚇暈了呢！也虧得大家都是經過事的，不擔憂這些。」言罷，用帕子掩嘴笑，她看似開玩笑，但是話裡的意思大家誰不明白啊。

四公主怒了，臉色更是冷冰幾分。「嘉祥自然是膽子大，聽說，嘉祥還沒被找回來的時候就敢進出刑部呢！」

這是暗示她行為不端，她與楚攸，還真不是一天、半天的關係，不過當時嬌嬌可是著男裝。

她笑著反問：「姑姑弄錯了吧？進出刑部？如若我真的能自由進出刑部，為何旁人都不知曉呢？誠然，當初楚尚書是有向我諮詢過二公主的案子，不過我一個女子，哪能提出什麼有用的意見；難不成當初的祝尚書和如今的楚尚書，哦對，還有小世子，他們所有人都不如我一個女子嗎？需要我進出刑部幫忙？四姑姑您不會是看到我們六扇門的總捕頭，結果誤以為是我了吧？我如果有總捕頭那般巾幗不讓鬚眉，真是作夢都會笑醒呢！」

嬌嬌看四公主就是一個沒有什麼宮鬥經驗的女子，聽自己這麼說，竟是接不上話了，只能憤怒地看人。

嬌嬌進門不過一刻鐘，場面就變成這般，大家不斷地擦汗。

這四公主和嘉祥公主，還真沒有一個是省油的燈啊！

不過，這兩人為何會槓上呢？

四公主與嬌嬌兩人言談間火藥味頗濃，嬌嬌還一臉若無其事，不過四公主的臉色就沒那麼好看了。

嬌嬌並不知道四公主為何如此，但是嬌嬌也明白，她必然是有原因的，就是不曉得，原因是什麼了。

「四姑姑，您這府邸真好看呢！」嬌嬌若無其事地說。

四公主呵呵笑了兩聲，言道：「如若妳喜歡，可以小住幾日。」

嬌嬌嘆息。「我自然是喜歡的，不過若要住在這裡卻是不方便，您也知道，我住慣了季家，住旁的地方總是睡不著。」

「我也是這樣呢，每每換了地方，就睡不著覺。」宋瑜難得地打圓場，當然，也許她不是打圓場，只是說實話。

四公主似笑非笑。「那妳們都不能嫁人了呢，這嫁人可不就要換地方了。」

嬌嬌苦著一張小臉，眼巴巴地看著四公主。「姑姑說的正是我苦惱的呢！怕是到時候要過一年半載才能適應，想想就覺得自己好慘。」

看她這樣，大家都笑了出來。

「嘉祥公主還真是個孩子呢！」

「可不是嘛。」

大家七嘴八舌，不過倒是也恰到好處，最起碼，這屋內的氣氛好了許多，連秀慧都勾起了一抹微笑。

「這位便是季家的二小姐吧，真是個端莊高雅的。」

「聽說季二小姐聰明能幹，今日見著，可不光是這樣，人也美呢……」

嬌嬌看大家閒話起來，望向了四公主，而四公主恰是在審視她。嬌嬌衝四公主笑了一下，四公主卻偏偏冷哼一聲，別開了臉。

靠！嬌嬌表示自己很不解好不好！

「嘉祥還真是謹慎，出門還帶著侍衛，倒是與一般女眷都不同呢！」四公主再次言道。

這是指站在不遠處的江城，這點大家也都看到了，覺得不解，但是沒人會問出來，四公主問了，大家也好奇地看著嬌嬌，只想聽她如何回答。

說起來，大家這次就是想來看看這位嘉祥公主是個什麼樣的人。

雖然嘉祥公主一個小孤女沒有什麼特別的地方，但是她卻有大家都沒有的優勢——皇上的愧疚和韋貴妃真心的疼愛。皇上許是會隨著時間的推移變化，但是對韋貴妃來說，嘉祥公主是不同的，而韋貴妃對皇上的影響力是大家都明白的。

四公主手中的牌其實更差，這麼多年，皇上已經厭倦了她的行為不端，她又與幾個皇子關係都不好，且不被大臣認同。

如若兩人對上，只怕大家是都要站在嘉祥公主這邊的，但是現在看著，這位主兒也不是完全沒有戰鬥力。

嬌嬌笑言。「沒辦法啊，我與姑姑不同，得罪的人太多，皇爺爺不放心我啊！」

大家俱是臉色一黑。

四公主撇嘴。「妳不過在京城住了多久，怎地就會樹敵？」

嬌嬌捏著帕子，樣子單純可愛。「民間有句俗話呢，嫁雞隨雞，嫁狗隨狗。您是不知道，我自然是不得罪人的，但是楚大人不是啊，雖然我還沒嫁給他，但是總要為自己多著想點吧，他估計把滿朝文武權貴都要得罪盡了，我總得防著，也許哪天就會被人暗殺掉了。話說，我還沒過過好日子呢，當真怕怕！」

眾人表示，這話真是不能聽了，連她們都被掃到了啊，尷尬笑。

宋家到底是怎麼回事啊，不知道是不是風水不好，這些公主，除了早死就是奇葩，哪有正常的，真令人看不下去，皇上難道就沒有想過要去拜拜嗎？

四公主也沒想到嬌嬌這麼說，怔住了。

嬌嬌仔細地看她，觀察她情緒和表情的變化，突然就笑了起來。

「姑姑說是吧？」嬌嬌說道。

四公主總算是回過了神。「楚大人算是朝中少有的正義之人，妳這麼說，便是自家人，我也要說說妳了。」

嬌嬌長長地「哦」了一聲，隨即笑言。「姑姑教訓得對。」

她這般，四公主倒是不好再說什麼了。

許是嬌嬌似笑非笑的表情和長長的「哦」影響了四公主，她竟是沒有再多言，這賞花宴接著便在一片和諧之中結束。

對這次宴會，大家又有了新的體驗，這位嘉祥公主，似乎比四公主還厲害啊！

回去的路上，秀慧看嬌嬌說道：「四公主喜歡楚攸。」

嬌嬌挑眉。「那又如何呢？」言罷，笑得燦爛。

秀慧細細地端詳了她一會兒，突然自己也笑了出來。

「原來是這樣。」

「怎樣？」嬌嬌問她。

秀慧一副天機不可洩漏的樣子，不肯說。

嬌嬌歪頭。「妳頂奇怪呢！」

秀慧言道：「是嗎？我倒是覺得，奇怪的是妳啊！我想，楚攸要有苦頭吃了。」

嬌嬌瞬間反應過來。「妳是想說我喜歡他？」

「難道不是嗎？妳真該照鏡子看看自己的笑容，妳的笑容這般燦爛，不過笑意卻一絲都沒有達到眼底，妳在生氣呢！如若不喜歡，怎麼會生氣？三妹妹，就算妳是公主，妳也是我的三妹妹，真是聰明一世，糊塗一時呀。不過能看到妳這麼蠢萌的樣子，頂有趣呢！」

嬌嬌想反駁，不過最終還是將話嚥了下去。

秀慧看她如此，勾起了嘴角。

「江城。」嬌嬌突然開口。

「公主您有什麼吩咐？」江城在轎子外面回道。

「你去見楚攸，就說我要見他，讓他過來。」嬌嬌吩咐。

「是。」江城完全沒看出四公主府那場唇槍舌戰是為了什麼，他回答得輕快。

「這麼蠢，到底是怎麼長這麼大的？」秀慧冷笑。

不過她的話江城完全沒有聽到，他正在想嬌嬌找楚攸的緣由，他很想咬手絹咧，好激動，知道八卦好興奮。

嬌嬌聽到秀慧的話，拉過薄毯蓋住自己的腿。「有點涼呢，不過二姊姊也很有趣。」

「我有趣什麼？」

「妳猜。」嬌嬌似笑非笑地看她，樣子皮皮的。

秀慧冷哼了一聲。

嬌嬌在自己的腿上亂劃。

秀慧瞄了一眼，沒忍住，問道：「妳到底想說什麼？」

嬌嬌望天，呃，是望轎頂，須臾，言道：「妳似乎格外關注江城哦！」

秀慧惱怒。「妳胡說什麼，再胡說，我可饒不了妳。」

嬌嬌嘿嘿地笑了。

回到季府，嬌嬌收起了笑臉，吩咐彩玉。「去給我查一下，楚攸和四公主有過什麼交集？」

彩玉靜靜回道：「是。」

很顯然，楚攸到來的時間比彩玉調查的時間短。

通報之後，楚攸進門，看嬌嬌已然等待多時的模樣，連忙請安。

「楚大人來得倒快。」

「公主通傳，小的怎敢不馬上到。」楚攸微笑。

嬌嬌揮了揮手，將人都遣了下去。

「公主可是有什麼要談？」楚攸挑眉，有幾分不解，他以為，經歷了上次的意外，她不會再與他單獨相處。

嬌嬌微笑點頭。「我很好奇，你與四公主是什麼關係呢？」

楚攸怔了一下，隨即回道：「我與四公主沒有任何關係，幾年前她的馬車失控是被我救了，後來她也對我表示過好感，不過我沒有理她，她為難妳了？」

嬌嬌垂首。「原來竟是救命之恩呢，怪不得說你是好人；不過你們這算是有舊情嗎？姑姑與姪女與同一男人有牽扯，果然是貽笑大方啊！」

楚攸不愛聽她說這個話，反駁道：「不知小公主最後一句話從何而來呢，我與她本就沒有什麼私情，如若有，我早已經是駙馬了，無須等到現在吧。」

「只能說，四公主笨啊，如果她早些找她的父親幫忙，想來楚大人還不是手到擒來。」

嬌嬌並沒有抬頭，不過話卻不怎麼中聽。

楚攸皺眉，這個樣子的季秀寧，真是讓人不適應啊！

不過，他突然勾起一抹笑容。「公主這是在吃味嗎？」

嬌嬌迅速回道：「不是。」

許是她回得太快，楚攸笑容更大，嬌嬌惱怒，直接將自己的帕子扔了過去，意在砸楚攸。楚攸接住，笑彎了腰。

彩玉守在門口，不明白裡面怎麼就笑得這麼大聲，她不敢走遠，生怕有點「意外」，上次的事絕對不能再發生了。

「這是訂情信物？」楚攸還逗嬌嬌。

「我怎麼就沒發現有比你還討厭的人呢！楚攸，你大概是天底下最討厭的人了。」嬌嬌惱恨地看他。

「總有一些不是那麼討厭的時候吧？」楚攸依舊笑。

「沒有。」

「是嗎？看來公主是個口是心非的人呢。」楚攸將帕子揣進懷裡。

「你個自作多情的。」

「有嗎？」停頓一下，楚攸繼續笑。「好像也沒有吧！不知……公主是否願意與楚攸一起去郊外踏青呢？」

楚攸第一次邀請嬌嬌，雖然看似平靜和樂，但是內心卻是有幾分忐忑的。呃，這麼大歲數還忐忑，雖然有點尷尬，但是還真是一種新奇的體驗啊！

嬌嬌霍地紅了臉，她力圖鎮定，直接將桌上的茶水一口灌了進去，復而看楚攸，楚攸此時也是緊緊地盯著她，兩人目光膠著在一起，許久，嬌嬌敗下陣來，咳嗽一聲，她囁嚅嘴角，回道：「既然、既然看你還算有誠意，就這樣吧。」

楚攸笑。「如此……甚好。」

楚攸邀約嬌嬌出門踏青，嬌嬌竟然答應了，這點出乎大家的意料之外。她竟是不顧體統。嬌嬌也沒有妄動，反而是主動地進宮稟了這一切。

韋貴妃一切隨她，嬌嬌解釋。「我想趁這個機會和楚攸談談關於林家的案子。」

韋貴妃白了她一眼。「妳無須解釋了，你們本就有婚約，總是不能成親了還是陌生人吧，適時地聯絡感情也是必要。」

嬌嬌嘿嘿地笑。

其實此時不過是四月初，若說踏青，還真是有些牽強啊，稍微泛綠而已，不過嬌嬌還是滿高興的。

嬌嬌總是覺得，自己是沒有大家所以為地那般喜歡楚攸的，不過是比較好的合作夥伴吧，他們怎麼就這麼想呢！不得不說，不管多聰明的人，在感情面前，也總是要慢半拍。

「大姊姊、二姊姊，咱們一起去吧？」嬌嬌提議。

秀雅攤手。「妳看我現在這麼忙，哪有時間啊。」

「我去。」秀慧就是兩個字，她是不放心嬌嬌的，嬌嬌與楚攸單獨接觸，如若傳了出去，委實難聽，如果她也在，就全然不同了。

「大姊姊？」嬌嬌拉著秀雅的手臂搖晃。

秀雅搖頭。「我真的不行啊，這幾天正是掌櫃們報帳的日子，我必須在的，有一些帳是我經手的。」

嬌嬌看秀雅堅持，便不再勉強了。

踏青的日子轉眼就到，嬌嬌早已將秀慧要去的事告知了楚攸，楚攸微笑，他自然也是明白，如此更好。

因著女裝上山不方便，嬌嬌和秀慧便換了男裝。

四月的山景還是比較荒涼的，不過嬌嬌仍然很興奮。

「我第一次遇見子魚的時候，比這個時節稍早一些，為了躲避人販子，我們逃了出來藏在小山坳裡，那時比現在還禿。」嬌嬌笑著言道。

這次嬌嬌只帶了江城和青音兩人，他們都是會武之人；如此一來，他們一行五人，目標也小。

秀慧微笑。「那時子魚最常說的一句話就是姊姊會打壞人。」

「我本來就會打壞人啊，我們是兩個孩子耶，順利地跑了出來，不就能說明一切嗎？」

那個時候秀慧已經知事了，她想著那些過往，點了點頭。確實，設身處地，如果她遇到了那樣的情況，會怎麼樣真是不好說。

「公主不是不怎麼會武功嗎？」江城好奇。

嬌嬌言道：「許多事和會不會武功又有什麼關係呢，需要的是腦子呀！」

「那我這沒腦子的怎麼辦？」江城望天，自言自語。

「倒是個有自知之明的。」秀慧冷笑。

「那是自然。」江城挺胸。

「我們休息一會兒吧，有點累了呢！」他們既然是踏青，也不求快，只賞景。

青音連忙動作，不多時，幾人坐了下來。

「這山還滿陡峭的。」嬌嬌感慨。

楚攸微笑點頭。「正是，不過京城附近幾乎沒有什麼山的，若說踏青，這裡已經是不錯的地方了，如果去河邊，妳會更加覺得無趣。」

嬌嬌還不待說話，江城接話。「關鍵是和誰在一起，看景什麼的都是不重要的。」說罷，他還對楚攸擠眉弄眼。

楚攸扶額，為什麼要帶著這個蠢貨，真是不能忍了啊！

嬌嬌格格地笑了出來，秀慧見狀，也跟著笑。

笑夠了，嬌嬌四下打量，言道：「我去附近看看，你們先休息，青音，妳和我一起。」

「妳不是要休息嗎？」江城費解。

嬌嬌無語。

秀慧瞪他。「哪有你的事，你怎麼那麼多話，再說毒啞你。」

「二小姐也太不溫柔了，妳怎麼可以這麼歹毒啊！」江城驚恐地看她。

秀慧覺得自己一口氣上不來，她憤怒地轉過了頭，不再看他，實在是忍不住了啊。

楚攸看他倆，也笑了起來，叮囑嬌嬌。「別走太遠，有事叫我。青音，妳守好妳家的主子。」

「奴婢知曉的。」

一共五個人，四個人都明白，嬌嬌是要去如廁，唯一不明白的那個，就是江城。

嬌嬌帶著青音離開，她確實是想上廁所了啊，但總不能讓她直說；有時候，和太實在的人在一起，也挺累的，唉！

「主子，這邊行嗎？」

嬌嬌看了看，點頭同意，她們並沒有走得很遠，只找了一個略微隱秘的地方。

「主子。」青音突然出聲。

「怎麼了？」嬌嬌有些意外地看她。

青音迅速地來到嬌嬌身邊，大喊。「楚大人……」

而在另外一邊休息的楚攸聽到喊聲，連忙動作，江城馬上就要跟上，不過在一瞬間卻拉住了秀慧的手，四下警惕地看著。

還不待楚攸來到她們身邊，這邊已經多了許多的黑衣人，而這些人並不說話，迅速地提劍刺了過來，青音拉著嬌嬌閃躲，看得出來，青音功夫很好。

她將嬌嬌護在身後，也正在這個時候，楚攸迅速地加入進來，如此一來嬌嬌更是安全許多，楚攸和青音把嬌嬌放在一個極為安全的位置；而另一邊，江城那裡也出現了黑衣刺客，這些黑衣人全然是奔著殺人，招招狠辣，江城護著秀慧，被牽制住。

嬌嬌也不示弱，小時他們都是學過功夫的，當時是為了防身，而在這個時候，會些總比一點也不會好。

楚攸、江城、青音都是高手，可是對方也不弱，不僅不弱，人還多，這些人似乎是奔著嬌嬌而來，要的就是刺殺她，當然，對楚攸也沒有手下留情。

黑衣人一劍搪開了楚攸的劍，他們也知曉，嬌嬌的功夫根本不行，如此更是用更多的力量牽制楚攸和青音，只要有空隙便馬上刺殺嬌嬌。

「將她交給我。」楚攸言道，青音立時放手，楚攸拉著嬌嬌的手腕。

眾人打鬥得極為激烈。

黑衣人沒有說過話，但是卻對誰都不心軟，俱是招招致命。

「啊！」青音被刺了一劍，不過她仍是堅持著。

楚攸拉著嬌嬌打鬥，明顯也是落了下風，眼看楚攸也受了傷，嬌嬌咬唇，說道：「我們人少，戀戰不利。」

楚攸何嘗不知道，不過他卻不能擺脫這些人，他看得出來，這些人是被訓練過的死士。

一個黑衣人直直地向楚攸撲了過來，楚攸皺眉，那人犧牲自己也要牽制楚攸，眾人邊打邊躲，直到躲到了崖邊，而此時江城也拉著秀慧和他們會合，嬌嬌看著秀慧身上的血，而秀慧的臉色發白，知曉秀慧必然是受傷了。

「你們是什麼人！」楚攸大聲喝道，不過這些人都不肯說話，依舊是直接動手。

眼看著大家反抗得越發吃力，嬌嬌堅強地也提著劍抵抗。

「唔……」她終究是沒有躲過，被一劍刺到了肩膀。

楚攸迅速地踢了刺客一腳，將嬌嬌攬在懷中。

此時楚攸也是傷痕累累，眾人在崖邊纏鬥，楚攸不知怎麼地就想到了那日，想到了幾年前那日，想到那血紅的一片，想到林雨的死，整個畫面與眼前的畫面重疊，他更加緊地攥住了嬌嬌的手。「不管什麼時候，我都不會放開妳。」

嬌嬌本就是女孩，被刺了一劍已然虛弱，她聽楚攸堅定的語氣，再看他已然凌亂的髮絲，亦是堅定地回道：「好。」

他們打鬥下來全然沒有勝算，所有人都已經受傷，一個黑衣人再次刺向了嬌嬌，嬌嬌反射地躲，也就在這個時候，幾人牽絆住江城和青音，三人攻擊楚攸。

「啊……」嬌嬌躲避不及，失足往後倒去。

嬌嬌摔下了崖，楚攸本就是拉著她，這時也因為分神被刺中，他沒有鬆手，反而是與嬌嬌一同落了下去……

看嬌嬌和楚攸已經跌落崖下，黑衣人迅速地開始調整部署，不再戀戰。

其中幾個人一起對付著青音，而江城那邊明顯好過了些。

看樣子，這些人是一定要讓青音死的……

第六十六章

嬌嬌與楚攸跌下了懸崖，嬌嬌只感覺身邊俱是呼呼的風……她閉上了眼睛，也許，真的是要命喪於此了吧！可是，她為什麼要牽連楚攸呢？

就在她以為自己必死的時候，往下墜的速度倒是緩了下來，她睜開眼睛，看著拉著她的楚攸將匕首刺在了懸崖峭壁上，兩人就這般地掛著……

「你……」嬌嬌因為失血過多已經臉色蒼白，她默默地向上望了一眼，很高，又向下望去，竟然全然看不到底。

恰在此時，楚攸的匕首往下滑了幾分，楚攸使勁全力，再次死命撐住，嬌嬌跟著搖晃，她從來沒有經歷過這樣的事，哭了出來。

「你放手吧！」沒有她，楚攸會好過許多，許是，會想到旁的方法，她其實是個累贅。

「不准胡說。」楚攸一頭汗，用盡全力撐在那裡。這次，他要保護自己的親人。

「可是……」

「給我閉嘴！我不會再讓我的親人死在我的面前。」楚攸大聲喝斥。

嬌嬌聽了他的話，淚流滿面。楚攸，謝謝你，謝謝你將我當成親人……

楚攸看她滿是淚痕的小臉，艱難地四下看了看。

許是真的天無絕人之路，楚攸看著右下方不遠處有一方小平臺，他評估了一下，開口。

「妳能使上力氣嗎？」

「能。」嬌嬌睜開了眼。

「我靴子裡還有一把匕首，妳將它拿出來，使勁插在石縫裡，使出全力，快。」

嬌嬌困難地動作著，慢慢挪動身子，終於將他靴子裡的匕首拿了出來，狠狠地插在壁縫裡，不過卻不深，沒有什麼效果，畢竟，她的武功只會皮毛。

楚攸看不行，再次提議。「妳緊緊抱住我的腰，不准放手。」

嬌嬌看他，又四下看了看，明白了他的意思，點頭道：「我知道了。」

她抱住了他的腰，如此一來，楚攸就空出兩隻手，他使出狠勁，將匕首插在了峭壁上，兩手支撐，緩了一下，將另一邊的匕首使出狠力拔出，再次挪動位置，如此挪動了五、六次，終於距離那平臺近了許多，而此時楚攸已經幾乎撐不下去，嬌嬌緊緊地抱著楚攸的腰。

「現在，我要跳了，妳抱緊我，知道嗎？」

「嗯。」嬌嬌根本不知道，自己還能堅持多久，她現在能夠如此，全然是靠著那一抹堅定的求生意念。

楚攸往右一跳，嬌嬌閉眼，兩人重重地摔了下來。

「唔！」楚攸悶哼。

嬌嬌半晌才睜開眼睛。「楚、楚攸，你還好嗎？」

楚攸也受了很重的傷。

「沒、沒事。」

兩人坐了起來，嬌嬌再次感謝上天，這個平臺雖然遠看著不大，但是實際竟是不小，不僅如此，這山石還往裡凹了一處，如此便像是一個小山洞。

嬌嬌起身扶楚攸，楚攸此時比嬌嬌更虛弱，他受的傷重，剛剛又使出了全身的力氣，已經全然無力。

「楚攸，我們運氣還不是太差的。」嬌嬌扶著楚攸往裡走了一些，這個小山洞並不大，但是卻能容下兩人。

楚攸緩了許久，言道：「是我牽連妳了。」

嬌嬌愣住。「明明是我牽連你了，如果沒有我，你全身而退根本不成問題。」

楚攸苦笑。「可是如若不是我約妳來，妳又怎麼會遇到這樣的事？」

「這些事不是誰的錯，如果要說有錯，那是那些殺手、是指使者有錯，不是我們。」嬌嬌堅定的開口，她臉色蒼白，不過卻拉住了楚攸的手。

楚攸看她這般動作，勉強笑。「剛才還沒拉夠嗎？」

嬌嬌認真問道：「你剛才為什麼不肯放手？」

「不救妳，我回去也是死。」

「不會，皇上會讓你徹查真正的凶手，他就算對你有隔閡也不會殺了你。」嬌嬌執拗地看他。

楚攸看她的眼睛，許久，眼神幽幽望向遠方，就在嬌嬌以為楚攸不會回答的時候，他卻開口。

「我曾經發誓，絕對不會再讓身邊的人死掉，我不會眼睜睜看著任何對我重要的人死掉，包括……妳。」

嬌嬌落淚。「謝謝你，謝謝你把我當成親人。」

楚攸遲疑了一下，伸手為她將淚水拭去，嬌嬌微張著唇看他。

「不用謝，妳是我的新娘子啊！」

嬌嬌淚落得更急了。

「妳不是說我是老男人嗎？本來嫁給我就是妳吃虧，如若我再不保護妳，更是一無是處了。」楚攸虛弱地言道。

嬌嬌胡亂將自己臉上的淚水抹了幾下，她的臉蛋都花了。

「我們回去就成親吧。」

楚攸錯愕地看著嬌嬌，整個人呆在那裡，嬌嬌被他看得有幾分不好意思，不過她這個時候倒是已經無所畏懼了。

「雖然我不知道自己有沒有愛上你，但是我對你，總是與對旁人不同的，我們回去就成親吧，以後，我會站在你身邊，與你並肩前行，我不會再站在你身後，讓你拚命保護。」

楚攸終於反應了過來，他說不清自己心裡是個什麼滋味，抬手摸了摸嬌嬌的臉，嬌嬌並沒有閃躲。

「這是救命之恩，以身相許？」

「不是。」

楚攸將手放下，別開了自己的視線。「可是我看到的，就是這樣。」

嬌嬌搖頭。「不是，是知己難求。也許，我們會在不久之後互相愛上。」

「互相愛上？妳就這麼肯定？」楚攸被她的話逗笑了。

「不會嗎？」

楚攸認真想了想，坦言：「我不知道，可是我的心告訴我，會。」

兩人相視而笑，嬌嬌倚在了楚攸旁邊的牆壁上。「真是不知道，為什麼我們會走到今天，如果第一次見你的時候有人告訴我，喏，這個人就是妳將來要嫁的人，我想我一定會發瘋。」

楚攸也笑著回應。「是啊，如若那個時候有人說，喏，就是那個小豆芽，將來你的娘子是她，我想，我一定會第一時間就一劍捅死妳。」

倒是實話，兩人再次笑了起來。

略休息了一會兒，嬌嬌起身，她開始為楚攸檢查，楚攸中了幾劍，仍在出血，嬌嬌愧疚地道：「我應該馬上為你包紮的。」

嬌嬌直接將自己外面的罩衣脫下，撕成幾塊，將楚攸的衣服脫掉，開始為他處理傷口，楚攸的臉紅了幾分。

嬌嬌自己的傷口在肩膀，已經不流血了，但是楚攸的傷口明顯更多，還好，嬌嬌也不是軟腳蝦，她曾經學過一些簡單的急救，竟是不想，在這個時候倒是派上了用場，雖然聊勝於無，但是到底是包紮好了。

「妳學過？」看她很有條理，楚攸挑眉。
嬌嬌點頭。
「妳究竟還有多少東西是我不知道的呢？妳知道嗎？每當我覺得自己已經看明白妳的時候，妳就會讓我知道我想太多了，妳就像是一個謎。」
嬌嬌失笑。「這倒是第一次有人說我像一個謎。」
「也許妳能夠騙得過別人，但是卻騙不了我。」楚攸看著嬌嬌的眼睛。
嬌嬌微笑看他。「也許，終有一日我會告訴你所有的秘密，但是現在，即便你救了我，我也不能全然地告訴你，不是相信與否的問題，也不是不交心，只是，不是什麼事都適合現在說出來的。」
楚攸點頭。「我明白。」
嬌嬌再次坐到了他的身邊，她四下打量，山洞很小，有些枯草，嬌嬌感慨。「真是天無絕人之路。」
楚攸看她，笑。「可不是嗎？但是什麼時候最合適呢？」
「總之不是現在。」
「那倒是。」兩人相視而笑，有個人瞭解自己，其實也滿有意思的。
嬌嬌想到今次來山上想與楚攸說的話，感慨。「其實我這次上山，是有話要與你說的，沒想竟然遇上了這樣的事。」
「什麼？」楚攸歪頭看嬌嬌。

此時的楚攸一頭亂髮，衣衫不整，不過卻讓嬌嬌覺得更是美豔，用美豔形容一個男人，真是奇怪啊！

「我知道了一個秘密哦！」嬌嬌裝作若無其事地開口。

「妳想說什麼？」楚攸眼神暗了暗，有幾分不好的預感。

「其實，皇爺爺與我說過，他早就知道你是林冰了。」

楚攸瞪大了眼，隨即反駁。「不可能，如果是這樣，他為什麼要將我留在身邊？為什麼要——」楚攸停住，似乎想到了什麼。

嬌嬌知道他信了。「他確實已經知道了，而且很早就知道了，也許你會說我胡說，但是我在皇爺爺身邊這麼久，確實感覺得到，他一定是知道的，你要相信暗衛的能力。」

楚攸看她，並不明瞭。

嬌嬌冷靜地開口。「只要四皇子不是皇帝，只要你忠於皇帝，那麼，你就能扳倒四皇子，不管將來登基的那個人是誰。」

楚攸靜靜地看著嬌嬌，反覆地想著她的話和她話中的涵義，言道：「妳是想暗示我什麼？」

嬌嬌微笑道：「我是明示好不好？我是告訴你，皇爺爺並不看好四皇叔。」

楚攸失笑。

兩人一起琢磨起來。「你說，是誰要殺我啊？我在四公主府還說自己怕被人殺掉呢，真是一語成讖，看來我還真是一個烏鴉嘴。」

「烏鴉嘴是一定的了，不過這些人不會是四公主安排來的。」楚攸分析。

嬌嬌望天，無語，半晌，言道：「我自然不是懷疑四公主，你用得著這麼為她辯駁嗎？」嘟唇。

「吃醋。」楚攸聽她語氣不好，揉了揉她的腦袋笑。

嬌嬌撇嘴，不願意承認。

楚攸仔細回想一幕幕，皺眉道：「她又不是蠢得沒邊了，怎麼會在這樣的時候找人來殺妳；再說，武功高強的死士，妳還真覺得會是四公主養的？她沒有這樣的實力的，而且，她也不敢這麼做。」

「我自然是知道，不過是和你抬槓罷了。」嬌嬌笑咪咪，之後再次思索起來，她其實還是有幾分不解。「既然你說四公主沒有這樣的實力養如此武藝高強的死士，那麼會是誰？連四公主都沒有實力，京中有實力的人應該也不多了吧？」

楚攸點頭。「確實如此，能養得了這些死士的人絕對不簡單，若說從武功路數上來說，他們沒有一絲的破綻，所有人的功夫並不自成一派，那需要更多的精力，搜羅死士可不是看起來那麼簡單的，一般的人家，都是從小到大培養的，但是這些人武功各異，應該不是；半路尋來的人又要讓他們忠心，除非是有什麼把柄，不然需要耗費極大的人力和武力，我覺得太不實際。」

嬌嬌對這些不太懂，聽楚攸這麼說也明白了幾分，問道：「那就是說，殺我是極為重大的一件事，重大到他要出動身邊比較得力的人，對嗎？」

「理論上講，是的。」

嬌嬌譏諷地笑道：「這樣看來，我的命還真是挺值錢。」

「別這麼笑，一點都不好看。」

楚攸還有心思管閒事，嬌嬌白他一眼，繼續提出自己的意見。「他們不肯開口，是怕被認出來嗎？」

「這是自然。我是出身刑部，對這些都比較敏感，他們大抵也是擔憂不能成功，如若這樣，他日我們便多了一條線索。」

嬌嬌點頭，不過她卻提出不同的意見。「其實不說話也是一個線索，我倒是覺得，他們這麼怕出聲將來被認出來，那也間接說明，他們的聲音是很有辨識度的，或許，他們說的是某一個地方的方言。」

楚攸驚訝地看嬌嬌，隨即比出大拇指讚道：「厲害。」

嬌嬌笑。「他們一共三十個人，這麼多人潛伏在這裡只為了狙擊我們，真是不怕大材小用啊，我就不知道，自己究竟幹了什麼要讓別人這般地嫉恨，恨到要除之而後快。」

感覺有些冷，楚攸拉了拉衣服，咳嗽兩聲。「很多種可能，也許是發覺妳對皇上很有影響力，所以妳該死；也許是害怕妳這麼重視季家，一旦翻查季致遠案，會殃及池魚；也許是妳自己無意間發現了什麼，雖然妳不知道，但是他們卻坐立難安。有很多種可能性，現在我們不能推斷哪一種就是對的。」

楚攸再次咳嗽幾聲，嬌嬌看他臉色越發地蒼白，她將手放在楚攸的額頭上，此時楚攸的額頭已經冷冰冰的。

「行了，我們別討論這些了，你怎麼樣了？要不要緊？」

「我挺得住。」楚攸勾起一抹笑容，不過卻越發地虛弱。

雖然他如是說，但是嬌嬌明白，此時已經不宜繼續拖下去了，他根本挺不住；而且他的身體這麼冰，根本不行的。嬌嬌其實也冷，也難受，不過相比楚攸，她還是好了許多的，她強撐著起身，開始拉扯這小山洞的枯枝。

楚攸想起身幫忙，結果卻怎麼都使不上力氣，他苦笑一下，看嬌嬌。「我現在全都要依靠妳了。」

嬌嬌微笑。「你會生火嗎？」

楚攸點頭。「給我找兩個石頭。」

嬌嬌將所有枯枝收集到一起，堆到山洞口略外一些的地方，之後過去扶楚攸。

他們如今都冷得厲害，在這個位置生火，既能取暖，又能產生煙。嬌嬌咬唇，只希望，他們能夠發現這煙。這個時候也不知道江城他們怎麼樣了？如若他們順利離開，此時倒是生火的好時機，如若不然，那麼他們只怕要白費力氣了，而這裡的枯草也有限。

「妳將這些草分成兩部分，其中一部分放進山洞，這樣我們也多一次機會。」楚攸吩咐。

嬌嬌擰眉。「可是你的身體？」

「沒關係，我挺得住。」楚攸再次抱住了雙臂。「當年那樣的情形我都沒死，今日也不會有事的，我命硬著呢！」

嬌嬌看他這般，有些心酸，吸了吸鼻子，將石頭遞給了楚攸。

楚攸看她蒼白的臉色，心裡抽了一下。「妳……過來吧，咱們依偎在一起，會暖和許多。」

嬌嬌驚訝地看著他。

楚攸似乎有些不好意思，嘴角動了動，最終再次開口。「我們回去就成親，沒關係的。怎麼？妳怕了？」

「怎麼會。」嬌嬌失笑。

她坐到楚攸的身側，看他不斷地用兩個石頭試驗，費了許久的力氣，終於將火打著。

兩人俱是抱膝坐在那裡，呆呆地看著火苗。

「你傷勢這麼重，千萬不可以睡著，你要挺住。」嬌嬌鄭重地告訴楚攸。

楚攸勾了勾唇。「我知道，妳也是一樣。」

楚攸並沒有看嬌嬌，不過卻拉住了她的手，嬌嬌低頭看兩人交疊的手，勾唇笑了起來。

「妳笑什麼？」楚攸惱怒。

嬌嬌笑得更厲害了，這個楚攸，還真是彆扭得很可愛啊。

「宋嬌。」楚攸輕輕低語。

「呃？」嬌嬌歪頭看他。

「沒事。」楚攸嘴角勾了起來。

「哦。」

「宋嬌。」

「你到底叫我幹麼！」嬌嬌用自己的肩膀撞了他一下。

「沒事。」楚攸笑容更大。

嬌嬌剛想張嘴反擊幾句，卻見楚攸髒髒的臉上掛著真摯的笑容，她曾經看過他許多笑，不過如今日這般，卻是從來沒有的。不知怎地，她的話硬生生地梗在了嗓子裡。

「你該多笑的，很好看。」嬌嬌迷茫地看著楚攸。

楚攸聽她這般說，低頭看她，卻見她微微張著唇，小臉髒得厲害，頭髮此時已經亂得不像話了；再看她的衣服更是凌亂得可以，她肩膀的位置雖然已經不流血了，但是那傷口看起來也是十分觸目驚心。

她雖然是個小孤女，可是也是自小嬌養大的，但她卻硬生生地忍了下來，沒有叫一句疼，他的傷勢更重，她也是堅強地撐著。

猶豫了一下，楚攸張開了自己胳膊，將嬌嬌摟在懷中。

「你……」嬌嬌瞪大了眼。

楚攸也不看她，端是看著火苗，言道：「我冷了。」

「彆扭的傢伙。」她笑言。

這個時候，兩人衣衫不整地依偎在一起，不過卻沒有一絲的情色，有的，只是淡淡的溫馨。

看著漸漸暗下來的天色，嬌嬌言道：「好美的夕陽。我到京城已經許久了，可是每日忙忙碌碌，卻忽略了這般美好的景致。」

「如若照妳這麼說，那我這十來年都沒有認真看過，不是更是睜眼瞎了。」

「我們每天都不斷地前行，為了許多，卻忽略了身邊許多美好的景致，也許，這也算是塞翁失馬，焉知非福。你看，如若不是他們，我們也不能看到這麼美好的景色。」嬌嬌將頭靠在楚攸的頸項。

楚攸摟著她，言道：「那麼說我們豈不是要謝謝他們了？」

嬌嬌冷哼一聲。「我是那種以德報怨的人嗎？」

楚攸笑。「我就喜歡這樣的妳，有仇報仇！和我合拍。這次的凶手要不就別讓我回去，不然待我查到真相，我非弄死他不可。」

「我來幫你，雙劍合璧，所向無敵。」嬌嬌也跟著笑了起來。

感覺楚攸再次咳嗽了幾聲，嬌嬌怕他受不了睡著，這樣對他並不好，自己也強撐著精神。「楚攸，我們聊聊小時候吧？」

「嗯？」楚攸自然是知道嬌嬌的心思，他其實也是擔心嬌嬌的，別看她狀態比他好，但是到底是個弱不禁風的女孩子，他更擔心她撐不下去。「好啊，我們說說彼此小時候的事吧。」

一陣風吹來，嬌嬌瑟縮一下，楚攸感覺到她的冷，猶豫了一下，言道：「妳且等我一下。」

「什麼？」嬌嬌不解。

楚攸望向了外面已經黑下來的天色。言道：「我剛才想著，留一部分枯枝，這樣明天會多一些希望，不過現在我改變主意了。」

看楚攸要動，嬌嬌拉住他。「我來吧。」

「將火堆往裡挪，將枯枝都拿過來，我們晚上取暖。」

「嗯。」

不多時，嬌嬌氣喘吁吁地再次坐下。

「你不問我為什麼？」

嬌嬌微笑。「我其實沒有什麼野外生存的經驗，可是你不同，這個時候聽你的才是最對的，我明白，我無條件地相信我的同伴。」

楚攸笑，揉了揉她的頭，解釋道：「現在的氣溫太低了，隨著夜深，氣溫會越來越低，我們都受了傷，如若再著涼，很可能根本熬不過去，想離開，總要留著命。這裡是懸崖峭壁，多高我們也未可知，即便是我們點燃了枯枝，上面也未必能發現煙火，倒不如暫時先抵禦深夜的嚴寒；就算江城他們沒能逃走，季家晚上也該發現我們沒有回去了，只要他們搜查，我們就有機會。」

嬌嬌點頭。「你怎麼知道我們是有機會的?別忘了，這裡可是懸崖峭壁。」

楚攸笑。「別裝傻，說實話，這個時候我倒是要感謝妳曾經製作的滑翔翼了，如若不是這般，我們哪裡會有更多的機會。」

這下倒是換成嬌嬌苦笑了。「可是我調整了很多地方，皇爺爺那裡的滑翔翼根本不能飛越山谷，自作孽不可活！這件事只有我、秀慧、季老夫人知道，如若秀慧沒有回去，並且及時地修改，想來我們的處境一樣會很麻煩。」

「老夫人不會？」楚攸不解。

嬌嬌點頭。「老夫人知道，但是她沒有親自試過，只有秀慧能在最短的時間內做到這一切。」

「沒關係。」

「呃？」嬌嬌看他。

「就算季秀慧沒有回去，我相信、我相信我二姊不會眼睜睜看著我們出事的。誠如妳所料，瑞親王的滑翔翼是我二姊做的。」楚攸並沒有什麼隱瞞。

嬌嬌看他，再次將頭靠在了他的頸項位置。「我們倆還真是有狗屎運。」

楚攸勾起嘴角。「似乎，我一直都在走狗屎運，很可笑。」

「你小時候也是這樣嗎？」

「是啊……」

兩人熱切地討論了起來……

第六十七章

皇宮。

砰！皇上直直將手中的茶杯砸到了來喜的身上。「你說什麼，你再給朕說一次！」他的臉色已經難看得不能再難看。

來喜跪在那裡瑟縮著。「嘉祥、嘉祥公主他們遇襲了，公主和楚大人跌落懸崖，青音和江城重傷昏迷，季秀慧受了重傷，但仍是清醒；如今季家已經全體出動了，季老夫人快馬加鞭地派人進宮稟報，只求皇上快些派人上山尋找，也許，也許還有一線希望。」

皇帝聽了這話，搖晃了幾下。「馬上宣韋風，通知六扇門和九城巡防司，立刻給朕上山找人。」

「是。」

「差人將老三叫過來，朕要去季家。」

來喜聽到這話，臉色微變。「皇上，您是……」

砰！又一個茶杯砸了過來。

「少給朕廢話，如若嘉祥公主有什麼事，你們都提頭來見。」言罷，皇上連忙站了起來，來喜快步小跑去外面吩咐，接著過來伺候皇上。

「無論什麼人都不准和韋貴妃透露任何一點消息。」皇上交代。

來喜忙應。「是，奴才曉得。」

「可是我已經知道了。」一聲女聲響起，韋貴妃臉上蒼白地站在門口，門口的小太監顫抖著。

「表妹……」皇上連忙拉她。

「嬌嬌出了什麼事？到底是怎麼回事？」韋貴妃語氣顫抖。

皇上見瞞不過，也沒有時間多言，只是簡單交代。「嬌嬌與楚攸遇襲，朕必須親自去一次季家。江城和季秀慧沒辦法進宮闡述詳情，朕必須過去。」

「臣妾與您一起。」

皇上頓了一下，回道：「好。」

這個時候是攔不住她的，如若不讓她跟著，只怕她會更加胡思亂想。旁人多看到了她堅強的一面，卻不知道，她也是脆弱的，而他，見過這分脆弱。

京城的這個夜晚注定了不會平靜。

三皇子護送皇上和韋貴妃快馬加鞭地來到了季家。

而此時的秀慧卻將院子弄得燈火通明，她不理會自己已經快要昏厥的身體，不斷地調整滑翔翼；而江城和青音此時仍在昏迷之中，這些黑衣人根本沒想讓他們活。

江城護著她和青音，幾乎是費了九牛二虎之力才脫困，那時青音已經昏迷，待到逃下山，江城撐著一口氣將兩人帶到季家，看到季府的大門，他似乎終於放心，倒了下去。

門房連滾帶爬地連忙進門通報皇上的到來。

「皇上駕到——」

季老夫人沒有想到，皇上和韋貴妃竟然會同時駕到。

季家眾人連忙跪下請安，唯有秀慧沒動，依舊不斷地調試。皇上看秀慧一身是血，也不知是自己的還是染了別人的，但是那蒼白的臉色和一臉的疲態，很明顯，她的傷勢也不輕。

「別在乎那些虛禮了，誰能告訴朕，到底是怎麼回事？九城巡防司和六扇門已經上山尋找了，有沒有什麼搜查的方向？」

秀慧並沒有抬頭。「他們落下了懸崖，是從快到山頂的西邊懸崖掉下去的，三妹中了一劍，楚攸身中很多劍，傷勢很重，得從那個方向找；您手裡的滑翔翼不能飛越那麼高的懸崖，我正在調試，姑姑和大姊都在一旁學習，稍後我會繼續改裝，然後調整出一批新的滑翔翼，用我們季家的護衛飛越山谷尋找。」

皇上迅速消化了她話中的意思。

「讓工部的人也過來，應該會更快。」

「沒用，他們也許可以學著做，但是能飛越山谷的人沒有那麼多，滑翔翼調整得太多，他們控制不好力道，第一批滑翔翼季家的侍衛都試驗過，他們算是比較有經驗。」秀慧就事論事，她也不想皇上會怎麼想了，這個時候，時間才是一切，如若三妹妹和楚攸還活著，而他們又沒有迅速地過去救人，他們才是會抱憾終身。

皇上不再言語，看著秀慧動作。

過了半晌，問道：「江城和青音呢？」

老夫人此時也是一臉的傷痛，不過卻是強撐著罷了。「他們仍在昏迷中，齊放檢查過了，他們的傷都極為嚴重，只盼著，能夠性命無憂。」

「來喜，通知太醫快到。」

「是。」

韋貴妃一臉冰冷地站在那裡，她緊緊地盯著秀慧的動作，看她搖晃了一下，連忙過去扶她，秀慧沒有想到，扶她的竟然是韋貴妃，不過她也只是略一點頭，繼續動作。

「皇上、貴妃娘娘，您們還是先到大廳靜待吧，站在這邊也是無濟於事的。」老夫人言道。

大夫人連忙過去扶人。「皇伯父、貴妃娘娘，這邊有秀慧和家裡的人，外面涼，您們還是先進屋吧。」

韋貴妃微微揚頭。「我的嬌嬌還在等我們救人，她這個時候怕是更冷、更無助吧。」

所有人都怔了一下，隨即沈默。

其實大家都知道，人還活著的機會並不大，但是只要有一線希望，他們就不能放棄。

「她一定會沒事的，一定會，她是個有福氣的孩子。」季老夫人顫抖著唇言道。如若細看，她雖然看似鎮定，但是手卻抖得不行。

自從找到這個孩子，自從知道她是自己的外甥女，嬌嬌就成了她最堅定的臂膀，嬌嬌為她、為季家做了太多的事，可是自己從來沒有為嬌嬌付出什麼。現在，老天爺一定不會將嬌嬌帶走，她還沒有好好地補償嬌嬌啊！

韋貴妃聽到季老夫人的話，看她眼中的痛苦，兩人感同身受。

秀慧終於調試好一個。「可以用了，你們長時間沒用過，切記要小心，三妹妹是從西邊掉下去的，她一定在那一邊。」

「是。」

大家忙忙碌碌，盡可能爭取時間。

嬌嬌靠在楚攸的身上，確實如同楚攸說得那般，隨著時間的推移，他們越來越冷，意識也越來越不清楚。

嬌嬌狠狠地掐自己，只希望自己能夠清醒。

楚攸更是迷糊得厲害，見嬌嬌那般掐自己，他同樣這樣對待自己。

「我們倆好蠢。」他苦笑。

「能活下來才是正、正經。」嬌嬌拉楚攸的手。

「如果我們、如果我們睡著了，那麼估計我們就醒不過來了。楚攸、楚攸，你不是、不是還要報仇嗎？」嬌嬌提醒楚攸，只希望他能堅持住。

「我、我能做得到嗎？」楚攸迷茫地笑。

嬌嬌重重地點頭。「能，一定能。不管是林家還是季家，最終都會好的，都會好的。我們攜手並肩好不好？」

「好，好。宋嬌、宋嬌，我們會沒事的，我們一定會沒事的……」

兩人彼此打氣。

嬌嬌聽楚攸聲音越來越低，想了下，將頭靠了過去。她攬住了楚攸的脖子，將唇貼了過去，楚攸看著她的眼，兩人就這般地對視，直到……兩片唇碰在一起。

楚攸只覺得「轟」地一聲，腦中一片空白。

他瞪大了眼，看著嬌嬌，她眼中的小人兒，正是他。

將手滑到她的腰上，楚攸將她按在了自己的懷中，兩人輾轉親吻起來。

不知過了多久，楚攸喘息著放開了嬌嬌，嬌嬌此時的臉蛋終於有了幾分血色。

「我不知道妳是不是天底下最好的姑娘，但是我卻知道，妳是最適合我楚攸的，我們回去就成親，我們回去就成親吧？」楚攸將嬌嬌抱在了懷中。

他不知道這是不是愛，嬌嬌也不知道，他們只知道，彼此是適合的。

「好，以後我們一起面對所有事。」

「嗯。」

不知怎麼地，嬌嬌突然就覺得自己不是那麼累了，這麼多年，她為大家籌謀著一切，除了老夫人，沒有人知道，她將季家在京城的茶樓和胭脂鋪全都做成了最好、最嚴密的情報網絡。

她不斷地努力，不斷地奮鬥，只希望，能夠為季家帶來多幾分的保障，可是這一刻，她竟是覺得，自己有了一個依靠，那種感覺，很奇怪，更多的是……高興。

即便是她性格堅定，她喜歡有人和她並肩前行，可是也要有那麼一個人，有那麼一個人能夠真的與她一起。

皇上這番地大動干戈，這京中又有幾人能夠安眠呢？

「讓我進去，我要見你們老夫人！」清脆的女聲在門口吵嚷。

門房阻攔。「四公主稍等片刻，小的這就進去稟告。」

「你讓開，你一個下人膽敢阻攔我。」四公主一把將人推開，就要往裡進。

皇上聽到外面的吵嚷聲，皺眉，韋貴妃更是毫不客氣地道：「讓她滾。」

一旁的三皇子一直都沒有開口，聽到四妹這般鬧，立時出門，嚴正地道：「夠了。」

此時四公主已經走了進來，看見三皇子在，她表情變了幾分。「三哥？」她與其他幾個兄弟關係都不好，但是她對於三皇子卻有幾分不同，畢竟，他一直都是傻子。

「父皇和貴妃都在，妳這般鬧又是做什麼？」三皇子揀重點說。

四公主臉色變了，跟著三皇子進門。

「見過父皇、貴妃娘娘。」四公主跪下。

韋貴妃冷哼一聲，不復往日的溫柔和藹。「堂堂一國公主，與一個潑婦有什麼區別。往日妳生活糜爛，我們念著妳生活得不順也不多加干涉，妳倒是越發地驕橫起來。妳自小就這麼不受教嗎？妳身邊的嬤嬤都是這樣點撥妳的嗎？將她們留在妳的身邊是規範妳的行為，不是讓妳越發地不懂事的。青嵐。」

「奴婢在。」

「傳本宮的旨意，將四公主府的四個嬤嬤全部杖斃。」韋貴妃冷冰冰地說。

周圍的人聽到她說出的話，只覺得渾身發冷。

四公主不可置信地抬頭看韋貴妃，隨即看向了皇帝，皇帝不再看她。

四公主立時明白，父皇是不想管的。

「貴妃娘娘，您饒了她們吧，她們都年紀大了，這件事和她們沒有關係，是慧祥失態了；如若貴妃娘娘要責罰，責罰我便是。不過慧祥這次真的是因為擔心才會擅闖季府的，並無惡意。」

韋貴妃冷笑。「擔心？擔心誰？妳別以為妳那些小心思本宮不清楚，今兒本宮便告訴妳，如若嬌嬌沒事還好，如若有事，就算是拚了我的命，那些所有讓她不痛快的人，一個都別想好，一個也別想好。」

韋貴妃的聲音不大，但是卻猶如地獄出來的惡鬼。

皇上似乎是察覺了韋貴妃的不妥，過去將她攬進懷中。「沒事，嬌嬌會沒事，嬌嬌是最有福氣的姑娘，沒事的，一定會沒事的。」

四公主跪在那裡不敢起身，她從來沒有想過，往日裡看起來溫溫柔柔待大家都和氣的韋貴妃竟然會這般說話。

「貴妃娘娘，杖斃奴才這樣的事，暫時還不用著急，咱們當務之急是找到嘉祥，這才是頭等的大事，至於旁的，都放一放吧。不如這樣，我與季家的人上山。」三皇子建議。

皇上看三皇子一眼，言道：「老三說得有道理，暫時算了，一切都待找到嬌嬌再說。至於你……」皇上看三皇子，皺眉言道：「你不要上山了，你並沒有去過，即便是過去也無用。」

三皇子遲疑了一下，回道：「是。」

不多時，一個侍衛進門。

「怎麼樣了？」皇上連忙詢問。

「回皇上，徐達已經利用滑翔翼飛下山谷了，不過除了徐達，瑞親王和王妃也過去了，他們正在幫忙下山尋找，同樣是利用滑翔翼。」侍衛如實稟告。

皇上眼神暗了一下，問道：「他們也用了滑翔翼飛下山谷？」

「是。除此之外，小世子和八皇子也過去了，都跟著搜索。」

季老夫人對這些事充耳不聞，只安靜地看著秀慧，而季致霖被二夫人扶著，也是站在一邊，大家都被這些不斷傳來的消息給震驚了。

「行了，繼續搜索，找到下山的路了嗎？」

「回皇上，已經找到了，不過要抵達山谷還需要些時間。」

秀慧突然停下動作，看侍衛，言道：「你是誰？」

大家頓時都看著她。

皇上馬上明白過來。「他有什麼問題？」

秀慧皺眉，想了一下回答。「沒事。」不過她的表情可不像是沒事。

皇上馬上清場，所有人等在這裡也是沒有用，現場只留了幾個關鍵的人。「可以說了嗎？」

秀慧看侍衛。「殺我們的人有一個動作和他一樣。」秀慧比劃了一下。

「雖然那些人都不說話直接殺人，但是他們出現的時候，我是和江城在一起的，其中有一個人這麼比劃了一下，與他一樣。」

韋風迅速將人制住，侍衛也不喊冤。

皇上看向了侍衛，這人是他的暗衛，自然是不會有問題的。不過這個動作？他瞇眼看。

「你的胳膊？」

侍衛連忙解釋。「屬下的胳膊有些風濕，一到要壞天就會疼，這是小時候訓練落下的毛病。」

「有人訓練了武功高強的死士？倒是有趣。你暫時不要回去了，韋風，安排人調查他。」小心駛得萬年船。

「是。」

秀慧再次開口。「那個人不是他，雖然身高體型相似，但是氣場不同，我只是好奇他們為什麼會有相同的動作。」

皇上看向了季秀慧，點頭。

而此時的四公主並不算是可以被信任的人，她老實地待在季家大堂，這時的她是有些後悔的，後悔那日邀請了嘉祥，也後悔今日的到來，她實在是太過擔憂楚攸才會如此莽撞。

老夫人看四公主坐立難安的樣子，知曉她不會是那個凶手。

「老夫人。」齊放大踏步進門。
「怎麼樣了?」
「江城醒了。」
老夫人連忙站了起來。「太好了。走,去看看他。」
季家眾人都站了起來,齊放制止。「這個時候,大家就不要添亂了,暫且在這裡等待吧。」
他說得也是實情,他們沒有產生什麼別樣的心思。季致霖也不過是剛剛復原,站得久了此時已經臉色蒼白,如若不是皇上想單獨問秀慧,他們說不定還沒有機會進屋坐下。
季家的人不當成一回事,不過四公主倒是覺得有幾分不對勁,她是知道此人的,齊放,季英堂的主事人,曾經愛慕季晚晴,大抵,即使是今日也是如此的,就算季晚晴成親了,他依舊為季家勞心勞力。
四公主有些不明白這樣的人,不知怎地,她竟是覺得,這季家,每個人都很奇怪呢!真是讓人看不懂啊!
江城醒來的第一句話便是:「他們都如何了?」
「嘉祥公主和楚大人還沒找到。」
江城掙扎著就要起身。「我去找他們,是我沒有保護好他們。」
老夫人進門看到的正是這樣一幅場景,她喝斥。「你好好休息,那邊有許多人,不差你這一個。」

江城捶了一下床，再次問道：「二小姐和青音姑娘？」

「青音仍是昏迷，秀慧正在幫忙。」

江城又想說什麼，不過卻一口氣上不來，再次昏厥過去……

此時的山頂燈火通明，大家分成了好幾撥，不斷地叫喊，而徐達等幾人則是控制著滑翔翼在半空中飛行，因著是天黑，能見度太低，他們進展得並不順利。

徐達控制著滑翔翼，只盼著，能夠在哪個半山腰找到人，隨著呼嘯的風，他竟是覺得，自己隱約地看見一絲火光。

不知曉是不是自己太過心焦出現的幻覺，徐達還是控制滑翔翼飛了過去，待到飛到近前，他真的覺得，自己太幸運了；沒錯，徐達看到的這一絲火光，竟然真的是楚攸和嬌嬌燃起來用來取暖的火，此時兩人已經迷迷糊糊了……

「楚、楚攸……」嬌嬌不斷地呢喃。「別睡，別睡……」

可是這個時候楚攸已經不能回答了……

嬌嬌看著徐達從天而降，感覺自己終於能完全地放鬆了下來。

「公主、楚攸！」徐達激動。

嬌嬌微笑，緩緩倒了下去……

待到嬌嬌再次醒來，已經是在季家的房間，她半天沒有反應過來。

「嬌嬌，妳總算是醒了。」韋貴妃喜極而泣。

嬌嬌困難地偏頭看了看，發現大家都等在這裡，韋貴妃坐在床榻前，而其他人都站在周邊不遠處，嬌嬌動了動唇，言道：「讓你們、讓你們費心了。」

韋貴妃落淚。「妳這孩子瞎說什麼，什麼費不費心，以後妳可不能這麼嚇唬我們了。」

嬌嬌虛弱地勾起一抹微笑。「我……知道了。他們、他們怎麼樣了？」

「楚攸和青音仍在昏迷，秀慧和江城已經清醒了，他們也在休養，妳莫要擔憂。」看嬌嬌擔憂的表情，韋貴妃解釋道：「他們都沒有生命危險的，妳大可放心。」

嬌嬌緩緩點頭。

「公主這個時候應該多休養，不宜說過多的話。貴妃娘娘，想來您也是累了，跟著熬了這麼久，還是早些休息吧。」太醫在一旁勸道。

嬌嬌看大家都疲憊不堪，明白這都是擔心自己的緣故，她將手放在韋貴妃的手上，言道：「祖母早、早些回去休息吧，待我好了，再進宮向您請安。」

韋貴妃有些遲疑。

「表妹還是回去休息吧，妳留在這裡，嬌嬌也不能好好休息，如此倒是不美。」皇上樣子也有幾分疲倦，他勸著韋貴妃。

嬌嬌看他，言道：「皇爺爺，您也早些回去休息吧，其他的事，倒也不急於一時。」

在外人面前，嬌嬌慣是習慣叫皇上皇爺爺，而私下裡則是更親切一些地叫祖父。

皇上點頭。「妳也好好休息，待妳和楚攸醒了，這事還要你們處理。」

嬌嬌微笑。「我們總不能白受這些罪。」

嬌嬌可不是什麼溫順的人，對於這次的事，她是一定要查出凶手的。

眾人又是一番寒暄，之後皇上便偕同韋貴妃離開，與此同時，季家的人也都跟著離開，皇上在季家布置了重兵，也算是負責公主的安全。

等到所有人都離開了，這屋子裡立時靜了下來，嬌嬌一時之間竟然也睡不著了，她不知道其他人傷勢如何，但是韋貴妃總是不至於騙她的，既然說了沒有生命危險，那大體就是無事的。

嬌嬌細細回想遇襲時的一幕幕，想著若是能夠找出幾分破綻……

嬌嬌傷在肩膀，昏迷不過是因為太過疲憊，如今被救了過來又好生地包紮了傷口，她恢復得也是最快。

算起來，他們出去郊遊的五個人，竟然是不會武功的嬌嬌和秀慧受傷最輕，這都多虧楚攸、江城和青音的保護。

第六十八章

第二日，嬌嬌就恢復了些氣色，她起身命彩玉伺候她去看望其他的人，彩玉連忙為她張羅。

「小姐，我扶著您，您慢些。」彩玉叮囑，她自小跟著嬌嬌長大，感情自然不同尋常。

嬌嬌也沒有拒絕，她只是笑。「這次讓妳們擔心了。」

彩玉抹了一把眼淚，搖頭。「小姐說這是什麼話，不過，您可真是嚇死奴婢了。」

嬌嬌認真言道：「以後我會小心的，不會再發生這樣的事。」

彩玉點頭。

彩玉扶著嬌嬌先去見秀慧。「小姐，這次多虧了秀慧小姐呢，她回來之後第一時間就調整了滑翔翼，也為救您爭取了時間。太醫都說了，您還好些，如若楚大人再耽擱個一日、半日，怕是就要不行了呢。」

嬌嬌想像得到秀慧當時的情景。「她身體如何了？」

「秀慧小姐與您的傷勢差不多，不過大概也是太過疲累，現在一直是清醒的時候少，昏睡的時候多。」

嬌嬌咬唇。「是我連累了大家。」

「小姐可不能說這樣的話，哪有誰連累誰，最該死的便是那些刺客，小姐這麼好的人，也從來不曾做過什麼，他們怎麼就能如此地狠下心腸。」彩玉恨道。

嬌嬌冷笑。「沒有關係，等我找到他們的主子，相信他們應該會告訴我們真相，我倒是要親口問問，究竟是為了什麼。」

彩玉看嬌嬌如此，沒有再多言。

此時秀慧剛醒，而她的父母都在。

聽到嬌嬌到了，二夫人出門。「公主怎麼過來了？來，我扶著您，您的身子也很虛弱啊。」

嬌嬌進門看秀慧臉色不是很好，問道：「二姊姊怎麼樣了？」

季致霖起身坐到一旁的椅子上，二夫人將嬌嬌扶到床榻邊坐下。

「她的問題沒有很大，公主放心便是。」季致霖回道。

秀慧看向了嬌嬌，微笑。「還能看見活著的妳，真是不錯呢。」

「嬌嬌多謝二姊姊。」嬌嬌認真地言道。

秀慧撇嘴。「我不過是不想失去一個對手罷了。」

嬌嬌一副了然的樣子，笑得可愛，長長地「哦」了一聲，然後擠眉弄眼。「二姊姊也是一個口是心非的人耶！」

秀慧瞪她。「妳這丫頭。」

這個時候季致霖倒是沒有糾正秀慧的不敬。經過這段時間的相處，他似乎已經明白了晚晴、秀慧與小公主的相處模式了，或許真的是一同長大的關係吧，她們之間沒有隔閡，彼此吐槽、擠兌卻又真心相待，這樣的感情，很好，很純真。平心而論，如若是他真心相待的人有了別樣的際遇，想來他也未必就會改變原有的處事習慣。

嬌嬌笑了起來，笑夠了，看著秀慧。

「妳要快些好起來，遊戲才剛剛開始。」嬌嬌微微勾起嘴角，表情有幾分的冷凝。不只是二夫人，就是秀慧也從來沒有見過這樣的嬌嬌，不禁愣住了好半晌。

須臾，秀慧的表情有幾分動容，回道：「好。」

嬌嬌點頭。「二姊姊要好好養傷哦。」這個時候她又恢復了以往的模樣。

「妳這變臉比翻書還快。」秀慧翻白眼。

嬌嬌嘻嘻地笑。

「身體是我自己的，我自然會好好地養傷，妳也注意身體，別思慮太多，先將傷養好才是正經。」秀慧言道。

嬌嬌應道：「好。」

秀慧想到了那日滑翔翼的事，皺眉言道：「我調整滑翔翼的時候，皇上也在。」想來皇上也明白了其中的貓膩。

嬌嬌微笑搖頭。「這事妳不須操心，一切我來處理。」她早已想到了這個問題，這事總歸也是能圓得過去的。

告別了秀慧，嬌嬌攥了下拳頭，言道：「我們去看看楚攸吧。」

此時楚攸仍在昏迷之中，嬌嬌輕輕推開門，發覺李蔚也在。

他身受重傷，不利於移動，因此，也暫且住在了季家，而李蔚則是過來照顧他。

「你家大人如何了？」

「回公主，大人還在昏迷之中，不過已經好了許多，您盡可放心。」楚攸身邊的幾個人，李蔚最是會做人，也最為八面玲瓏，他連忙讓開了地方。

嬌嬌看著楚攸蒼白的臉色，這個時候的他倒是有幾分病弱西施之感。

嬌嬌坐在床邊，李蔚看她，並不多言。

嬌嬌就這般地看著楚攸，許久，將手放在他的臉上，這屋內可並非只有李蔚和彩玉兩個下人，還有其他人的，嬌嬌這樣的動作委實不大妥當，然還不待彩玉多加提醒，就見嬌嬌狠狠地捏了楚攸的臉蛋一把。

「你要快點好起來，不然誰與我一起並肩前行？說過的話要是不算話，可真是要讓人笑話了啊。」嬌嬌這般動作，嚇了李蔚一跳，不過還好她沒有做別的。

收回了手，嬌嬌支著下巴看楚攸。

「如若你不快些醒過來，有些事倒是不好處理了呢，想必你知道了吧？瑞親王和瑞親王妃也利用滑翔翼找我們了哦，不早些醒過來，事情該如何收場呢？」

嬌嬌自言自語，惹得李蔚側目，旁人不明白，其實他也不是很懂，但是直覺告訴他，嘉祥公主是在說什麼很重要的事。

連彩玉都覺得，好像哪裡不太對。

嬌嬌再次伸出魔爪，我捏！楚攸的臉再次被襲擊。

嬌嬌竟是覺得很有趣似地，格格笑了起來，惹得眾人感覺更是怪異。

「如果妳再繼續下去，難保我不會反擊……」虛弱的聲音響起。

李蔚看自家大人，竟然真的醒了過來。

「你醒了？」嬌嬌也沒有想到，楚攸會在這個時候醒過來，她瞪大了眼。

楚攸虛弱地扯了下嘴角，他瞄了眼她仍是放在自己臉上的手，呵呵一下，看她。「這麼疼，我怎麼能不醒？」

每當別人說「呵呵」兩字，嬌嬌的自動翻譯就是——「你啊，就是個傻缺（注）。」

「既然知道疼，那更該早些醒過來，我可是掐了兩下。」

嗟，妳還好意思說啊！

連彩玉都有幾分的不好意思了，自家小姐這樣真的好嗎？

「原來一切竟是我的錯。」

「那是自然。」嬌嬌略微傲嬌地揚頭。

楚攸無語……

彩玉看著這兩人是越說越不像話，將幾個服侍的丫鬟都打發了出去，至於李蔚，她也沒有客氣。

「李大人，這裡有我服侍便好，您先回去吧，公主在此，您也在，恐多有不便。」這樣一頂大帽子壓下來，李蔚不走也得走。他看一眼楚攸，見他沒有什麼反常的反應，稟道：

注：傻缺，意指缺心眼的，傻瓜。

「公主、大人，屬下去廚房看看藥煎沒煎好。」他自然是不能走的，不過找了一個這樣的理由出去，也是妥當。

「你快去吧。」嬌嬌端莊地笑。

李蔚立時告退。

彩玉則是站在了門邊，說起來，她真是個好丫鬟，凡事想得就是周到。

「彩玉，差人去請齊先生過來為楚大人檢查一下。」

大概是楚攸醒過來的聲音太過平靜，大家竟然忘了第一時間找大夫。

彩玉「哎」了一聲，去門口喚人。

嬌嬌見彩玉出去，再看楚攸，竟是有幾分尷尬起來，那日在山洞的一切讓她覺得火燒火燎的，她怎麼就親了他呢？羞澀！

都是月亮惹的禍！

而楚攸看她突然間紅了的臉色，立刻也想到了那日兩人依偎在一起，彼時他們雖然有互相打氣，但是心裡也不確定能否獲救，所以行為間更是少了幾分的顧忌，如今倒是全然不同了，兩人脫離了危險，再想那日的一切，竟是覺得十分地不合禮數。

楚攸雖然比嬌嬌大了十五歲，但其實，他也是個沒有經歷過，咳咳，沒有經歷過男女之情的，別說是愛情，便是身體上的接觸，同樣沒有過，想到這裡，他也華麗麗地臉紅了。

待彩玉吩咐了人去喚齊放再進門，便看見這兩位呆愣愣地坐在那裡不說話，只臉色有幾分紅潤。

彩玉也不打擾他們兩人，照她看來，楚攸能這般地維護自家小姐，那便是個好的，是個值得託付的，兩人剛脫離危險，如此也是正常。

兩人都不言語，就這麼視線膠在一起互相對視，而彩玉則是在門口把風，呃，不，是候著，一時間，這屋內竟是十分地靜謐。

待齊放進門的時候便看到這樣一幅場景，雖然彩玉聲音略大地做了通傳，但是齊放進門看見兩人略紅的臉頰，還是覺得有幾分彆扭的。

曾幾何時，楚攸也有這樣的表情，而公主……齊放嘴角抽搐了，對他來說，在更多的時候，她都是季秀寧，那個他曾經教過的女學生。難怪皇上、韋貴妃、季老夫人他們都不樂意，如今，他竟是也覺得不爽利了，他這麼能幹聰慧的學生，難道就要嫁給老男人嗎？真是無語啊！如若這個人不是與他一同長大的兄弟，齊放想來會更加難以接受。

他似笑非笑地站在那裡看楚攸，言道：「我想，楚大人便是不檢查，身體也定然無礙的。」

「什麼時候你的醫術已經高到這個地步了？」楚攸挑眉。

齊放坐下為他把脈，許久，將手放下。「你既然醒了過來，就無大礙，你底子好，好生養著，個把月也就好起來了。」

「時間可不短。」楚攸笑言。

齊放將他的手放進了被中，言道：「要想好完全不落下病根，自然要好好地休養，不然你這身體越發地不好，年紀又比公主大，如何能夠好好照料她？」

齊放來到桌邊，調整藥方，既然楚攸醒了，那有一味藥便可以去掉了。

楚攸聽了這話自然不會認為齊放對公主有什麼想法，如若有，也不可能今日才產生。只是，他大抵明白這些人的心思，要說，還是嬌嬌這丫頭做人太過成功，身邊的人都疼愛她得緊，連齊放這傢伙都是真心待她；如此一來，更是顯得自己不是好貨，呃，這麼說自己實在是不好聽，可是，事實竟真是如此。

他們都覺得，自己是真的配不上這聰明伶俐的小公主啊！

楚攸望天，他們是沒有見識到這廝的真面目吧，如若是換了旁人，呃，怎麼死的都不知道啊！當然，自己沒死的情況下，也容不得她換人，不管怎麼著，他們都、都、都親過了好嗎！

楚攸內心思緒翻騰，嬌嬌倒是正常起來。

女戰士是也！

「能養得了這樣的殺手的人，京中不超過十個。」楚攸言道。

嬌嬌微笑。「那你就快些好起來，我們一個個調查，總歸是會有線索的。」

楚攸中肯地言道：「最好的做法，是重新勘查現場，就算是他們再厲害，也不見得沒有一絲漏洞；不過我猜想，為了找我們，現場已經被破壞得差不多了。」

嬌嬌心有戚戚焉地點頭。「確實如此，不過我仍然打算過去一趟，就算是已經被人破壞殆盡，我還是要去看一下，不能因為覺得被人破壞就真的不管了。」

楚攸贊同。「說得對，不過妳現在的身體如何能支撐得住？」

嬌嬌再次捏了楚攸的臉一把。「你放心好了，我不會拿自己的身體開玩笑的，如若等我的傷好了，怕是那裡更是沒有任何我們需要的東西了。」

楚攸沒有阻攔，只認真言道：「妳小心。」

「我知道。」

齊放坐在桌邊看著兩人的互動，竟是覺得意外地和諧，似乎，這兩人是最合適的；至於公主掐楚攸臉的行為，齊放表示，自己沒有看到，完全就是護短的季家人作風。

嬌嬌命人將山封了起來，並且不顧身體的傷親自進宮求見皇帝和韋貴妃。

兩人正在一處敘話，聽到嬌嬌進宮，驚訝得不得了，連忙差人過去扶她。嬌嬌雖然臉色還是有些蒼白，但是也不是初時搖搖欲墜打晃兒的狀況了。

她笑嘻嘻地就要跪下請安，被韋貴妃差青嵐扶了起來。

韋貴妃也不管皇上正在，怒道：「妳這身子如此虛弱，怎地還如此莽撞？不好生養著，進宮作甚？」

嬌嬌被青嵐扶著，卻也不動，微笑看皇帝與韋貴妃。「可是，嬌嬌是進宮請罪的啊，既然是請罪，怎麼能不跪著呢？」她倒是理直氣壯。

皇上這才出聲。「請罪？妳又何罪之有？」言罷還哼了一小下，不過看嬌嬌又要跪，怒道：「你們怎麼做奴才的，主子都傷成這樣了，還不快些扶她坐下，在那裡跪甚？」到底還是心疼自己的孫女兒。

青嵐連忙扶嬌嬌坐到不遠處的小椅上。

嬌嬌捏著帕子認真言道：「滑翔翼的事，是我的錯，當時我別有心思，將此事隱了下來，後來想著這事便是說了作用也不大，如此還會引得祖父不喜，便更是不敢說了。」

韋貴妃瞧著這爺孫兩個，擺了擺手，身邊的下人俱是退下。

皇帝瞇眼看嬌嬌，上下打量許久，再次哼了一聲，言道：「妳倒是說說，妳別有什麼心思？」

他倒是要聽聽這個死丫頭能說出個什麼子丑寅卯，先前她傷了，他不捨得說她一個不字，今日看她能夠進宮請安，便知她必然已經無礙了。

「其實，當時製造滑翔翼的初衷就是下寒山寺的谷底，後來我們確實成功了，不過卻又引來了您，那時我自然是處處為自己家著想啊，匹夫無罪，懷璧其罪，我自然是不會讓自己陷入這樣的境地，因此就將製作方法教了出去；可又擔心您們得了這個會壞了我的計劃，因此我鼓動季老夫人和秀慧調整了滑翔翼，將修改之後的滑翔翼設計圖交給了您。」嬌嬌雙手放在膝上，認認真真檢討的模樣。

皇帝嗤了一聲。「是妳鼓動她們，而不是她們鼓動妳？妳處處幫著季家，將這事攬在身上也不為奇。」

嬌嬌勾起嘴角。「祖父該知道我的性子的，也知道季老夫人對我的倚重，祖父覺得，會是她們鼓動我嗎？這事，確實是我的主意，我沒有必要說謊；而當時……」嬌嬌停頓一下，繼續言道：「當時我懷疑寒山寺的谷底有不為人知的秘密，因此飛到谷底探查，其實，那裡是林家的墓群。為了挾制楚攸，我才做了後面一連串的事情。」

嬌嬌解釋，並且將一切事情攬到了自己身上。

皇帝和韋貴妃對視一眼，言道：「林家的墓群？楚攸不可能……」並沒有將話說完，皇帝想明白了。

「妳通過別的途徑無意中發現了這件事，之後將此事告知了楚攸，並且挾制他？那墓地，根本不是楚攸立的，他不知道這個墓群的存在。」

嬌嬌點頭。

皇上有些心情複雜地看著嬌嬌，嬌嬌乖乖地坐在那裡，等候皇上的發落。

許久，皇帝終於緩和下了臉色。「如若妳是個男孩，那麼祖父倒是不用擔憂了。」

嬌嬌微笑回道：「可是我不喜歡爭權奪利。」

搖了搖頭，皇帝坦言：「還是女孩子的心思。如若朕的兒子像妳這麼大的時候就有這樣的心思，那麼我也不須這個時候還在煩惱；不過看妳能想到這麼多，祖父倒是覺得，是自己想太多了。往日裡朕總是想著，為妳遮風擋雨，籌謀一切，讓妳日後平順，可若是沒有這些，嬌嬌也定然能生活得極好，妳是個聰明的孩子。」

嬌嬌起身坐到皇上和韋貴妃的中間，樣子有些逗趣，一手挽住一個，她撒嬌道：「雖然我是很能幹啦，但是，我也希望得到長輩的保護，這是我從小就沒有感受過的。」

嬌嬌說的是前世，她是真心言道，可皇上和韋貴妃卻想到了今世，想到她七歲以前的苦日子，兩人竟是覺得分外地心酸。是啊，不管這個女娃娃是多麼地聰明能幹，她總是希望有個人能夠保護她的。

皇上沒有再言語，拍了拍嬌嬌的手，彷彿一切盡在不言中。

而韋貴妃卻在這時開口。「不害臊，哪有說自己能幹的；至於楚攸，雖然看著你們並不很搭，但是他倒也是個能靠得住的。」

雖然嬌嬌言稱自己是用林家墓地的事挾制了楚攸，但是楚攸能在關鍵時刻沒有放棄救嬌嬌，想來也是有分寸的。

嬌嬌點頭。「楚攸這人吧，其實算得上是面冷心熱，別看他平日裡說話難聽，可是你若是細數起來，他還真沒幹什麼太多天怒人怨的事情，如若是在正常的家庭環境下長大，說不定還會是個好青年呢；雖然現在他略有些長歪，但是對自己在乎的人，他還是會付出一腔真心的。」

皇上被她的話氣樂了。「妳這丫頭，倒是不知羞，妳是指妳自己嗎？」

嬌嬌點頭。「我算一個，我們也還是有這麼多年亦敵亦友一起戰鬥下來的情誼啊。」

韋貴妃笑著叱道：「妳這孩子，越說越不像話了。」

嬌嬌吐舌頭。「我所言句句屬實的。」

「看妳對楚攸倒是知之甚詳，既然如此，那麼妳給朕說說，瑞親王那是怎麼回事？」皇帝在這兒等著嬌嬌呢。

嬌嬌自然是知曉瑞親王他們夫妻過去幫著找他們的事。

想來，瑞親王妃對這個弟弟還是十分疼愛的，如若不然，她也不會冒著被拆穿的風險將滑翔翼拿了出來，並且親自找人。這些在當時做就會惹人懷疑，更別說現在大家都回過神了。

嬌嬌只略作思考便決定實話實說，皇帝做了幾十年的帝王，她不認為自己在他面前撒謊不會被發現。

「其實具體情況如何我並不清楚，不過我知道，瑞親王原本是喜歡楚攸的大姊林雨的，當時好像還偷偷為林家的人都收了屍，谷底的林家墓群便是瑞親王立的。說實話，我也正是對瑞親王有所懷疑才堅持下了谷底，真是沒有想到，竟然會看到了那些東西。至於說瑞親王與楚攸現在的關係，那我只能說，我不知道，我不是神算，楚攸也不會什麼都據實告訴我。」她還是留了一小點。

皇上看她表情，嬌嬌故意瞪大了眼看他，笑言。「祖父不信我？看我真摯的眼神。」

「死丫頭。」皇帝笑了起來，揉了揉嬌嬌的頭。「真是個伶俐的丫頭，妳是讓祖父越發地感慨了，怎麼這些兒子就沒有一個像樣的呢？」

嬌嬌失笑。「祖父總是糊弄嬌嬌，幾個叔叔都很能幹的。話說這次進宮，嬌嬌還想和祖父懇求一件事呢。」

「原妳竟是有打算才來的，朕說呢，妳怎麼在這個時候進宮了。」

嬌嬌不依。

「才不是，我是誠心請罪，當然，還有一丟丟小事。」

「那妳這一丟丟小事，又是為何？」

「我想請三叔幫忙，與我一同勘查現場，這麼莫名其妙的被人刺殺，我總得將幕後黑手找出來吧？」嬌嬌笑咪咪言道。

皇帝認真看嬌嬌，發覺她表情裡並無一絲的玩笑之意，問道：「為何是他？」

「三叔傻了這麼多年，是朝中最沒有根基的，他又一直在宮中被看顧著，完全沒有自己的空間，所以他絕對沒有能力養那樣一群殺手，請他幫忙，我放心。對於那些有可能養殺手的人，我總是有些好惡，人很難做到平常心，有個人幫襯，會好很多，不至於失了偏頗。」嬌嬌言道。

皇帝微笑，贊同她的看法。是啊，如若自己不能保持一顆平常心，那麼便讓旁人來做一個糾正，這樣未必不好。

「楚攸什麼時候能好？」

嬌嬌撇嘴。「大概個把月吧，這事他是不可能衝到第一線上了。」

皇帝點頭。「嬌嬌，朕拭目以待。」不光是對妳，也是對老三，妳這次將老三拉了進來，倒是正合朕意呢！這麼想著，皇上微笑勾起嘴角，然而不過瞬間又冷靜下來。「妳是故意的？」

嬌嬌無辜道：「什麼？」

皇上認真審視嬌嬌，隨即笑了起來。

「原來，妳最看好老三。」所以妳要讓所有人都看到他的能力。

嬌嬌不隱瞞自己的喜好。「吶，祖父，這些都不是和皇爺爺說的啊，是和祖父說的。」

皇帝點頭。

「四叔為人狠戾，雖然做皇帝狠戾是一件好事，但是沒有一點胡蘿蔔，誰願意為你做事呢！他處事還沒有遠見，這要不得；如果五叔不是裝的，那他的能力不行，如果做皇帝，估計也沒有幾年就沒看頭了；如果咱們這個國家的第一要務是做木工活的話，那麼七叔倒是合適；八叔雖然是楚攸的表哥，但是小時候母親、舅舅都被人害死，在宮中過得也不怎麼好，他還這般地溫文爾雅，我總是覺得，不大真實。有句俗語怎麼說得來著，不在沈默中滅亡，就在沈默中變態，他變成如今這個儒雅的樣子，實在是有些離弦走板兒，我覺得，不太對勁。最後一個是三叔，三叔雖然原來是個傻子，但是你懂、我懂、大家都懂啦，正是因為他這段經歷，所以他倒是能將事情看得清明。」

嬌嬌分析完，就見皇上和韋貴妃都目不轉睛地看著她。

有幾分不好意思，嬌嬌撓頭。「這只是我與祖父說得啊，算不得準。」

嬌嬌從宮中出來的時候其實一身是汗，她也不知道當時怎地就與皇上說了那樣一番話，不過看皇上並沒有斥責她，反而是擰眉思考，嬌嬌又覺得，自己果然不該摻和太多。

不能因為皇上和韋貴妃對她好，她就忘了自己是幹啥的啊，她只是一個女孩子，哪裡能夠管得這麼多呢！這不合適。

而皇上在位幾十年，如今還能將幾個兒子玩弄於股掌之上，那便看得出來，他不是什麼簡單之輩。這般想著，嬌嬌突然釋然了。

宮門那些事、爭權那些事和奪嫡那些事，其實都與她無關啊，她要做的，只是一步一步走下去；而現在她要做的，便是查到凶手。

嬌嬌對緝拿凶手這麼執著和迫切，並非是因為這些人刺殺了她，更為重要的原因是，這些人的戰鬥力，嬌嬌從這件事上看到了另外一個層面，擁有這樣一批殺手的人來殺她，這事本身就值得考究。想來皇上也是如此想的，臥榻之下，豈容他人安睡，說得便是如此。

嬌嬌要挖的，是這件事隱藏得更深的秘密。

這麼想著，嬌嬌的戰鬥力就被燃了起來。

嬌嬌回到季府便聽說楚攸找她，雖然有些疲累，但是她也沒有耽擱。

連鈴蘭都忍不住言道：「小姐似乎對楚大人更好了些。」

嬌嬌微笑言道：「我去看看他死沒死。」

嗐！這兩個人的相處模式果真讓正常人看不懂。

嬌嬌去見楚攸，卻見他正在看書，這個時候的楚攸髮絲沒有一絲的凌亂，又成為了那個一絲不苟的楚大人。

嬌嬌倚在門上，勾起嘴角，整個人柔柔的。

楚攸抬頭，見是她，也微笑。「公主好像是前來採花的男子，楚攸倒像是養在深閨。」

嬌嬌笑咪咪應道：「說起來，倒是有幾分道理。」

如此想來，嬌嬌贊同，可不正是如此嗎?先求親的人是她，先親吻的人也是她，而她，是個女子。

「妳倒是沾沾自喜。」楚攸撇嘴。

嬌嬌來到床邊，居高臨下地看他。「你都不羞愧無顏，我為何不能沾沾自喜？左右，占到便宜的人是我。」

「妳這話如若說出去，怕是就要浸豬籠。」

嬌嬌挑眉。「我是腦子進水了嗎？為什麼要說出去？楚大人，我倒是越發地覺得，你愚蠢起來還不如常人呢？再說我倒是不信，有人敢將我浸豬籠，四姑姑如此都還好生地活著，想來世人皆是用條條框框約束弱者。」

楚攸將書放下，鼓掌。「真是伶牙俐齒，如此看來，原本妳倒是對我留了幾分情面呢，沒有說得太過。」

嬌嬌勾起嘴角，小小的梨渦若隱若現，楚攸看了，有幾分呆滯。

「皇上懷疑瑞親王和王妃了，不過為林家平反的事應該也會加快。我進宮向祖父求了三皇叔幫忙，明兒我就會重新勘察現場，有什麼問題我們再交流。」嬌嬌認真陳述。

楚攸終於回神，點頭。

「一切……有勞妳了。」他似笑非笑地看著嬌嬌。

「倒是也算不得什麼。」嬌嬌笑得更加燦爛。

「有幾個點妳需要注意一下……」楚攸指點嬌嬌。

嬌嬌也不矯情，認真記在心上，不斷點頭。

兩人配合得極為和諧。

第六十九章

翌日。

嬌嬌與來找她的三皇子一同勘查現場。

三皇子看嬌嬌問道：「嘉祥怎麼會想到找我幫忙？」

嬌嬌笑嘻嘻地道：「我能信得過的人不多啊！好用的人太少了，您身家清白，我自然是要找您幫忙了。」

三皇子挑眉。「我可不覺得自己有什麼用，這麼多年了，我倒是習慣了看誰不順眼直接動手，這麼用腦子的事讓我覺得很不習慣呢。」

「那您可要逐漸習慣一下了，正好啊，您就當成複習一下正常人的生活。」

「漫山遍野找線索算是過正常人的生活？」三皇子望天。

嬌嬌認真點頭。「考驗您的時候到了。」

這叔姪兩人也不耽擱，既然定好了，便往山上出發，好在，嬌嬌是傷在了肩膀，如若是傷在了腿，還不知她要如何行動，可即便這樣她也依舊是坐轎子上山。

待來到當初眾人休息的地方，嬌嬌開始四下檢查，這裡是江城和秀慧遇襲之處，如若這些人早早在附近埋伏，那麼會怎麼藏呢？嬌嬌其實並不認為自己能找到什麼有價值的線索，畢竟，現場被破壞得太過厲害，而他們又來得太晚，可是即便這樣，她也沒有放棄。

證據可以被毀掉，但是地形山勢卻不會消失。

嬌嬌四下看了看，問道：「三叔，如若您是那些殺手的頭領，您會覺得，躲在哪裡最安全？」

三皇子觀察之後言道：「我只是會些防身之術，不似他們武藝高強，並不能確定他們的躲避之處；不過按照現在我的水準，我應該會躲在高處，如今樹葉並不繁茂，躲在樹上難免會被發現，可是如若他們躲在山上那就不同了，他們俯視你們，會更加直觀地看見你們的行蹤，還不會被發現。」

嬌嬌點頭，她又往上走了些，再往下看果然是一目了然。

現場並沒有什麼有價值的線索，嬌嬌與三皇子仔細勘察了現場之後便往回走。

一陣馬蹄聲傳來，嬌嬌停下了轎子，三皇子雖然騎馬，但是離嬌嬌的轎子很近。

「是安親王府世子。」

嬌嬌掀開簾子，就見宋俊寧勒住了韁繩。

「公主身體如何？」

嬌嬌知道當時他也跟著上山尋找，今兒碰見，正好言謝。「我已經沒有什麼大礙，煩勞世子為我操勞了，嬌嬌多謝堂叔。」

宋俊寧將目光停留在她的肩膀，隨即移開視線。他知道她肩膀受傷，如今看來，倒是真的並無大礙。

「妳沒事就好，既然還未痊癒，怎地不好好養傷？至於這些查案的事情，總是有刑部在，楚攸身邊的那些下屬往日裡不是很能幹嗎？如今倒是要仰仗於妳。」言罷，他還冷哼一聲。

三皇子望向了一邊一身勁裝的女子。

此人正是六扇門總捕頭花千影。

她負責這次出門保護嬌嬌安全，不過就如同嬌嬌所知道的那樣，她並不太說話，眼看著宋俊寧說話越發地不好聽，她依舊是沒有反應。

三皇子咳嗽一聲，以示自己的存在。

宋俊寧這才注意到三皇子，連忙作揖。「堂哥竟然也在此，俊寧失態了。」

「無妨，我不過是陪著嘉祥一起，多個人，多分力嘛。」三皇子雖然這麼說，但是表情上可是寫著「你忽略我了，我很不爽」。

如若是十幾歲的男孩這般倒是無妨，這廝已經接近四十了啊，真讓人覺得不對勁。

「呵呵。」宋俊寧尷尬地笑。

「不如我來幫妳吧，妳一個女孩子又受了傷，難免有些不方便。」宋俊寧提議。

嬌嬌微笑搖頭拒絕。「不必了，多謝堂叔，這件事，皇上已經命了三皇叔幫我，委實是不需要更多的人，您也知道，這查案子，人多了，反而是容易亂。」

宋俊寧還想說什麼，嬌嬌繼續言道：「嘉祥感謝堂叔幫忙，堂叔想來公務也是繁多，就如同您所說，這些事，自有刑部幫忙。」

話已至此，宋俊寧只能點頭。「那好，如若妳有用得上我的地方，定要早些告訴我，我必會多幫襯妳的，妳自己身子也未大好，莫要傷著。」

嬌嬌含笑應是。

三皇子看著宋俊寧這般殷殷地叮囑，有些意外地挑眉；再看嬌嬌，處事大方十分得體，這事……倒是有趣呢！

「這刺客的事，具體如何還未可知，不過能養得起這樣的人，京城想來也是不多，俊寧堂弟若是要避嫌，最好還是莫要太過熱心才是，免得讓人家以為你是要探究查案進展的；畢竟，這個時候，那幕後黑手應該是對嘉祥姪女最感興趣。」三皇子笑言，話中意思並不客氣。

宋俊寧張嘴就要反駁，不過要說的話卻梗在了喉嚨裡，確實如同三皇子所言那般，任何人都有嫌疑，他們安親王府也是一樣，並不能例外。

「三叔您胡說什麼呢？別嚇到堂叔。」嬌嬌打著圓場，不過卻偷偷觀察小世子的表情，他的細微表情很簡單，嬌嬌覺得，他不知情的可能性極大。

「我又不是三歲孩子，怎麼會被這樣的事嚇到，仔細查查也好，這樣也能讓許多人放心。」宋俊寧認真言道：「妳出門的時候多帶些人，別落單，要知道，那些人做了第一次，就會有第二次，查案固然重要，安全卻更重要。」

嬌嬌微笑回道：「堂叔放心便是，我省得的。」

嬌嬌回府再次去見楚攸，她與楚攸在這事上總是同進退的。

出乎她的意料，皇上竟然也在，她驚了一下，小聲埋怨。「怎麼沒有人通報我呢？」

皇帝睨她一眼。「朕已吩咐，任何人不可多言，如若這樣還有人敢與妳多言，那麼想來是真的未將朕放在眼裡。若是這般，那麼他們也不消活了。」

嬌嬌尷尬地笑，過去挽住皇帝的胳膊。

「祖父怎麼連我也瞞著？我會傷心的哦。」一派撒嬌的模樣。

雖然很多時候皇上是有些氣嬌嬌的，女生外向啊！但是又想到這個孩子從小到大的經歷和她的聰明勁，便是又歡喜起來。

「妳呀，今兒查得如何？老三回去了？」

嬌嬌點頭。「並沒有什麼線索，我們只是詳細地勘查了地勢，按照我們的推斷，那些黑衣人是早早就埋伏在高處的，原本這也只是我和三叔的推測，不過後來我又找了些佐證，應該八九不離十。」

「既然是早早就待在山上，那麼就說明，這些人知道你們要去。」皇上說完看向了楚攸，眼神充滿探究。

楚攸也不閃躲，他仔細想了一想，言道：「能從我這邊知道我與公主上山的人只有李蔚一個，我當時只告訴了他，而很顯然，他不會是有問題的那個人。公主這邊，季家能夠走漏風聲的人想來也是不多的，就是不知，都有誰知曉了。」

嬌嬌想了一下，回道：「其實我也覺得，消息是從我這邊走漏的可能性比較大。當時我約了大姊姊和二姊姊一起去，所以除了她們，身邊的大丫鬟也都知曉，而她們又會告訴誰，我就不知道了。」

「面大，不代表不能查，將所有知道的人都聚集起來，層層調查，誰知道了，誰又告訴了誰，都弄個清清楚楚、明明白白，審問這事，妳可以交給李蘊。」楚攸言道。

嬌嬌瞪他，不同意道：「如若不是她們呢？將人弄到你們刑部還有個好嗎？」

楚攸失笑。「她們都是你們季家的人，我難道會將她們刑訊致死嗎？妳放心好了，不會的。之前不就跟妳說過了嗎？打打殺殺什麼的，最沒勁了，想要一個人說實話，有太多種辦法，殺人是最下乘的。」

嬌嬌戳他傷口一下，惹他痛呼一聲，哀怨看她。

「這事交給你，你好好處理。」嬌嬌笑言。

楚攸看皇上，見皇上饒有興致地看著他們兩人對話，有幾分臉紅，回道：「妳且放心。」

皇帝是怎麼都沒有想到，兩人竟是這般的相處模式，不過自家孩子占上風，總是讓他比較高興，他原本嚴肅的臉上多了幾分笑意。

楚攸說得對，每個人都有自己的軟肋，所以審問未必就要動刑。原本的時候，他是沒有軟肋的，可是現在隨著年齡的增長，他發現自己其實是有的，這麼多年相濡以沫的表妹、失而復得的孫女兒、還有幾個互相爭鬥只為皇位的兒子，其實這些人都是他的軟肋。

如若年輕之時有人告訴他，今日的他會這般地仁慈，想來他自己都不會相信，更加會嗤之以鼻，可是今日，他真的有太多的放不下。

所有人都還沒有安排妥當，如何讓他能夠真正的放心得下。

皇位，要選一個合適的繼承人是多麼難。

「我們可以從幾個方面調查。」嬌嬌自然地坐到了楚攸的床邊，皇上再次挑眉。

楚攸看到了皇上的表情，但是卻又不好動作。

「一，看看誰將這個消息洩漏出去過；二，在京城要藏住這麼多人也不是簡單的事，得細查；三，武功路數，就算是各自自成一派，也必然有其聯繫。秀慧姊姊提過，其中有人有風濕之類的毛病，這也是線索。四，可能與我有深仇的人；五，京城有能力養這麼多人的人。如此看來，我們的線索還真不少呢，這麼多線索如若還找不出那歹人，真是貽笑大方。」嬌嬌嘟唇言道。

語畢，就見屋內一老一少都看她。

「我、我說得不對嗎？」

皇上微笑搖頭。「很對，嬌嬌看事，確實清明。」

嬌嬌有幾分不好意思地撓頭。

皇上再次看向了楚攸。「你好好待她，如若不然，那就去下面與親人團聚吧。」

「祖父……」嬌嬌不知道她還沒回來的時候兩人談了什麼，可是她相信，這其中除了林家也必然有和她有關的事，不然不會是這個樣子。

皇帝制止了嬌嬌的話，鄭重地對楚攸言道：「記住朕先前的話，更要記住朕現在的話。」

楚攸認真地回答。「微臣，明白。」

嬌嬌表示自己一頭霧水。

「好了嬌嬌，祖父要回宮了，妳送送祖父吧。」皇帝微笑。

嬌嬌點頭，連忙來到他的身邊。

楚攸的身體根本下不了床，因此皇帝也沒有要他送，想來正是因為楚攸的身體，皇上才會親自到訪。

嬌嬌挽著皇帝往外走，言道：「祖父，您與楚攸談了什麼啊？」她頂好奇的。

皇帝拍了拍她的手，微笑言道：「這妳無須知道，妳只要知道，我們都是為妳好，那便可以了。朕已經與楚攸說過了，待妳十六歲生辰，便讓他迎娶妳。」

嬌嬌咦了一聲，有些不解，隨即臉紅。

「那還有兩年的時間。」前世的她是五月分生日。

「是啊，兩年。只望，這兩年楚攸能夠更進一步。」皇帝實言。

呃？嬌嬌有幾分不解，更進一步？如何更進？下一步便是丞相了啊，楚攸這個年紀，實在是不適合啊！

大概是看出了嬌嬌的疑惑，皇帝解釋。「下一步，朕打算將現有的兩位丞相增至四位，調整他們的權力，如此對將來也是好的。」

嬌嬌想到其中的關鍵，了然地點頭。原來，皇上是想利用這件事分散權力。

皇帝看她瞬間明白，再次感慨，這孩子真是一個好苗子。

「朕稍後回宮便會有一些動作，林家的平反必須快些，朕年紀大了，說不定哪天就不在了，我不能耽擱了啊！」

見他這般地溫情，嬌嬌紅了眼眶。「祖父，您不要說這樣的話，您會一直都在的，您才剛剛找回我啊。」

「別哭，祖父自然會好好活著，祖父還要看著嬌嬌成親，還要看著妳做更多的事情。妳只消做妳自己就好，這次的調查，朕那邊也會安排暗衛配合妳，如若妳對人員有什麼疑問，或者是覺得誰有問題，妳自己處理不了的事便找韋風。算起來，韋風也是妳的表叔，他是可以信任的。」

嬌嬌點頭稱是。

待將皇帝送走，嬌嬌再次來見楚攸，問道：「祖父與你說什麼了？」

「妳好奇？」楚攸和善地笑，與他本來的作風極為不同。

嬌嬌點頭。「如今一切都是一團亂麻，我如何能不多想。」

楚攸伸手，嬌嬌看他伸過來的手，不大明白，也有幾分遲疑，不過還是將自己的手湊了上去，楚攸立時與她十指交握。

嬌嬌再次臉蛋爆紅，看她這麼害羞的模樣，不知怎地，楚攸突然就不害羞了，彷彿一切都是水到渠成。

兩人的手握在一起，嬌嬌坐在床榻邊，彩玉看這樣的場景，連忙將門關上，非禮勿視啊！她自己則是守在門邊。

「妳不需要多想，皇上難道沒有告訴妳嗎？妳只須安心做一個快樂的小公主便可；雖然，我覺得這不像妳，不過我想說的是，妳只消做自己想做的事便可，一切都有我。還記得我們曾經說過的話嗎？一起並肩前行，沒道理那時候能說，現在倒是不好意思了，對嗎？」

「也是呢！」嬌嬌含笑點頭。

嬌嬌沒有再次追問兩人究竟都說了什麼，不過既然皇上專門挑選了這個時間來，那便是不想讓她知道，嬌嬌深信，皇上是不會害她的，因此也就將心思放了下來。

「你有沒有想過，如果林家平反了，你和你姊姊要不要相認？」其實嬌嬌只見過瑞親王妃幾次，可她總是覺得，這個瑞親王妃是不簡單的，抑或者說，是更加被仇恨蒙蔽住了的。

如果，她根本不在乎平反與否，只是更想報仇呢？

楚攸收起了笑容，有幾分愁容。「會相認吧，不過二姊願意與否我倒是說不清楚，只希望，她也是如此想法。其實自從我們相認，我竟是覺得，自己更加難受了，說不清楚的感覺，妳能明白嗎？我一心只想報仇，但是卻不希望二姊也是如此，她還有兩個孩子，難道她要讓瑞親王府走林家的老路嗎？」

「不會的。」

「不會嗎？我有時候真的覺得很累。」楚攸將自己的臉放在嬌嬌的手上，靜靜地閉上了眼睛。

嬌嬌坐在床邊，默默無語，這室內安靜得恍若掉了一根針都能聽見。

就在嬌嬌走神的時候，她感覺自己的手被人親了一下，她不可置信地看楚攸，楚攸這廝又恢復了原先的樣子，不說話，仍舊是將她的手放在他的頰邊。

嬌嬌看他如此地彆扭又裝模作樣，忍不住失笑，她將一隻手抽了出來，楚攸作勢使勁握，不過卻也沒敵得過嬌嬌，自然不是力氣不夠大，而是不想她受傷，男子力道總是優於女子的。

嬌嬌將手伸了出來，輕輕挑起楚攸的下巴，楚攸頓時石化。

「彆扭又傲嬌的楚美人，本公主知你心悅於我，然，凡事都有規矩，你切不可亂來哦。」嬌嬌說完便勾起嘴角。

楚攸最喜歡看她露出淺淺梨渦的笑顏，恍若一切都是那麼地純淨。

他繼石化之後，看呆了……

嬌嬌看他呆呆的表情，笑得更厲害了。

她略微彎身，將唇靠在他的耳邊，吹了一口氣，言道：「你說，你是不是早就偷偷喜歡我啦？」

楚攸被迷惑住，許久，反應過來，結巴道：「妳、妳、妳、妳這是跟誰學的？好的不學，壞的學。」他譴責這個調戲他的妹子。

「我怎麼啦？」嬌嬌無辜地看他。

「妳要莊重些。」楚攸臉上的紅暈更深了。

嬌嬌格格地笑個不停，不知怎地，看著這麼「純情」的楚攸，她竟是萬分高興呢。其實她也沒有什麼經驗啦，不過大抵是因為前世的緣故，她的接受能力還是比楚攸強了許多的，行動力也強，每每她一靠近，楚攸就會臉紅或者略不對勁，嬌嬌心裡有一個揣測，這個傢伙，不會還是個老、處、男吧？

「楚攸，我能問你一個問題嗎？」

「妳又要問什麼？」楚攸極為警惕。

嬌嬌其實心裡也是非常緊張的，她咬了下唇，嘿嘿一聲，低低問道：「你從來沒有過別人吧？」

楚攸立時瞪大了眼睛，完全不似以往氣定神閒的樣子，嬌嬌越發覺得自己猜對了。話說，她竟然會在古代找到一個二十九歲的老男人，而這個人還是個小處處，嬌嬌表示，她運氣真是好爆了。

「沒、沒有過不可以嗎？雖然沒有過，但是我比妳這黃毛丫頭知道得多，再說了，這些是妳該問的嗎？」楚攸剛開始是緊張的，不過稍後倒是自然了許多。

「我不過是問問而已，那個……」嬌嬌笑咪咪地說，隨即對起手指。「祖父說，讓你兩年後娶我呢！」

「嗯。」楚攸目光游移，十分不好意思。

嬌嬌笑，太有意思了啊，她怎麼就沒有發現楚攸的這個特質呢？他怎麼會這麼害羞啊！真是男大十八變啊！

嬌嬌支著下巴坐在床邊，她眼睛瞟一眼楚攸，言道：「如果將來別人當了皇帝看不上我們，我們可以開一間夫妻店，這間夫妻店專門幫人解決問題，我想，我們一定會賺得盆滿缽滿。」

「好啊。」楚攸看她這般略帶憧憬的樣子，心情似乎也飛揚了起來。

「我們一定比什麼刑部、六扇門厲害的。」嬌嬌繼續言道。

「那是自然，也不看看我們是誰。」

兩人相視而笑，似乎更加交心了許多。

屋內本是靜謐，突然傳來一陣敲門聲。

「啟稟主子。」彩玉本是不欲打擾兩人的，但是眼下這事還是早些告知小姐為好。

「進來。」

彩玉進門，微微一福，表情喜悅地道：「小姐，青音醒了呢！」

嬌嬌一聽，高興地站了起來。

他們幾個之中，青音是傷勢最重的，也一直都在昏迷，這個時候能夠醒過來，果真是個大好消息。

「我現在就過去看她。」嬌嬌回頭將楚攸的被子蓋好，叮囑道：「你莫要看書太晚，很累眼睛的，我先去看看青音。」竟是一派溫柔小媳婦的樣子。

楚攸也不覺得違和，點頭回了一個好。

見楚大人和小姐這般地投契，彩玉這個一路看著兩人走來的人，不禁感慨起來，真是怎麼都想不到啊！兩人這般地和諧，這個場景，看起來還真是滿驚悚的。

青音醒了，大家都很高興，而這個時候嬌嬌布置的調查也展開了。

其實季家知道這事的人雖然看著多，但是基本都是自家人，ㄚ鬟什麼的也都是心腹，若說是她們說了出去，總是讓人有幾分不信。

而且現在大家都言稱，沒有告訴其他人。

數線並進，嬌嬌倒是並不計較一時的得失。

深夜，秀雅的房間。

秀雅坐在那裡發呆，ㄚ鬟看她如此，一聲嘆息，小姐這幾日深夜都是如此，她這自小伺候小姐的也覺得分外地難受。

「小姐，夜深了，您早些休息吧。」

秀雅點頭，吩咐道：「妳下去吧，我想靜一會兒。」

「小姐，您這幾日都沒有睡好，您這麼熬下去，人會垮掉的，您可不能這麼糟蹋自己的身子啊！」

秀雅擺了擺手。「我知道，妳下去吧。」

ㄚ鬟無奈，只能微福退出，待她行至門口，秀雅再次開口。「近來家裡事多，明兒我打算去寺廟為家中祈福，妳伺候我換衣，我要去稟了祖母。」

ㄚ鬟回道：「是。」

季家並不允女眷隨意出門，不光是季家如此，其他人家也是一樣。秀雅因著有些家裡生意會偶爾往外走，可是也都是要提前告知老夫人的，並不亂來。

月色如洗，秀雅走在長長的院廊裡，心裡幾多悲涼，不管祖母允還是不允，她都要想辦法明日出門，如若不然，她是怎麼都不能放下心來的。

這事發的初時她並不曾想到吳公子身上，可是如今秀寧調查每一個季家的知情人，她霍然想到，自己曾經在無意之中告知過吳公子——前些日子與她相認的吳公子。

這麼想著，秀雅拉了拉披風，加快了步伐。

老夫人聽說秀雅要去祈福並沒有阻攔，此時秀美也在，聽說大姊要出門，她立時提出自己也要一起，老夫人自然是欣慰兩個孩子這般懂事。

今兒家中原本知道情況的丫鬟已經都被刑部帶走詢問過了，她們自然是不會被這樣的對待，可是秀雅還是一絲都不敢耽擱。

第七十章

翌日。

聽說秀雅、秀美出門祈福，嬌嬌正在翻查各家的檔案，而楚攸則是躺在床上，間或地提點幾句，兩人異常和諧。

「大姊姊如今是越發地安靜了。」她只是隨口一句。

楚攸也並沒有放在心上。

秀雅選擇的寺廟並不遠，她知曉，吳公子是住在那裡的。

「大姊，這就是妳常來的地方？」秀美問道，她並不太常出門參拜。

秀雅點頭。

並非初一、十五，寺廟的人沒有很多，秀雅命下人等在門口，與秀美一同入內參拜。

「只求家中每個人都平平安安，不要再出什麼事情了……」秀雅念叨。

秀美在一旁也有樣學樣，她今年也十二了，不是小姑娘了，雖然還不甚沈穩，但是倒也明白了幾分事理。

參拜完畢，秀雅叮囑秀美。「妳且在這裡等我一會兒，我出去一下。」

「呃？」秀美不解。

秀雅似乎有些尷尬地言道：「咳咳，如廁。」

「我當什麼事呢，大姊，妳去吧，我在這裡等妳，妳放心便是。」

秀雅點頭，轉身離開。

秀美看秀雅離開的身影，不經意間看到她的帕子掉在了地上。

「大姊怎麼也這麼不小心。」秀美將帕子拾起，想了一下，跟了上去……

秀美追了上去，卻見秀雅左顧右盼，行色匆匆地快步疾走，她心裡產生了一些疑惑。

也難怪秀美想得多，最近季家出事得太頻繁了，她如何能不考量，雖然對秀寧這個三姊說不上多麼親近，但是她們總歸是一起長大，她吐槽是可以啦，但是旁人如若欺負自己的三姊，她心中總是十分憎惡。

如今三姊遇刺，秀美還是十分迫切地希望找到凶手的。

倒也不是說她懷疑自己的大姊，她萬不會有這樣的想法，只是大姊這般地奇怪，秀美總是不放心的。她悄然地跟在了秀雅身後，見她拐到了後院休息的禪房。

秀美更加疑惑，大姊來這裡幹什麼？

秀雅並沒有發現跟著她的秀美，她一心希望快些見到吳子玉，向他求證一下。

不過待她走到門口，卻聽見裡面傳來說話的聲音，聲音不大，秀雅隱隱聽到「公主」、「遇刺」這樣的字眼，她心中一驚，慌了幾分。

秀美不知道大姊為什麼停在那裡不動了，正要上前，就聽推門的聲音，她立時躲在樹後，不敢再動。

門被推開，吳子玉看著站在門口的秀雅，表情深奧。

「妳怎麼來了？」他語氣淡然。

秀雅透過他擋住的門板往裡看了一眼，並沒有看到什麼人。

秀雅強打起精神，力圖表現得自然一些，說道：「我來看看你。」

「妳來多久了？」

「剛到，我正打算敲門，你便開門。」秀雅溫柔地笑。

「秀雅，進來坐會兒吧。」吳子玉微笑，側身。

秀雅搖頭說道：「不了，我如若不早些回去，他們會擔心的，你也知道，最近家裡事多。」言罷，秀雅就要轉身離開，其實這個時候她的心裡七上八下的，十分難受，只想快些離開，不知怎地，她心裡不安極了。

然就在秀雅轉身的一瞬間，吳子玉一把拉住了秀雅的胳膊。

「有事？」秀雅詫異地問道。

吳子玉微笑。

使勁一拽，秀雅被他拽進了屋子，還不待秀雅尖叫，他的手便捂住了秀雅的嘴。將秀雅拖進屋，他又左右看了看，見沒有什麼人發現，連忙將門關好。

秀美站在樹後，雖然沒有回頭，但是聽那嗚嗚聲，也知道不大妥當，她不敢多看，緊緊地捂住了自己的嘴。

秀雅被拉到室內，立時有人用帕子堵住了她的嘴，而秀雅剛掙扎了兩下，便被那人捆了起來，一把將她扛起扔到榻上。

男子撇嘴。「這季家的大小姐長得倒是秀氣可人，你小子好豔福。」

吳子玉看秀雅一眼，言道：「她可不是我的，你莫要胡說，我的娘子還在家呢。」

男子猥瑣地笑了。「你我之間，用得著說得這麼明瞭嗎？如若她對你沒有意思，怎麼會三番五次前來，又如何會被我們利用。」言罷，男子來到秀雅身邊，挑起她的下巴，左右打量。「真是個美人兒啊，如若你不要她，倒是不如便宜了我，讓我也感受一下這美人兒的滋味。」言罷，他將手滑到秀雅的胸上，一個抓捏，嘿嘿笑了起來。

秀雅不斷地嗚嗚叫著，淚水落了下來，她看向了吳子玉的方向，見他竟然無一絲動容，秀雅難過地閉上了眼睛。

看秀雅如此，男子的手在她的胸上流連。「要怪，妳就怪自己的命不好吧，什麼時候不來，偏要這個時候來。妳剛才都聽到了什麼？」

秀雅瞪他，卻開不了口。

男子倒也沒想聽她回答，他更加笑容滿面。「左右妳都要死，倒不如臨死的時候做回女人，這麼溫柔大方的可人兒如若這般死了，也是頂可惜的。」

說完，他再次回頭看吳子玉。

「吳兄弟，別說哥哥不厚道，既然這是你的女人，我也斷不會吃獨食的，這頭一份兒，哥哥讓給你如何？哥哥倒是不介意吃個剩的。」他可真是下作。

吳子玉皺眉看著男子與秀雅，想了一會兒，言道：「梁兄何必如此著急？我們還是先想一下怎麼處理才是最好，她不可能是一個人來，你就沒有想過，她不見了，季家的家丁必然會出來找她嗎？咱們就算是馬上將她殺死，也要想好屍體怎麼處理，不然我們誰也脫不了干係。」

這個被稱作梁兄的男子喚作梁亮。

聽了吳子玉的話，他也皺起眉來，唾了一口言道：「老子見色起意，倒是忘了，這小娘子必然不是一人前來。不過你怕我可不怕，我不過是個香客，你可是住在這裡的人，如若季家的人知道你住在這裡，你是怎麼都會被懷疑的吧？」

吳子玉正色。「不管是我還是你，我們都是一條線上的螞蚱，你覺得，我出了事，被查了出來，你們的日子又會好過多少呢，抽絲剝繭，你們早晚也會被查到，覆巢之下無完卵，這是老話，你又豈能顧首不顧尾？應當立時想些辦法才是。如若你想馬上讓她死，我是不同意的，還是暫時留著她的命，我們好生想想辦法才是正途。」

梁亮聽了這話，沒再言語，半晌，問道：「那你覺得如何是好？」

事情確實是比較急迫。

「就算她今日不來，我也是打算將她誑到那個地方處理掉的，不然她早晚有懷疑我的一天；可是還不待我想到辦法，她竟是找了過來，真是人算不如天算，如今倒是不好處理了。」吳子玉惱恨。

看著這樣的吳子玉，秀雅淚流不止，她沒有想到，自己相信吳子玉竟會落得這樣一個下場。

梁亮看秀雅哭泣的樣子，譏笑。「這世間的女子皆是喜歡小白臉，看吧，如今妳知道了吧，小白臉什麼的可都是蛇蠍心腸。乖，別哭，哥哥疼妳。」

梁亮直接湊了上去，上下啄吻秀雅，秀雅嗚嗚抵抗，卻不得要領。

如今她真是恨不得自己立時死去，這樣就不用見這兩人骯髒醜陋的嘴臉；可是她又不能，她只希望，自己能夠多知道一些內幕，這樣即便是她死了，也能留下一些線索。

因著秀雅被堵著唇，這人也只能在她臉上游移。

親夠了，梁亮再次抓捏了秀雅的胸一把，唾道：「這小美人的身子真是好，果然是嬌養大的姑娘，與那些窯子裡出來的女子不同。」

吳子玉望向了秀雅，見她憤恨的眼神，勾起了嘴角，起身來到她的身邊，捏著她的下巴轉向了自己，秀雅嗚嗚抵抗。

梁亮笑。「原來這美人兒對你也是不假辭色的啊，怪不得你狠得下心。」

吳子玉撇嘴。「只要你我好生輔佐主子，他日什麼樣的美人兒沒有？她自然是比那窯姊兒強了許多，也美了許多，可是終究不過是個女子罷了。待到他日有權有勢，我們權傾朝野，什麼樣的女子沒有？就像你這出身草莽的，也定然能夠娶得一高門小姐，至於美貌女子，你更是想要多少便有多少。當然，我也不是說不要她，反正都要死，總要讓我們快活一番，但是她現在不能死，我們必須好好想想。」

梁亮這時點頭。「你這小子說得有道理，我與你和睦，正是因為這點，你不裝，不像有的人，總以為比我高貴多少，看不起我。看不起我又如何，最得主子歡心的，依舊是我們，如若不是這般，主子也不會將這麼重要的任務讓我們參與。」

吳子玉點頭。「正是如此。梁兄，這樣吧，你面生，不會引起他們的注意，你去前院看看，季家都來了什麼人、來了多少人；我猜想，不會很多，她為了見我，是不敢帶太多的人的，咱們先有個數兒，才能進行下一步的動作。」

梁亮點頭，不過隨即狐疑地打量吳子玉。

「你小子不會是把我支開，然後自己吃獨食吧？」

吳子玉微笑。「梁兄就是這般地想我？你剛才都說了要先行讓我嚐鮮，既是如此，我又有什麼必要要這麼做呢！我原本就與季家頗有淵源，如若我現在出去探查，想來很容易會被他們認出來，你卻不同。如若梁兄信不過我，那便讓梁兄先爽快一會兒如何？」

秀雅瞪大了雙眼，完全不可置信，她怎麼都想不到，吳子玉竟然會提出如此下作的建議。

她不斷地搖頭，淚眼朦朧地看著吳子玉。

吳子玉將手下滑，捏了她的胸一把，之後呵呵地笑了起來。

秀雅憤怒地看吳子玉，縱然臉上有淚，可是眼神卻如同冒火。

吳子玉看她如此，竟是一把將她的衣服撕開。

秀雅嗚嗚地搖頭，她的衣襟被扯開，露出粉紅色的肚兜，吳子玉笑看梁亮。

「梁兄，不管梁兄想做什麼，都請快些，你該知道，時間不等人。」

梁亮猙獰一笑，立刻瘋狂起來。

他這樣的粗人何時碰過這樣冰清玉潔的女子，他撲在秀雅身上親吻啃咬，將秀雅口中的帕子拿出，立時將自己的舌頭堵了上去，秀雅被他侵犯，心如死灰，狠狠咬了下去。

「啊！」梁亮被秀雅咬傷，朝地下吐了口血，惱怒起來。啪！狠狠的一個巴掌，秀雅被打得偏向了一邊，臉蛋紅了起來。

「給妳臉，妳倒是不要臉了，我告訴妳，妳該感謝我，在妳將死的時候讓妳成為女人。」這樣噁心的話卻可以說得冠冕堂皇。

「救命……」秀雅大叫。

啪啪！又是兩個耳光，秀雅被打得髮絲凌亂，臉蛋紅腫。

吳子玉用帕子堵上了她的嘴。

「梁兄，做這事，可以不用嘴的。」

梁亮再次將口中的血吐了出來，狠狠地揪住秀雅的頭髮。「今兒便讓妳知道我的厲害。」言罷，一把將秀雅的裙子撕開，褪下了自己的褲子。

秀雅並不看梁亮，卻看著吳子玉。

吳子玉也不回避秀雅的視線，只是譏笑。「你們家不是看不上我嗎？如今，妳還不是個任人騎的貨色？」

秀雅不可置信地看著吳子玉。

就在梁亮準備行不軌之事時，啪噠地一聲，外面傳來輕微的聲音。

兩人受驚，互相看著，吳子玉快速地起身走到門邊，靜靜地聽著，然後霍地拉開了門，門外空無一人。

此時梁亮也將自己的衣褲穿好，緊張地問道：「可是有人？」

吳子玉皺眉。「現在沒有，不過剛才一定有人，有人在門外偷聽。不行，我們必須快點行動，不然這事怕是有變。」

梁亮這時也警戒起來。「我去前院探查，你在這邊小心地看顧著她。」

吳子玉搖頭。「不行，如若剛才真是有人，現在你去前院不是自投羅網嗎？這裡不適合我們久留，我們必須快些離開。」

「可你不是說，你住在這裡，他們會懷疑到你的身上嗎？」梁亮疑惑。

吳子玉開始快速收拾自己的東西。「我用了化名住在這裡，如若他們畫了畫像，自然是很容易被季家的人認出是我，不過他們也並非立時就能查出來，總是需要個一時半刻的。關鍵時刻，保命要緊，我們先躲出去，再求見主子想辦法。」

梁亮有些遺憾地看著秀雅，咂吧嘴兒。「可惜了這麼個大美人。」

「我說過，只要主子好，咱們什麼樣的美人沒有。」吳子玉對秀雅竟是一絲情誼也無，他再次看了秀雅一眼，交代。「要怨，只怨妳自己倒楣，更要怨妳是那個公主的親人。我本不想利用妳的，誰讓妳有這樣一層身分呢！」

「她怎麼辦？咱們可不能把她放了。」

吳子玉冷酷地笑道：「帶著她，我們也別想逃出去，給她餵了毒藥，扔到井裡，等他們找到她，她早已香消玉殞。既然矛頭已經不可避免地指向了我，那麼就讓我將這事一同攬在身上，只要我消失，一切便可安枕無憂。」

梁亮看他。「可是你總有家人的，如若他們遷怒……」

吳子玉並沒有停下自己的動作，打斷了梁亮的話言道：「我盡可能將自己的痕跡收拾乾淨，待他們分析到我身上，必然需要幾天時間，這幾天時間足以讓我藏好。至於那些人，呵呵，自母親死了，他們本就不是我的親人了，如若真的被殺了，那麼也算是為我出氣，我高興還來不及。」吳子玉猙獰地笑了，與以往溫柔公子的模樣極為不符。

梁亮瞧他，覺得渾身冷颼颼的，他結結巴巴地說：「可、可是……你娘子不是一心待你嗎？」

「大丈夫何患無妻。」言罷，吳子玉的東西已經收拾成了小包裹，從懷中掏出一枚毒藥，他捏起秀雅的下巴就塞了進去。

秀雅絕望地看他，雙眼木木的。

「妳也別怪我心狠，沒有一刀刺死妳反而給妳留了一個乾淨的全屍，已經是我能為妳做的最後一件事了。」

秀雅口中的毒藥被迫嚥了下去，她只是看著吳子玉，就算她死，也要將這個偽君子看個清楚。

「你這個毒藥多久發作，她不會被救了吧？」梁亮問道。

「這個毒藥雖然不會立時死去，但是也只消半個時辰，我們故意將線索引開，他們半個時辰內找不到她的。」吳子玉將秀雅的外衣扒了下來，言道：「你將她扔進門口的枯井。」

兩人出門，梁亮四下看了看，將被棉被包住的秀雅一下子扔到了井中，因著棉被的緣故，聲音並不大。

吳子玉冷笑一下，將秀雅的衣服撕成一條，故意掛在了門邊。

「你這是為何？」

「你拿著她的衣服，做出是她自己留的痕跡，快些進城，他們必然會跟著這些痕跡追蹤下去。」

「那你呢？」

「我們分開行動。你動作快些，進城便將衣服丟棄就不會有危險，我與你分開走，這樣對你我都好。」

梁亮點頭答應，兩人快速地離開。

秀美從房後的樹上往這邊望，卻見兩人是真的走遠後，大喊起來。

「救命、救命……」她快速地從樹上下來。

梁亮與吳子玉聽到動靜，知曉壞事，加快逃跑的速度。

而這時的小沙彌和香客聽到喊聲，也靠了過來，這邊混亂，季家的家丁又久候兩位小主子都不見歸來，立時衝了進來，這個時候秀美已經跳到了井中，可她一個人力量有限，並不能將秀雅拽出來。

家丁此時終於趕到，連忙幫助秀美將人救出來。

秀美眼見秀雅只著單薄的肚兜，交代大夥不要將被子拉開，她將堵住秀雅嘴巴的帕子拿開，連忙吩咐。「人手分成三隊，認識吳子玉的去西邊追他，不認識的去東邊追一個青衣中年男子，沒有鬍子，樣貌消瘦，他手裡拿了大姊的外衣故意引你們去外面找，你們快些追蹤他，進城就不好找了。其他人護送我們回去，找個馬術最好的快馬加鞭先回去稟報，大姊中毒了，只有半個時辰，要找最好的治中毒的大夫。」

將一切交代完，眾人飛速散開行動。

這個時候秀美也不顧什麼禮數了，她差人將秀雅抱到了馬車上，一路快馬加鞭，只求立時到家。

馬車因著速度過快不斷地顛簸著，秀美將秀雅抱在懷中，哭了出來。「大姊，妳要堅持，妳要堅持住。妳會安全的，會安全的，我們半個時辰之內一定會到，一定會的。」

秀雅咳嗽起來，吐出一口血，她本就中毒，被扔進井中的時候還摔傷了，如今如同就要凋零的花兒。而她裸露在外的地方仍可見吻痕和掐痕，如若說她沒有被人侵犯，想來也是沒有人相信的，這也正是秀美堅持不讓被褥散開的緣由。

「秀美，秀美，是我不好，是我告訴了吳子玉公主他們要出門的事，我不知道、我不知道，咳咳，我不知道他的狼子野心。咳咳……」秀雅咳嗽得厲害。

秀美哭著勸道：「沒事，沒事的。大姊會好的，他們不會怪妳的，不會的。妳別說了……」

「不、不，我要說，我必須、必須說，吳子玉、吳子玉身邊的那個人姓、姓梁，叫什麼不知道，他是會武藝的。應該、應該是出身草莽，他的手都是做粗活留下、留下的痕跡，他、他的脖子，咳咳……」

「大姊，妳別說了，妳別說了。妳回去親自告訴公主他們好不好？妳親自告訴他們好不好？」

秀雅不知道自己能不能活下去，不過這個時候她已經沒有活下去的勇氣了。

「他的脖子、他的脖子有一塊胎記。他們提到、提到了主子。那個主子、那個主子似乎是身分極為顯赫的人，他們倆都是那人的門客。他們提到了權傾朝野，此人、此人必然是有野心做皇帝的。」秀雅說完，再次咳嗽起來，就算是死，她也要將自己發現的一切都說出來，如此她才能安心，才能對得起兩個妹妹。

「要快些找人。吳子玉、吳子玉想來是不會回到那人身邊。他應該也怕棄車保帥。幕後、幕後之人一定會殺人滅口，要快……咳咳……」

「大姊，大姊姊，妳別說了……」秀美看著秀雅又咳出的一灘血，心裡怕極了。

「我、我錯了，原來、原來我真的、真的錯了……」秀雅閉上了眼睛。

「大姊，大姊，妳不要死……快些，你們快些啊……」

第七十一章

嬌嬌與楚攸等人正在商量案情，就聽外面吵嚷。不多時，鈴蘭快速地跑了進來。

「主子，老夫人請您動用隨意進出皇宮的權杖進宮求見皇上，請太醫前來救治大小姐，大小姐中毒，危在旦夕。」

「什麼？」嬌嬌站了起來。

不問原因，她馬上將自己的權杖拿了出來遞給身邊的李蔚。「你拿這個進宮求見皇上，我身體傷著，動作不快，這邊不能耽擱。」

「是。」李蔚快速離開。

見李蔚走了，嬌嬌忙追問：「大姊姊人呢？怎麼樣了？」

鈴蘭搖頭。「大小姐還沒到，是侍衛先回來的，大小姐據說傷得很嚴重。」

楚攸勉強坐了起來。「看來這事有異，妳快些去查看一下吧。」

嬌嬌點頭，連忙往前院而去。

楚攸看著她們的背影，皺起了眉毛，若有所思。

嬌嬌疾步來到前院，見季家的眾人都等在那裡，連忙來到老夫人身邊。「祖母，到底出了什麼事？大姊姊還有多久能到？」

老夫人看是嬌嬌，連忙握住了她的手。「快了，應該是快了！」

二夫人一臉淚水。

「這孩子怎麼就會遇到這樣的事，她怎麼能這麼命苦！」

季致霖握著二夫人的手，也是一臉的肅然，十分難過的樣子。

嬌嬌看季家的幾位大夫已經陸續地背著藥箱過來，還是不能放下心，她問前來通報的侍衛。「大小姐中了什麼毒？」

侍衛其實也不清楚具體的情況，他只是將自己知道的說了出來。「四小姐一直念叨只有半個時辰，是什麼毒不知道。」

嬌嬌看齊放。「中毒之後能堅持半個時辰？齊先生，你覺得，這個是什麼毒？你們先行知道一些，也可商量個解毒的方法。」

齊放皺眉。「有很多毒都能撐一會兒，委實說不出具體是什麼，如若不把脈，我們實在是不敢斷言。不過，我們可先將一些慣用的解毒藥汁備上，待到秀雅一到就將她餵上，最起碼能撐多一會兒。毒藥這種事，宮中的太醫大都比較精，我們先給她餵了解毒的藥，就算是我們束手無策，也可撐到救兵來。」

嬌嬌點頭，其中一個大夫立刻前去煎藥，一絲都不敢耽擱。

「小姐、小姐回來了！」ㄚ鬟跌跌撞撞地跑了進來。

不多時，就見侍衛將秀雅抱了進來，後面跟著哭成了淚人兒的秀美。

眾位大夫就要魚貫而入，秀美突然出聲喊住了他們。

老夫人看她，她一臉為難，不過還是附在她耳邊說了幾句，邊說還邊落淚。

老夫人神情有一瞬間的裂痕，不過還是交代道：「進去吧，先救命要緊。」

嬌嬌離老夫人極近，她隱約地聽到了秀美的話，眼眶也紅了起來，只盼著，大姊姊能夠安好。

因著秀雅危在旦夕，沒有人多問這件事的緣由，只是靜靜地等待。也就在這個時候，李蔚帶著幾位太醫趕到，這些人也迅速地加入了救治秀雅的隊伍之中。

嬌嬌等人都在外面等待，她看著丫鬟進進出出，強忍悲傷，扶著老夫人坐在那裡。

也不曉得過了多久，一個時辰，還是兩個時辰，嬌嬌終於見到齊放出來。

「齊先生，大姊怎麼樣了？」

齊放猶豫了一下，開口。「我有幾句話想和您說。」他看向了老夫人。

老夫人一怔，晃了幾下，囁嚅嘴角。「你、你們都出去！」

二夫人不肯。「我要留下來。秀雅、秀雅怎麼了？我的秀雅怎麼了？可是、可是她、可是她……」二夫人說不下去了，整個人脆弱得不成樣子。

齊放連忙搖頭道：「不是如此。」

老夫人看一眼眾人，言道：「齊放，你說吧，這裡並沒有外人，俱是自家親人，大家是都關心秀雅的，說吧。」

確實，屋內這些人都是季家的人，甚至連下人們都不在。

齊放嘆息一聲，認真言道：「是這樣的，秀雅現在並沒有脫離危險，秀雅中毒時間太久，常規的方法並不能將她的毒素去除乾淨，如今看來只有一味藥是最合適，可是，這藥卻是大寒，極傷身子。我為秀雅把過脈，她還是處子之身，可是如若服用了這味藥，藥性本就大，還需要服用十天半個月，所以，她應該是沒有機會做母親了。」

「什麼！」老夫人退後幾步，二夫人也差點暈厥過去，她倒在了那裡。

「是我，是我不好，如若我早點、如若我早點救大姊姊，就不會這樣，就不會這樣的，都是我不好……」秀美自責地痛哭。

「不關妳的事，這些都不關妳的事，別哭，妳讓母親好好想想。」秀慧也是哭，不過卻過去扶起癱在地上哭泣的秀美。

看起來，嬌嬌倒是最先回過神的。「必須服用嗎？」

齊放也難受。「只有服了，才能確保毒素清理乾淨，秀雅才能真正好轉；如若不然，自然也是有可能無事，可是這毒素在她身體裡，怕是要時時刻刻折磨她的，而且，我們不能斷定會不會哪一天突然復發，又或者，連這一關都過不去。其實，這就是賭。」

屋內除了哭泣聲，竟是一時無旁的聲音。

「讓她服用。」

男聲響起，嬌嬌抬頭望去，出聲的竟是季致霖。

他看著齊放，一字一句地說：「讓她服用，活著，才有希望。」

齊放又看老夫人和二夫人，兩人都是痛苦萬分的模樣，卻並不說話。

齊放點頭，轉身回屋。

二夫人拉著季致霖的衣角，哭著道：「致霖，致霖，我們的秀雅怎麼這麼命苦？為什麼會這麼命苦?」

季致霖一滴淚落了下來。

都說男兒有淚不輕彈，其實，只是未到傷心處。

又過了許久，齊放與眾位太醫、大夫魚貫而出。

齊放認真言道：「人已經無礙，藥方我也已經寫好，每日五次，按照時辰煎藥，萬不可亂了。秀雅如今還在睡，想來明早就會醒過來。」

「沒事，秀雅沒事了。」老夫人總算是放下了心，喜極而泣。

眾位太醫就要告辭離開，嬌嬌卻笑著攔住大家。「大家用了晚膳再回宮吧。」

眾位太醫面面相覷，其中一人回道：「多謝公主，不過既然這邊已經無事，我等還要回宮覆命，就不留下叨擾了。」

嬌嬌摸著手上的鐲子，笑言。「既然如此，那本宮也就不多留你們了。近來本宮身邊頻頻出事，倒是要時常麻煩大家，實在是多謝幾位幫忙。」嬌嬌語氣溫和，不過這話說完，她卻話鋒一轉。「不過，在這宮中當差久了，想來你們也該知曉，並非什麼話都能說。有些事，說出去是無事，可有些則並非如此。人活著，總是希望一路平順，如若讓別人不平順了，那麼大抵上，自己也不會好過到哪裡的。」

嬌嬌這話說得似是而非，不過這些人都是在宮中進出多年，如何不明白她的意思。如果季秀雅過得不平順，那麼他們也不會平順，嘉祥公主說的，可不就是這麼個意思嗎?

他們也明白，這事不好辦，別說這一身「痕跡」，就單說不能生子這一項，怕是也會讓她一輩子無法出嫁。

季家如若想將季秀雅順順利利嫁出去，怕是就要想些辦法，欺瞞什麼的更是少不了。

「公主放心，爾等明白。」眾人俱是答道。

左右公主沒有逼著他們家娶這位主兒，保守秘密便是。

嬌嬌微笑。「那便好，明日本宮定會進宮與皇爺爺說要多謝幾位。」

眾人擦汗道謝，這小公主，果真不是什麼簡單之人。

吩咐下人將眾位太醫送走，幾人連忙進屋看秀雅，秀雅這時仍是在昏睡。

二夫人拉著秀雅的手，說不出話。

大家就這麼看著秀雅，好久，聽到外面有人稟告。「姑爺！」

徐達出門，不多時，他進門，看幾人。「秀美，妳將人分成了三分？」

秀美點頭。「一部分人追吳子玉，一部分人追那個姓梁的。可是抓到人了？」

徐達遲疑了一下，點頭。「吳子玉跑掉了，另外那個人與侍衛發生了爭鬥，被刺死了，人被抬了回來。」

秀美哭道：「就是那個吳子玉，是他害了姊姊，是他給大姊姊餵了毒藥。」

這個時候老夫人總算是回過了神，她看著秀美，言道：「妳說說，今兒是怎麼回事？怎麼就會如此？」

秀美終於止住了哭泣，將白日發生的事緩緩道來。

「我看大姊被吳子玉拽進屋，可是我不敢大喊，我不是不救大姊，我是怕他們惱羞成怒直接殺人。後來略等了一會兒，我就躲在了窗下，我也不敢去喊人，生怕他們將人帶走，我什麼都不敢，我什麼都不敢。再後來，我聽到他們要輕薄大姊，沒有辦法，就爬到了樹上，扔了一塊石頭，讓他們以為有人。我以為他們知道有人發現就會盡快逃掉的，可是、可是他們還是害了大姊，都是我不好，都是我不好……嗚嗚……」

秀美哭得慘兮兮的。

「妳沒有不好，妳也沒有做錯，如果不是妳，大姊姊現在不會安安全全地躺在這裡，雖然她遭遇了可怕的事情，但是她還活著，這樣不是很好嗎？二叔說得對，活著才有希望，所有不如意都會過去的。秀美，謝謝妳救了大姊姊。」嬌嬌看秀美的情況也不是很好，她整個人已經處於歇斯底里狀態，她走過去，將她攬在懷中，說了這麼一番話。

秀美拽著嬌嬌的衣襟，可憐兮兮地問道：「我、我真的沒有做錯嗎？是我沒有保護好大姊，我也沒有第一時間救她，都是我不好……」她又哭了起來。

「不是，不是的。妳都是為了她好，如果妳莽撞地衝了上去，除了搭上自己，現在也救不回大姊姊，而且一旦招惹來了更多的人，那麼大姊姊活的希望就更小了。這些事妳都做得很好，沒有衝動，很有條理，妳甚至將人手安排得也很好，是妳救回了大姊姊。」嬌嬌勸慰她。

秀慧似乎也發現了秀美的不妥當，她才十二歲，本身又不是秀慧和嬌嬌這樣的性子，如今怕是心裡創傷極重的。

「是，秀寧說得對，如果不是妳的安排，我們怎麼會抓到那個混蛋，他的屍體如今還在院子裡，有了他，我們才能找到更多的線索。秀美，這些事妳都做得很好，如果沒有妳，大姊姊如今還不知道在哪裡。」

秀美小聲地啜泣，在兩個姊姊的安慰下，她終於平靜了下來。

秀慧似乎更能切住秀美的脈搏，畢竟是親姊妹。「秀美，如果二姊遇見這樣的事，一定不會做得比妳好，是妳救了大姊。現在，妳要不要再為大姊做更多的事？」

秀美迅速地抬頭答道：「要。」

「我現在要去檢查那個人的屍體，妳和我一起，順便幫我想一下，現場還有什麼問題，妳也知道，時間是很寶貴的，大姊如今這個樣子，就算是醒了也未必能幫得上忙。」秀慧拉她。

秀美點頭。「好，我與妳一起。」

秀慧與幾位長輩稟了之後就拉秀美出門。

嬌嬌提醒。「他不會是從石頭縫裡冒出來的。」

秀慧點頭。「我懂。」

看兩姊妹出門，季致霖看著嬌嬌說道：「謝謝妳。」他們都沒有發現秀美的不對，可是她卻發現了。

嬌嬌認真回答。「創傷後遺症。雖然秀美沒有經歷這些，可是她年紀這麼小，很容易受到影響，秀雅如今這樣，很容易讓她自我否定，你要不斷地肯定她，讓她知道自己做得是對的，更要不斷地為她找事情做，這樣才是最好的。」

季致霖點頭。

「其實，大姊姊才是問題最嚴重的那個。吳子玉這麼做，其實已經摧毀了她的所有信念。」嬌嬌嘆息。

「他該死！」溫文爾雅的季致霖竟然會說出這樣的話，可見他心中是多恨。

而老夫人看著躺在床上的秀雅，言道：「當時，我不該對吳家留情的。」

嬌嬌果斷地打掉大家的消極。「過去的事，都過去了，後悔也沒有用，畢竟在那個時候，他還不至於得到更嚴厲的懲罰，我們也不能預知未來。但是今天既然他做出了這樣禽獸不如的事情，那麼，他就要付出血的代價。我們要做的，是撐起精神，找到他，弄死他。」

嬌嬌的話很有蠱惑力，幾人真的振作幾分。

「確實如此，我們現在要做的事太多了，這麼自怨自艾下去也不是個辦法。」

將這邊安置妥當，嬌嬌嘆息一聲。

「公主，楚大人請您過去一下。」

嬌嬌點頭，去見楚攸。

待到嬌嬌回來，楚攸依舊維持她走的時候的姿勢。

「你不知道累嗎？」嬌嬌就要扶他。

楚攸微笑，等她動作。「季秀雅怎麼樣了？」

嬌嬌嘆息一聲，言道：「不太好。」

「不太好？」

嬌嬌點頭。

「是她將我們去春遊的消息透露出去的？」楚攸挑眉。

嬌嬌無奈點頭。「大姊姊不是故意的，她是被吳子玉害了。」

楚攸冷笑。「女人最蠢的就是婦人之仁的時候，最後連自己的親人也出賣出去。」

嬌嬌不贊同他這個觀點。「並不是的，大姊姊並非故意。再說，誰能想到這會找來殺身之禍？我們自己都沒有多想，不是嗎？只能說，這次是大姊姊走進了別人的圈套裡。剛才我就一直在想，吳子玉怎麼會這麼快來京城，又是如何和那個幕後黑手搭上線的？要知道，我們也不過來京城半年有餘，吳子玉成親才沒多久，他不該出現在這裡的。」

楚攸認真思索。「有沒有可能，是那個幕後黑手找到了吳子玉？」

「呃？」嬌嬌怔住，想了一會兒，問道：「你的意思是，那個人要對付我，他知道我們家的人很難策反，所以他去江寧遊說了吳子玉，吳子玉為了所謂的榮華富貴，果真來騙大姊了？他們從大姊那裡打探消息，然後對我下手？」

「正是如此。」

嬌嬌冷笑。「如此一來，還真是煞費苦心。」

「妳真的不知道什麼秘密嗎？」楚攸疑惑地看嬌嬌，如果她什麼都不知道，那麼殺她的緣由果然是讓人覺得有幾分奇怪。

嬌嬌怒道：「如若我知道了什麼，我早就動手了，還用等到現在嗎？你究竟明不明白，是我連累了大姊姊，如果不是我，那些人怎麼會算計到她的頭上？你究竟知不知道她經歷了什麼？」嬌嬌惱火，她是怎麼都不希望季家的人出事的。
楚攸看她如此，知道她心裡的哀傷，問道：「她……被欺負了？」
「沒有。有時候並不是有沒有被欺負的事，心理上的傷害，不見得就比身體小。」嬌嬌不願意繼續這個話題。
楚攸也沒有再問。「我讓李蔚派人去江寧，看看究竟有誰與吳家接觸過，吳子玉能做這些事，想來心機也是不少的，他必不敢回到他的主子那裡，沒有人不怕事，如果妳是那個幕後黑手，妳會怎麼樣？」
「必須殺了吳子玉，這樣我才能安心。」
楚攸點頭。「正是如此。可是吳子玉躲了起來，他必然也很著急得想找到他，如果我是他，在找不到他的情況下，一定會利用他的親人就範。」
嬌嬌明瞭。
「那你差人去江寧吧，不過切記小心，莫要為他人揹黑鍋。如今大姊姊出事，若是吳家這個時候被人滅門，想來別人會立時想到我們。」
楚攸冷笑。「他們以為，我是那種他們想潑髒水就可以潑的人嗎？我揹的黑鍋，那都是皇上的作為，旁人，怕是沒有那個榮幸。」
嬌嬌勾起笑容。「你說起來倒是不害臊。」
楚攸看她。「我為什麼要害臊？這事又不是我錯了。」
嬌嬌無語。

「其實，我們也不是什麼線索都沒有，最起碼，外面那具屍體就是。」楚攸已經聽李蔚說了這事。

嬌嬌看他，點頭說道：「我去處理。」

「等等。」楚攸喊住嬌嬌。

嬌嬌回頭看他，不解。

「辛苦妳了。」

嬌嬌表情有幾分鬆動，不過隨即凶巴巴地道：「既然知道我辛苦，就快點好起來。」

楚攸笑著垂首，慢悠悠言道：「遵命。哦對，提醒妳一下，吳子玉來京城的時間如果不長，那麼一定對京城不熟，對京城不熟卻能安然地躲過去，妳覺得，會是什麼樣的原因？」

「要麼有可靠的人在幫他，足以使他相信，要麼他仔細地勘查過地形。」

楚攸點頭。「不管是第一項還是第二項，都很容易讓人找到破綻，他身邊能信得過的人太少了，而如果他勘查地形，也不會走得很遠，大抵，也無非就是寺廟附近。」

嬌嬌露出一抹笑容。「果然薑還是老的辣，多謝提醒！」

楚攸擺擺手。

嬌嬌來到院子裡，秀慧正在檢查屍體，間或問秀美一句，秀美答得很清晰。她深深擰眉，看來也是憋著一股勁兒，想要早日為秀雅找到那個吳子玉。

「公主。」兩人見嬌嬌到來，俱是打招呼。

嬌嬌問道：「可是有什麼線索了？」

秀慧點頭。「線索有一些，不知哪個合用。」

嬌嬌瞥一眼屍體，言道：「只要是線索，每個都合用，仔細檢查，定然能找到我們想要的，姑父已經命人去寺廟了，我讓他將院子封了起來，明早我要去檢查。」

秀美咬唇。「我忘記派人看顧院子。」

嬌嬌不看她，反而是低頭戴上了仵作放在一旁的大手套，開始檢查屍體。「妳已經做得很好了，我們是人，不是神仙。」

「公主莫要動手，還是小的來吧？」仵作去出恭回來，竟是見到嘉祥公主在翻屍體，這可如何是好？

嬌嬌想了一下，將手套遞給仵作，仵作吁了一口氣，可嚇死他了。

「你給我講下屍體。」

「死因是劍傷，您可以看見，一劍刺到了心窩，身上有些傷痕，想來是在打鬥的時候留下的。這人是個練家子，您看他的手，極為粗糙，身上還有一些陳年舊傷，不過看這些，倒是不像武藝高強之人。」

其中一名與他打鬥的侍衛一直候在這裡，他附和道：「確實是這樣的。此人武藝雖然也是不錯，但是絕對不算高手。不過這人原本必然不是從事什麼好的行當，他下手極為狠戾，而且屬於全然不顧自身安危那種，照我看，很像是山賊，抑或者是鏢局走鏢之人。」

嬌嬌點頭，問道：「你們是誰殺了他？」

侍衛回道：「是我。」

嬌嬌看他，詢問道：「既然你說他不算高手，為什麼要殺他，抓活的不是更好嗎？」

「其實我們是想抓活的，但是他拚死抵抗，其實人如果被逼到一定的分上，是很容易發狂的，他就是這樣的人。我們的人也不多，且在拚殺之下都已受傷，隨著時間的推移，我們越來越不占優勢，如果讓他逃走，倒不如讓他死了，帶回個屍體，也能查出幾分線索。」侍衛回道，他是徐達教出來的，還是個有想法的。

嬌嬌點頭，如果不能生擒，確實，死人也比跑掉強。

「鈴蘭。」

「奴婢在。」

「妳去通知李蔚，讓他在六扇門找個擅長畫像的人，我明早之前要看到這個傢伙和吳子玉的畫像。」

「是。」

「秀美，妳進屋與我詳細說說當時的情景，吳子玉他們話中有沒有提到什麼很特別的事情？」

秀美點頭。

待兩人進屋，秀美便一五一十將當時的情景說了出來——

「我並沒有全然知道當時的情況，不過大姊姊那時以為自己要不行了，叮囑了我一些。當時我們以為人是抓不回來的，可是人抓回來了，大姊姊說的關於那個姓梁的事情就沒有價值了；不過她說，那個幕後的主子必然是覬覦皇位的。」

嬌嬌聽了這話，點頭。「行，我知曉了。妳這段時間多照顧些大姊，妳也知道，大姊剛剛出了事，必然心情不好，我們要讓她好起來，光是安慰是沒用的，我們要讓她知道，她必須親自打起精神，必須抓到吳子玉，只有她打起了精神，有了事情做，才不會那麼消極。秀美，這件事就拜託妳了，妳也知道，我們都忙著找這兩個案子的凶手，實在是脫不開身。」

秀美重重地點頭。「我知道，我都知道的。」

咚咚！敲門聲響起，嬌嬌言道：「誰啊？」

「阿姊，是我。」正是子魚的聲音，他一直都陪在老夫人的身邊，這個時候才倒出空閒過來。

「進來吧。」

子魚進門，似乎經歷了這些事，他整個人都沈穩了許多。「阿姊，我想過來看看，有沒有什麼我能幫得上忙的。」

這段時間季家接連出事，季秀雅、季秀慧、季秀寧，每個人都或多或少地受了傷，楚攸與江城還躺在那裡，青音也不過剛醒，子魚似乎覺得自己一下子就成熟了起來。二叔說得對，他是個男孩子，這個時候，他必須堅強，必須頂上來，只有這樣，季家才有希望。

「子魚，明早我要去大姊遇險的寺廟勘查，正好，你與我一起去。我與楚攸研究過了，我總覺得，他有信得過的人的可能性很小，最大的可能性便是他勘查過周圍的環境，我已經安排人進宮了，待得到皇上的旨意，明兒我會帶九城巡防司的人搜山。」

「好，我和妳一起；不過阿姊，這都一個晚上多了，他不會跑了嗎？」

嬌嬌冷笑。「如若是他自己勘查過的環境，如果別的地方更危險，你是吳子玉，你會走嗎？」

「不會。」

「那就是了。」

嬌嬌為幾個小的都分配了事情做，此時已經是深更半夜，彩玉見嬌嬌臉色蒼白，勸道：「主子，您也多少休息一會兒吧，明兒你要帶人搜山，還有得忙呢！可不能這麼不顧自己的身子啊，您的劍傷還沒好全呢。」

嬌嬌愁眉不展。「我雖然忙，可是卻沒有找到任何有用的線索，如此哪裡能夠安心，妳也知道，現在時間是多麼地重要。」

彩玉可不管那些。「時間固然重要，可是您的身子更重要，如若您再這樣，奴婢就去求見韋貴妃，讓她來管管您，如果沒有好的身子，怎麼能找到真正的凶手？」

嬌嬌微笑點頭。「好，彩玉，妳不要生氣好不好？聽妳的，都聽妳的，睡覺去。」

這個夜裡注定是讓許多人不能安眠，不過嬌嬌還是強迫自己睡下了。

第七十二章

一大早，嬌嬌收拾索利，便立即帶人出門，這次除了她帶的人馬，還有徐達。

「姑父，麻煩你了。」嬌嬌認真言道。

徐達搖頭，回道：「這些都是我應該做的。」

秀慧也是一大早起來。「注意安全，小心狗急跳牆。」

「我明白，今兒大姊姊應該能醒過來，我們去找人，這邊，還要多麻煩妳們了，有些話我交代秀美了，我想二姊姊這麼聰慧，是不需要我交代的，大姊姊的事情，妳多擔待。」

秀慧橫了她一眼。「她是我的姊姊，我自然知道這些。」

嬌嬌他們沒有一絲耽擱，很快就趕到了寺廟，這個時候寺廟已經被封了起來，京城附近大大小小的寺廟，這間算是中等規模，香火也並不大鼎盛。

嬌嬌四下查看，子魚問道：「姊姊，可是有什麼不妥？」

嬌嬌皺眉。「我在想，這麼多寺廟，他為什麼選擇了這裡？選擇這裡的原因是什麼？」

「人少？」子魚回到。

嬌嬌搖頭。「如若我是吳子玉，我會選人多的，人多才不會被注意，人少反而不好行事。」

「那就說明，這裡有讓他安心的因素。」

清冷的女聲響起，嬌嬌回頭，看到站在不遠處的花千影。

六扇門總捕頭——花千影。

雖然花千影往日裡對嬌嬌並不熱絡，但是嬌嬌還是對她極有好感的，一個女子，不靠美色，卻是真的能幹。

「花總捕頭竟是比我還早。」

花千影看她一眼，言道：「我是昨晚就沒走。」

呃……

「妳帶這麼多人過來似乎沒什麼用吧？人早就跑了。」花千影看著九城巡防司的人，撇嘴。

九城巡防司的頭領看見花千影，笑著打了個招呼。

「我打算徹底搜查，將這方圓幾里，都詳細搜一遍。妳家尚書大人提醒我，說他很有可能事先在周圍勘察過地形，再說了，燈下黑，他躲在這附近，是極有可能的事。」

花千影點頭。「大人英明，我也做如是想，不過我從昨晚就開始細查，並沒有發現什麼特殊的地方，而這裡的和尚也都言稱與吳子玉只是泛泛之交，他不過是個來暫住的學子。」

嬌嬌微笑。「也許，是我們忽略了什麼，妳帶我去他的房間看看吧。」

花千影點頭同意。

吳子玉的房間略顯凌亂，重要的東西也都被收走了，嬌嬌站在門口四下看，發現這裡倒也能算是一塵不染，想到吳子玉那公子哥兒的性格，嬌嬌看向花千影問道：「他這房間，有人收拾過？」

花千影回道：「我來時就如此，應該是他自己收拾的。」

嬌嬌微笑搖頭。「這就衍生了第一個問題，他自小就是富貴公子，妳覺得，他能自己收拾房間嗎？好，就算他能收拾，他又真的能收拾得這般乾淨俐落嗎？」

「有人幫他。」

不多時，一個小沙彌就被揪了出來，正是他幫助吳子玉收拾屋子。

嬌嬌看他跪在那裡瑟瑟發抖，問道：「你為什麼要為他收拾屋子？」

小沙彌回道：「我、我是冤枉的啊！我不過是看這位施主不大會，才好心的幫他收拾，我真是冤枉的！」還未如何，他已然大聲喊冤。

嬌嬌皺眉。「我剛才去其他房間看過了，他們怎麼就沒有這樣的待遇，我想，既然你不願意說，那麼我也不願意多言，你去刑部吧，聽說，刑部大牢裡可是有許多好玩的呢，老虎凳、辣椒水什麼的，你懂嗎？如若不懂，我倒是可以紆尊降貴地為你講一講。」

花千影與九城巡防司的頭領俱是一頭黑線，這是溫順的小公主嗎？

而小沙彌聽到這些，更是嚇得不得了，顫顫巍巍地解釋道：「我、我、我收了他的銀子為他收拾，我真不是他一夥兒的啊！」

花千影表情有幾分冷凝，上來就要拽人，小沙彌殺豬一般地喊。「真的，真的！銀子就藏在我屋子裡的牆縫裡。」

嬌嬌差人去將銀子挖了過來，問他。「就沒有銀票？」

小沙彌頭搖得像撥浪鼓。

嬌嬌看花千影。

「其中一個人能被收買做這件事，其他人就能被收買做其他的，將所有的和尚都給我聚到一起，另外搜查他們的房間，什麼牆縫、炕洞的，我倒是要看看，到底能找到多少銀子。」

花千影點頭，帶著人就過去調查，不多時，果真是搜出了不少的銀子，連方丈都有分。

嬌嬌這時候卻是怒極反笑。「怪不得呢，我說吳子玉怎麼選擇了這麼一間寺廟，原來，這裡是從根上就爛得不得了啊！」

一眾和尚跪在那裡呼天搶地。

「姊姊，吳子玉久居江寧，他怎麼會知道這裡的和尚貪財非常容易收買？」子魚提出自己的疑問。

嬌嬌冷笑。「有人告訴他，看來，第一個揣測是真的，有人告訴了他，所以他才選擇了這裡。拿著畫像，給我認真調查方圓幾里的每一戶人家，只要提供一個有價值的線索，我就賞銀五兩。」

五兩，這在普通人家也是一年的花銷了。

「是。」

「你們得了他的銀子，總是要告訴我，他都讓你們做了什麼吧？」

這時誰也不敢再繼續隱瞞，立時一五一十地將事情說了出來，嬌嬌靜靜地聽著，間或問幾句，旁的不再多言。

子魚站在一邊，認真將眾人說的話記在了心裡，問道：「阿姊，他是不是躲在了城裡？城中人比較多的地方，也比較利於隱藏。」

嬌嬌冷笑，交代徐達。「姑父，你去通知九城巡防司的人，一定要極為詳細地調查周圍的人家，我覺得，他必然不會進城。」

徐達不解，不過還是回道：「我知道了。」

嬌嬌與他們解釋。「他問這些，更似障眼法，是想將我們調走，那些地方更不好查，不是嗎？他不是個笨人，他該是明白，如若成功最好，可是不成功，他總要為自己留條後路，而他的後路就是故布疑陣；如若事情敗露，我們遲早會發現這裡的貓膩，也定會審問這些人，這些人雖然貪財，但是更惜命，他不過是利用這些人轉移我們的視線罷了。」

子魚點頭，若有所思。嬌嬌說的這些，他全然都沒有想過，如今看來，他真是不諳世事。

人已經撤了出去，嬌嬌也無須等在這裡，她再次勘查一遍現場，先行回府。

「阿姊，我們不用等在這裡？」

嬌嬌認真地言道：「子魚，即便你將來不能位列一品、一人之下，萬人之上，可是也是身分顯貴之人，你的母親是祥安郡主，季家一門兩狀元，這是任何人家都無法比擬的。你既然是一家之主，是季家的主人，那麼你就該知道，有些事，不須親自處理，將事情吩咐下去，掌握好大的方向，如此便可，身邊培養一些能夠做事的人、會做事的人，比你自己事事親力親為更加重要。」

子魚有些不解，可是想了一會兒，又似乎明白了什麼，點頭。「阿姊，我知道了。」

九城巡防司的周大人聽著嘉祥公主的話，心裡比了一個大拇指，果然是人不可貌相，相比於她的幾個姑姑，這位小公主，真是太青出於藍了。

「周大人。」

「下官在。」

「如果按照我劃定的範圍搜查一圈沒有找到吳子玉，那麼範圍擴大，繼續搜查，當然，搜查過的地方還要再搜查一遍。如果一隊搜查了東邊，那麼另一隊就去搜查西邊，交換穿插搜查，大家不至於倦怠，而且會更加地仔細。」

周大人贊同。「下官知曉。」

這位主兒如果來他們九城巡防司任職，哎呀，如果是這樣，那可真是太好了，她真是個極為透亮的人啊！周大人腹誹。

嬌嬌與子魚回去，又與子魚講了些道理，如若是往常，嬌嬌是不會說這些的，便是說了，子魚也未必放在心裡；但是現下不同，經歷了這麼多事，子魚迫切地需要長大，他也極想為家裡分擔，如此，他也算是會以最大的能力汲取知識。

馬車行駛得極快，不過就在兩姊弟敘話的時候，外面傳來侍衛的稟告。「主子，前面有侍衛過來了。」

「阿姊。」子魚提醒。

嬌嬌聽聞，再次將簾子拉開，來人竟是韋風。

又一個長輩。

「下官見過公主。」

嬌嬌失笑。「表叔。」

「皇上速召公主進宮。」

咦？

嬌嬌馬不停蹄地進宮，皇上看她臉色蒼白，立時不高興了起來。

「快坐下，妳這丫頭，怎麼就不顧及自己的身體。」這丫頭查案就不顧自己身體，讓他怎麼放心將別的事交給她。

嬌嬌確實累了，她嘆息道：「祖父，其實，我也挺累的。」

看她實話實說的小模樣，作為家長，皇上表示，很氣憤。如果沒有這些亂七八糟的事，嬌嬌哪至於如此。

「這麼多事，怎麼能讓妳一個小姑娘全權處理，這重擔不該壓在妳的身上。」

嬌嬌微笑搖頭。「可是，能親自將那些心懷叵測的壞人找出來，我很高興，而且那幕後之人既然能養出武力那麼高強的暗衛，居心如何尚不可知，不找出來，我寢食難安，這不光是為我自己。」

「真是個倔強的丫頭。」皇上摸了摸她的頭。

嬌嬌嘟唇。「我也是為自己找到凶手啊，如若不是這般，他們只怕會牽連更多的人。對了，祖父，您叫我進宮可是有什麼急事？」

皇帝猶豫了一下，將一本書遞給嬌嬌。「妳自小就研究季致遠的東西，該是有許多的心得，祖父希望妳看一下這本書，看看是否有不對勁的地方。」

嬌嬌不解地將書接了過去，問道：「祖父認為，這本書有問題？」她翻看起來，卻並沒有發現什麼特別之處。

準確地說，這本書並不是季致遠所著，而是他在翰林院期間整理的一本書，書中內容皆是他人的短篇，而這本書本身也並未編排成書，悉數是季致遠抄寫的，很多地方，他還做了簡單的注釋，看後面的題字，似乎是翰林院的工作，之後就要上交製成書冊。

皇帝背手站了起來，言道：「很奇怪，這本書，是從麗嬪那裡搜出來的。」

呃？嬌嬌有幾分疑惑。

「麗嬪自從出事之後，那裡便被封了起來，這幾日想著修整一下以作他用，不想竟發現了暗格，而暗格之中，只有這一本書。」皇帝瞄一眼書，不明白其中緣由。

聽到這本書的來歷竟是如此，嬌嬌再次翻看起來。

「麗嬪的那個心腹丫鬟，還沒有找到？」

皇上看嬌嬌，言道：「之前不想讓妳摻和，所以沒有告訴妳，其實人已經找到了。」

嬌嬌瞪大了眼。「找到了？」不過隨即她又點頭，其實想來也是的，怎麼可能就找不到一個小丫鬟呢，宮中進出並非易事，這可不是三十多年前了，能夠讓一個人憑空消失。

「不過人死了，對嗎？」

皇上並不意外她會猜到，他們家的血統這麼優秀，嬌嬌又是個聰明的，能夠想到並非難事。

「確實，人已經死了。我們沒有找到她是因為，她死了，綁著石頭被沈入了湖底。」

「又是湖。我看，這宮中有水的地方都該抽乾了才是，盡是害人。」嬌嬌嘲諷言道，不過又想到坐在她對面的是長輩，是她的爺爺，於是又略微不好意思地笑了一下。

皇帝食指敲擊桌面。

「麗嬪究竟是因為什麼而死，朕想，這需要重新考量了，原本朕是打算讓暗衛全權調查，但是很明顯，做這些，韋風不在行；不僅韋風不在行，其他人也不在行，可用的楚攸又半死不活地躺在季家。咦，對，他怎麼還在那裡，男女授受不親，讓他滾回自己家養傷去。」皇帝說到一半怒了。

雖然這廝拚死救了嬌嬌，可也不代表他可以住在季家啊，成親還是兩年後的事呢！

嬌嬌滿臉黑線。

她搓手，認真言道：「楚攸不能走，他確實有大用處，論實際經驗，我不如他。這段日子的事情太多了，不過我總是覺得，許多事情，萬變不離其宗，說不上之間有沒有關係，就算沒有，一件一件查，也未必不好。我的意思是，將麗嬪、吳子玉、還有我遇襲的案子全都交給我，我來組織人手，以最快的時間調查清楚真相，同時……」嬌嬌搖了搖手中的書。

「查清楚麗嬪掌握的秘密是什麼，這本書裡，藏著什麼。」

皇上看嬌嬌認真的表情，沈思。

「我不怕累，如果累一點就能得到意想不到的效果，那麼我會覺得，是自己賺到了。我不是養在溫室的菟絲花，你們或許會覺得先前季老夫人壓在我身上的擔子太多，其實不是的，完全不是那樣，是因為她瞭解我，從骨子裡瞭解我，知道我是一個好奇心重，且閒不住的人，所以她才會交給我那麼多事；而事實證明，我處理得很好，不是嗎？」

皇上看嬌嬌循循善誘的語氣，笑了出來。「老三自正常之後就總說妳是個鬼靈精，朕當時便深以為然，現在看來更是如此，妳這丫頭，真是個不簡單的。不過，朕很欣慰，也很高興妳是一個有能力的人。行了，妳的要求，朕准了，不過朕要知道妳挑的人手。朕倒是要看看，妳比較看重誰。」

嬌嬌微笑。「有大的問題我可以求助您啊！不過調查這方面，我只會選兩個人，一個是楚攸，另外一個，是我的二姊姊季秀慧。」

皇上挑眉。「俊寧處處幫妳，妳為什麼沒有選他？」

皇上語氣平常，聽不出個所以然，不過嬌嬌還是覺得有幾分怪，但縱使如此，她還是認真回道：「不合適。楚攸比他的用處大，他又與楚攸不投契，這是不能選他的原因之一；原因之二，我不清楚安親王信不信得過，他性格很張揚，很容易將事情洩漏；原因之三，他並不擅長於此，當然，這最後一點才是最重要的。」

皇上言道：「最重要的，妳卻放在第三？」顯然不大相信嬌嬌的補充啊。

嬌嬌笑。「最重要的，不是都該放在最後說嗎？」

一老一小笑了起來。

「讓刑部尚書給我打下手，我這心裡感覺還挺怪異。」嬌嬌嗔道。

皇上瞪她一眼。「他都臥床不起了，能幫妳什麼，真是女大不中留，妳要處處都向著他嗎？」

嬌嬌笑得頂快活。「他又不是活死人，自然是有用的；再說了，我向著他，是因為他有存在的價值啊，與女大不中留可沒有一分的關係。我姑姑，呃，就是季晚晴啊，她都二十五歲才嫁人，我今年十四，有什麼可著急的？您也可以讓我二十五歲再嫁給楚攸，十六什麼的，真是太早了，我還小呢！」

「那可不行，我的嬌嬌才不能被養成老姑娘，十六不小了，十六哪裡小，也就是季老夫人，如若是一般人家，哪裡容得下季晚晴這般放肆。再說了，妳看她倒是嫁得晚，可嫁得哪裡是什麼鐘鼎高門，一個侍衛罷了。女子高嫁，男子低娶，古語都是如此，想來可不是最有道理的嗎！」皇上雖然不想嬌嬌嫁得早，可是如若真的讓她到像季晚晴那個年紀才嫁人，皇上也是不幹的。

嬌嬌不贊同皇上對於季晚晴嫁人那件事的意見，不過倒是也沒有反駁皇帝的觀點，只是微笑言道：「姑姑與姑父是兩情相悅，真心相待，能夠在一起，最好不過，不是說嫁得高就是好，也要喜歡不是。」

皇帝立時抓住她話中的語病。「妳沒有反駁與楚攸的婚事，是因為妳喜歡他？」

嬌嬌無語，她捂住自己的臉，半晌，言道：「祖父怎麼可以挑我話裡的語病？我原來不喜歡他的，不過覺得和他也算搭。現在、現在有一點點啦！」

看她這般模樣，皇上笑了起來，嘆道：「年輕真好。」

嬌嬌也笑，不再多言。

「行了，這事都交給妳，如若妳有什麼疑問，或者有什麼需要幫忙的，讓九城巡防司的周大人和韋風幫妳，至於妳三叔，這件事，妳暫且不要找他了。」

「呃？」嬌嬌疑問。

「此事說不好妳就會查到哪個皇子頭上，如若這事妳三叔摻和進去，難免旁人會多想，以為其中有什麼不為人知的內幕，反倒是對他不好。」若是旁人，皇上哪會如此認真地解釋緣由。

嬌嬌聽了，點頭，她確實沒有想到這一點，她還以為，讓大家看到三皇子的實力是一件好事。果然，她雖然適合查案，但是卻不適合宮鬥與權謀。

「是我考慮不周了。」

皇上笑。「不是考慮不周，是妳根本沒有經歷這些，自然是不會多想。沒有關係，以後凡事有朕和妳祖母為妳多考慮，妳不管想做什麼都可以，放心大膽的做便可。」

嬌嬌淺淺地笑了起來。「如同四姑姑那般放肆也可以嗎？」嬌嬌打量皇上的表情。

皇上頓了一下，言道：「妳這丫頭，與朕說話還帶著算計。妳四姑姑是比較驕縱，不過她也是個可憐人，妳且放心便是，她是沒有膽子害妳的，而且就算是她要害，第一個人也不是妳；至於楚攸，她是略有好感，可是根本沒到非君不嫁的地步，不然也不會走到今日。」

嬌嬌點頭，既然皇上都這麼說了，那便說明，四公主不是一個有問題的人。

皇上嘆息一聲。「如若她有妳一分的心智，斷不會走到今日。當日她與駙馬也並非盲婚啞嫁，兩人有過接觸，也算有幾分感情，可誰知命運弄人，她偏是在婚禮當日成了寡婦，正是妳幾個叔叔的勸酒才造成了駙馬的猝死。雖然駙馬家裡並沒有什麼反應，可是心裡如何對她不埋怨，而今她找的那些人，又有哪個不是為了她的身分地位或銀錢；她外表看起來驕縱跋扈，內裡卻是極端地空虛寂寞的，說到底，她也不過是一個苦命人罷了。」

「我知道了，我不會找姑姑的事的，祖父放心。」

皇上微笑。「妳這丫頭，想得倒是多。」

嬌嬌吐舌頭。「祖父與我說這些，不就是這個意思嗎？這樣也好，我不會把多餘的精力放在不重要的人身上。其實我也沒有懷疑她，想她也不會這麼蠢，剛與我起了些齟齬，就要殺我；看起來，更像是別人在利用這一次爭鬥，大抵，那個人是希望我把視線放在姑姑身上吧。」

皇上面色不是很好。「妳與楚攸齊心協力，早些找到真相。朕倒是要看看，這樣歹毒地要害朕孫女兒、嫁禍朕女兒的人，到底是誰。」

嬌嬌問道：「祖父，我能問一下嗎，當時勸駙馬喝酒的人，都有誰？」

皇上怔了一下，看她。「有問題？」

「不是，我只是想查查看，不知道其中有沒有什麼關係，但是我一絲線索也不想放棄，也許，其中隱藏了什麼。」嬌嬌自有自己的考量。

皇上聽了，點頭想了一下，回道：「駙馬敬酒那一桌，有三個王爺，以及老四、老五、老七、老八、老九，八個人。」

嬌嬌微笑。「這些人都受過四姑姑的騷擾吧？」

皇上點頭。「正是。」

嬌嬌並沒有在宮裡待多久，皇上也將季致遠的書交給了嬌嬌，讓她帶回季家，不過這事他卻並不希望更多的人知道，嬌嬌明瞭。

待回到季家，嬌嬌立時去看秀雅，按道理說，這個時候秀雅也該醒了。

嬌嬌並未回自己的房間，反而是直接去了秀雅那裡。

來到門口，看大家表情都很平靜，嬌嬌放心下來。

輕輕推門，就聽裡面是二夫人說話的聲音。

丫鬟看嬌嬌到了，也略微通報一聲，秀雅緩緩地轉頭，看見嬌嬌，眼眶紅了起來。

嬌嬌快走幾步，過去握住了她的手。

「大姊姊可不能再哭了，妳現在的身子那麼虛弱，妳這樣可不行的。」屋內除了二夫人，還有季老夫人、秀慧、秀美。

「三妹妹，是我，是我將妳出去的消息透露出去的，都是我。」

嬌嬌搖頭說道：「沒有關係，沒有關係的，就算是妳不說，他們也總是會知道的，不要忘記，他們本就是奔著我來的。再說了，如若他們存了害人的心思，我們自是防不勝防，我又怎麼能將這事怪罪到妳的身上呢？如果要這麼說，還是我牽連了妳，如若不是我，妳這次哪裡會遭這麼大的罪。」

秀雅沒有說話，只是靜靜地轉了過去，許久，言道：「我錯了，就是錯了，往日裡我還以為，看錯人的是妳們，可如今我才知曉，我自己才是那個可悲的睜眼瞎。」

「大姊姊，這個時候，妳該是振作起來，我們每一個人都振作起來，我們應該同心協力地找到壞人，而不是在這裡怨天尤人。怨天怨地怨自己又有什麼用？我們是季家的女孩兒啊，我們該像姑姑那般堅強。」

「公主說得對，大姊，妳不能這麼下去了。」秀慧補充。

秀雅別過了頭，沒有說話。

大家都覺得有幾分哀傷。

老夫人言道：「秀寧回宮裡可是又有什麼事？」

嬌嬌點頭。「皇上讓我調查一起案子。」多餘的她並沒有多說，這裡也不是說的地方。

「吳子玉那邊我已經派人加緊尋找了，祖母，您在江寧的時間久，可曾聽過，吳子玉家有什麼比較特別的事情？例如，吳子玉母親那邊的親人，或者是他自小有什麼比較可以信任的人？例如奶娘之類的？我揣測，一定有一個他能信任的人藏起了他。」嬌嬌並沒有避諱秀雅，認真言道。

「可以信任的人？」老夫人仔細思考。

「他母親被他姨母背叛了，所以能讓他信任的人一定很特別。」嬌嬌分析。

她之所以在這個時候說，讓老夫人分析，其實更多的是讓秀雅想，秀雅與吳子玉接觸得多，她才是知道吳子玉情況最多的人。

果不其然，秀雅緩緩開口。「他、他曾經提過，他母親身邊原本有一個嬤嬤，這人是真心忠於他母親的，不過後來被他後母使計攆出了吳家；聽他口氣，對此人該是信任的，就是不曉得，這次是不是那一個人。」

嬌嬌認真言道：「不管是不是她，我們也算是多了一條線索，可是還有其他關於此人的線索？」

秀雅搖頭。「我不清楚，不過此人該是比他母親年紀還要大上不少的。」

嬌嬌點頭。「這事我曉得了。」

「三姊姊，我和侍衛一起去找吧，那個傢伙化成灰我都認得。」秀美攥起了拳頭。

嬌嬌看她，就在大家都以為嬌嬌不會答應的時候，她卻言道一個好，不過稍後她也叮囑。「我會讓九城巡防司的人與妳一起，不過妳還是要多加小心。切記，他既然逃了，要麼是藏在暗室之類的地方，要麼會扮成當地的農夫，可是不管哪種，都是有跡可尋的。他一個書生，便是再像農夫，也不是，膚色、行為舉止、手的粗細、說話的語氣，這些都是要細細觀察的。

「如若是家中有暗室，那麼也不是無跡可尋，從外面看房子的概況，估算大小，然後進每一個房間的時候也都簡單地在心裡過一下，哪個地方在外面看很大，可是實際沒有這麼大，都是值得懷疑的。另外，地下，如果有地窖，或者是藏在地下的暗室，那麼那塊地方一定比較空洞，踩上去的聲音發空，稍後妳將這些情況都與那些巡查的人說一下，還有觀察一下每一家的人，雖然大家看見官兵都會害怕，但是心虛的害怕和單純的害怕是不同的，妳要仔細分辨。」

秀美目瞪口呆，不過隨即認真點頭說道：「我知道了。」言罷，立時離開。

秀雅看嬌嬌，好半晌，言道：「謝謝妳。」

「呃？」嬌嬌不明白秀雅為何感謝她。

秀雅卻勉強地勾起了笑容。「讓她有些事情做也挺好，她總是覺得，自己沒有第一時間救我才害我成了這樣。其實，我哪裡會怨別人呢？是我自己蠢，而我也為我的蠢付出了慘重的代價。」

嬌嬌認真言道：「我知道大姊姊很傷心，可是越是這樣，妳越要振作，妳看看妳身邊的人，妳難道在自己傷心之後就不管其他人了嗎？大家都是妳的親人，妳不要讓妳的祖母、妳的父母、還有妳的弟弟、妹妹傷心，好嗎？大姊姊，往日裡妳不是最堅強的嗎？妳好好認真地想一想，其實人生怎麼過完全取決於自己，難道妳要因為一些挫折就像四姑姑那樣生活嗎？還是變成另外一具行屍走肉？人生在世，重要的東西還有很多。」

秀雅陷入了沈思，嬌嬌沒有多耽誤時間，和秀慧比了一個手勢，兩人微微福了一下，出門。

第七十三章

「可是又有什麼事？」秀慧問道。

「皇上將麗嬪遇害的案子交給了我，我打算將幾個案子齊頭並進，妳要不要來幫忙？」嬌嬌徵求她的意見。

「妳不就是這麼想的嗎？」秀慧似笑非笑。

嬌嬌也笑了起來。

「可以。」

兩人心照不宣。

待兩人談完進屋，發現秀雅竟是在與二夫人說話，老夫人見兩人進門，露出一個笑容，看來，秀雅是聽進去兩人的話了。

「咳咳，咳，公主，我想，這件事，妳應該有興趣。」本該躺在那裡休養的楚攸被李蔚扶著，不知怎麼地挪到了這邊。

嬌嬌看他這樣不顧自己身體的行為，怒了。

「你是豬嗎？怎麼就不知道好好躺著？有事你可以讓李蔚過來通知，你這樣是幹麼？」說話間，嬌嬌還朝楚攸的小腿踢了一下，並不重，不過楚攸還是晃了好幾下，也多虧李蔚扶著，不然楚攸一定會摔倒。

嬌嬌其實也是有分寸的，她知曉他那裡沒有傷，而且，不至於會倒下。

楚攸呲了一下牙。「謀殺……我啊！」

不知怎地，嬌嬌臉霍地就紅了起來，莫名的，她就覺得，楚攸謀殺後面要說的，其實是——「親夫」。

「有什麼事，快說。」

「我找到了與吳子玉一起那人的底。」

原來，楚攸也沒有閒著，雖然他不能出門，但是他可以讓人把東西搬過來啊。

「我和你過去。」這件事，嬌嬌可沒想讓秀雅知道得太過詳細，她只消知道結果就好，這個梁某人和吳子玉是不同的處理方法。

嬌嬌扶楚攸回房，一推門，整個人呆住，原來，原本乾乾淨淨的客房變得亂七八糟，這其中只留了一條小小的過道，其他的地方全是卷宗，嬌嬌滿臉黑線。

「你……真是奇葩。」

楚攸睨她一眼。「彼此彼此。不過，正是因為這些，我才找到了那人的底，妳不是該謝我嗎？」

嬌嬌頓覺嗓子不舒服。「咳咳。」兩聲，言道：「多謝。」

楚攸微笑，有些小傲嬌、小得意。

嬌嬌不忍直視，催促道：「快說說吧。」

「扶我到床邊。」

「好好好，你是大爺。」

「誰讓妳踢我了。」兩人你來我往。

秀慧默默跟在身後，終於開口。「你們這樣打情罵俏真的好嗎？」

李蔚噗哧一聲笑了出來，這是他壓抑在心裡長久以來不敢說的話啊，季家的毒舌女果然不一般。

其實還真不是秀慧毒舌，主要是她是個智商高、情商低的典型，所以，就變成了大家眼中的毒舌女。

「快說。」嬌嬌尷尬。

楚攸也臉紅。「這個人叫梁亮，刑部的卷宗有記載，雖然我與原本的祝尚書關係一般，但是他做事的嚴謹還是值得稱道的，妳看這裡，他對每一個凶手的刻劃都極為詳細，也正是因此，我才有線索。我當年翻查了近三十年來的所有檔案，而且不止一次，所以對這份卷宗有印象。」

楚攸過目不忘，嬌嬌總算是領教到了。

「當李蔚和我形容了那個屍體的所有特徵之後，我就覺得，很是熟悉，因此差人將所須時間段的卷宗都準備了過來。梁亮，廣寧人，今年四十歲。十幾歲的時候曾經做過山賊，當時就被收監過，出獄之後再次做賊，二進宮（注）。之後進入當時的驥遠鏢局，當了裡頭的一個鏢師。十年前，他押鏢的時候與盜賊串通，私吞貨物被查出來，三進宮。五年前出獄後不

注：二進宮，喻指第二次被拘留或進監獄。

知去向。」

嬌嬌熟讀律例，她馬上提出自己的疑問。「他第三次只被判了五年？這不符合律法吧？」

「確實，按照本朝律法，他被判了十五年，之所以只待了五年，那是因為有人作保。妳雖熟知律法，但是卻不清楚本朝的一些特定的規矩，只要有聲名顯赫的人作保，他的刑期是可以被減免的；而這個梁亮……」楚攸譏笑一下。「他當時被朝中的方大人保了出去，方大人位列從二品，所以他的刑期減了十年。」

「可以差這麼多？」嬌嬌瞠目結舌。

楚攸點頭，不過他並不覺得這有什麼不對。

嬌嬌看他的表情便知曉，這是他們兩人中的一個不同之處，她這種穿越而來的，明顯不適應這樣的特權啊！

「是的。方大人，是四皇子黨嫡系。」

嬌嬌終於明白楚攸為何譏諷地笑了。

「你覺得，背後的人是四皇子？」

楚攸挑眉。「不一定是他，我只能說，我很高興他又牽扯進來了。」

「你倒是實話實說。」

「這是我最大的優點。」

你夠了！嬌嬌無語。

「那麼，我想，我該見一見這個所謂的方大人了，就是不知，當年他以什麼樣的理由保走了這個人。雖然我不明白這個保人的過程，但是我想，必然不簡單。他會為梁亮作保，本身就是一個大問題。」

楚攸打了個彈指，言道：「沒錯。」

方大人沒有想到會在這樣的情況下見楚尚書。

是的，找他的人，是楚攸。

刑部尚書楚攸，全權負責此案，公主協同調查，這就是皇上的旨意。如若讓一個刑部尚書協同公主調查，這總是不大好聽的。

嬌嬌扶著楚攸，一臉的單純可愛。

看著拜見完就一直在擦汗的方大人，楚攸微笑。「實在是很抱歉，讓方大人到季家來，只是你也知道，我這傷者，實在是不好挪動，如若不是公主，怕是我要從房間走到這裡，都很困難呢。」

方大人乾笑。「楚尚書吉人自有天相，自然好得也快。」

「是公主金枝玉葉，自有神明保護，我不過是跟著沾了點光罷了，雖說我這駙馬大概也就只有兩年的做頭，但是該查的案子卻也不能不查不是？」

歷來駙馬不能擔任實職，這是歷朝歷代皇帝心照不宣的規矩，如果楚攸做了駙馬，刑部尚書這個職位，大概就該易主了。

「呵呵，呵呵呵。」方大人再次擦汗，這是說，這廝要在最後在位的日子瘋狂一把？

「方大人是聰明人，楚某也不繞圈子了，這次找您來，是因為一個人，您要看一下屍體嗎？」楚攸問得溫柔。

方大人在心裡直罵娘啊！

嬌嬌略微垂首，掩不住臉上的笑意，總算是知道楚攸為什麼這麼多仇人了。媽的，你這樣說話，誰能受得了。

必須討厭之！不過，還挺爽！

「不必、不必了。」方大人是文官。

楚攸一副了然的樣子笑。「您也不用擔心，這屍體是被劍刺死的，不算難看，先前李蔚去見您的時候也告訴您了吧？請您來，是因為關於五年前您作保的那位梁亮，他又犯事了呢。早些告訴您，也讓您有個準備，在心裡想想該怎麼說，不然我一問，您抓瞎，更不好看呢！」他還一副「我為你著想」的模樣。

人人都知道，季家的大小姐季秀雅在寺裡遇襲，兩個凶手，一死一逃，現在死了的那個是梁亮，這讓方大人恨到了骨子裡，怎麼就會是這個傢伙，怎麼會？

再說了，楚攸這樣說，他原本想好的話竟是不好說了，小公主雖然不看他，但是方大人可不覺得這位主兒是個善茬兒，但凡接觸過她的人，誰說她簡單了啊。就算不是公主那會兒，這姑娘也硬生生地用滑翔翼將皇上引到了江寧啊！

說她是小白兔，絕對沒有人信，季家可是小公主不能觸碰的逆鱗啊！

「梁、梁亮，他、他是殺手之一？」

楚攸笑。「呦！我說方大人，您還真是未老先衰，剛才我不說了嗎！您看，要把屍體給您看，您不願意，這心裡還懷疑著，不然，我給他臉上撲點粉，然後給您老看看？」

他娘的，我想撓死你啊！

「不用，自然是不用。」

「那說說吧，您為什麼保他？」嬌嬌開口，聲音清冷，目光直視方大人。

方大人數不清第幾回擦汗。

「下官、下官冤枉啊。」還不待說完，就看嘉祥公主嘲諷地笑了。

「按照約定俗成，從二品官員保人，一年也是需要一萬兩，楚尚書查過了，你為他交了十萬兩的保費。你抵上了你從二品的頭銜和十萬兩的保費，就為了保出一個和自己完全沒有關係的人？你覺得，我是傻子還是楚攸是傻子？哦，我知道了，你當皇上是傻子呢！抑或者，也該查查你怎麼拿得出這十萬兩？你沒貪污吧？」嬌嬌一劍一劍直戳方大人的心口。

方大人真心覺得，自己怎麼就這麼倒楣，他確實是不知情的。

撲通一聲，方大人直接跪倒在那裡，緊張地說道：「下官不敢，下官不敢啊，公主，您、您聽我解釋。」

嬌嬌挑眉看他，不言語。

「梁亮是我的妻弟，這、這點是沒人知道的。當年他被拐子拐走，我夫人也是為了完成父母的遺命啊；誰想到，這廝竟是個不知四六的，已經三進宮了，我們也是沒有辦法。當時為了保他，還和同僚借了銀錢，我可真是冤枉啊，他出來了我們也沒敢留他，這樣的人，留著他遲早是個禍害，我也丟不起那個人；可他仍是隔三差五地登門要錢，不過近段時間就不大登門了，我說的可都是真的啊。我這麼大歲數了，這是要敗在他的手裡啊。」方大人越說越覺得自己苦逼，竟是老淚縱橫。

不過嬌嬌和楚攸倒是沒有什麼特殊的表情，反而是都看直勾勾地看著他。

「下官、下官失態了。」方大人哭了一會兒，又覺得自己這樣委實丟人，連忙擦臉。

「妻弟、被拐子拐走、遺願，您真不是開玩笑的吧？難不成您從家裡到季家這麼一段路就能想出這麼曲折離奇的一齣大戲？」楚攸一臉費解狀。

方大人一口老血差點噴出來。「下官發誓，如有一句假話，讓我不得好死！」

嬌嬌幽幽言道：「其實，佛祖每天那麼忙，也不一定能聽見每個人說的話，大家都會抱有僥倖心理。」

哐噹！方大人倒地不起。

李蔚簡直是不忍直視，這、這未婚夫妻兩人這麼狼狽為奸，呃，不是，是這麼有默契，真的好嗎？

「裝死也不能掩蓋事實。」嬌嬌冷言冷語。

李蔚上前查看，回道：「方大人真暈了。」

「氣性大。」楚攸補充。

「將他先拖下去吧，等一會兒人醒了繼續。」嬌嬌吩咐。

「是。」李蔚默默黑線，拖？好吧，拖。他們大人神奇，這位公主更神奇，皇上真是好眼力，這兩人，絕配。

嬌嬌看著人都下去了，問楚攸。「為什麼說你不能在位很久了？」這是她剛才疑惑的。

「駙馬都是擔任虛職，妳不知道？」楚攸似笑非笑。

嬌嬌點頭。「我並不知曉，不過……」嬌嬌手指點擊桌面，許久，問道：「如果我死了，你不用做駙馬，是不是就可以長久地做刑部尚書了？」

楚攸變了臉色。「刺殺的事妳懷疑八皇子？」

嬌嬌言道：「如果你不做刑部尚書，對他來說就相當於自斷一臂吧。我說這些人怎麼這麼高興我嫁給你呢，原來，我嫁了你，你就是駙馬，就沒有權力擔任實職；那麼對於八皇子來說，這是很大的打擊，可是對四皇子和五皇子來說，是天大的好事。雖然短時間內你可能會得到好處，但是長久來看並不好。」

楚攸搖頭。「妳忘了嗎，那日皇上來了，他曾經與我許諾，要在兩年內讓我登上丞相之位。雖然不管刑部，但是我的權力卻更大，這麼大的助力，表哥沒有必要這樣做。」

嬌嬌似笑非笑。「可是，那是在你遇刺之後，之前呢？大家並不知道吧。而且我相信你沒有將這件事告訴八皇子，大家根本不知道皇上的心思，按照約定俗成的想法，誰人都知道，你是要離開這個位置的，你剛才不也用這個事逗方大人了嗎！可憐他還相信了你，以為你這是最後的瘋狂。」

楚攸沈默。

「我希望，你能客觀地好好想想這些事。」嬌嬌認真言道。

楚攸倚在靠椅上，苦笑言道：「妳總是要戳醒我，確實，我也是懷疑過表哥，不過倒也沒有證據指向他，只能說，他也是有動機的。」

「原來……你也懷疑過他。」楚攸能這麼客觀，嬌嬌倒沒有想到過。

「大概真的是我二姊影響了我，不過我還是堅信，表哥不會是那個人。雖然我在刑部尚書的位置上對他更有助力，但是如若我不在位，也不見得不能幫助他，就如同以往，有時候，在位反而有更多的顧忌。許多事，妳不懂，妳雖然聰明，但是還不大懂朝堂。」楚攸說道。

嬌嬌看沒有人，有些大膽地將手放在了他的手上。

「不管是誰，你都會站在我這邊吧？」她眼睛亮亮的。

楚攸突然就笑了起來，笑得極為妖孽。「我為什麼要站在妳這一邊？我與表哥可是很久之前就相依為命了，他是我的親人。」

嬌嬌沒有動。「可是你說，我也是你的親人，而且，我相信皇上的話你聽進去了；雖然我不知道你們說了什麼，但是看你今日能懷疑八皇子是刺殺我的人，就說明，你的理智大於你的情感。」

說完，嬌嬌將手拿開，不過卻被楚攸一把抓住，他將她的手放到了唇邊，咬了一口。

「你是狗嗎，竟然咬人！」嬌嬌怒視。

楚攸略一使勁，嬌嬌被他拉到懷中。「你們都是我的親人，我雖然對他有過一絲疑惑，但是我知道不是他。親愛的……公主，妳放心好了，他沒有這麼能幹的暗衛。」

「那你剛才還說你懷疑過……」

「我是懷疑過，不過我講究證據；再說，我如果不這麼說，能看到這麼可愛的妳嗎？」

楚攸笑得更是意味深長。

「你啊調戲我！可愛你妹兒！」嬌嬌怒罵。

調笑完，兩人倒是認真地討論分析起來。

他們配合得極有默契，兩人其實懷疑了許多人，可是即便是這樣，兩人也沒有馬上對誰怎麼樣，沒有全然的證據，他們是斷不會亂來的。

「妳怎麼看？」楚攸問道。

嬌嬌食指點著桌面，楚攸挑眉，這個動作，果然和龍椅上那位一模一樣，果真是祖孫兩人，小動作都一樣。

「這件事目前看來，四皇子、八皇子都有可能，但是我總是覺得，事情未必這麼簡單。」

「既然覺得不簡單，我們就從頭開始理一遍，看看有沒有什麼其他遺漏的地方。」

嬌嬌點頭。

「我們遇刺，凶手要殺的人是我，可我來京中的時間不久，如果說有動機殺我的人，只有八皇子，如果我們成親，他就會失去你這個最好的幫手，不過你說他沒有這個能力。我們調查是誰透露了我們出去的消息，原來，那個人是大姊姊，而大姊姊則是透露給了吳子玉，有人將吳子玉引來京城，只是為了能夠讓他接近大姊姊。他的同夥則與方大人關係密切，方大人是四皇子的嫡系，但是這事我卻還是持有懷疑態度的，你也知道那些黑衣人，行為極為謹慎且訓練有素；我就不明白，當時連開口都不敢，生怕給我們留下一點線索的人，為什麼會用梁亮這種人，還要透過吳子玉來接近大姊姊，這也是很容易被我們察覺的，他的行為軌跡給人一種很不相稱的感覺。」

楚攸點頭。「我也是這麼想。雖然我是很希望四皇子這廝沒有什麼好下場，但是如若要說百分之百是他，我也覺得不會這麼簡單。嚴謹的黑衣人和並不嚴謹的梁亮，如此不統一，不該是同一個人所為。」

「現在方大人還在昏迷，我很有信心，能夠找到吳子玉。你覺得，我們下一步該怎麼做？」嬌嬌看向了楚攸，楚攸笑，揉了揉她的頭髮，嬌嬌的頭髮被揉亂了幾分，嘟唇。「你破壞我的髮型。」

楚攸呵呵笑，嬌嬌用手擋住楚攸的臉，楚攸也不躲，說道：「妳幹麼，想摸我？呵呵。」

嬌嬌無語，這廝怎麼就這麼不要臉呢！有沒有這樣的啊！

「別和我呵呵，我怎麼就覺得你這不是好笑呢！」

楚攸挑眉。「哪有，我這不是表示親熱嗎？」

嬌嬌笑得燦爛。「哦～～表示親熱啊！既然如此，那麼看來我也要和祖父、祖母表示一下親熱了。如果他們問我為什麼，我一定要告訴他們，這都是跟我的好未婚夫學的啊！」

楚攸握住她的手，眼睛亮亮的。「妳看我真摯的眼神，妳忍心這麼對待妳的好未婚夫嗎！皇上和韋貴妃那麼小心眼，不收拾我才怪。」

嬌嬌嗤笑。「原來你也有怕的啊，不過你竟然公然在我面前編派皇上和貴妃，就算不看身分地位，他們也是我的祖父、祖母耶！你也好意思，當我是好性兒的是不？」

楚攸將她的手拉到自己的唇邊。「我們是什麼樣的關係啊，我自然相信，妳不會告訴他們；再說了，我可沒有一絲的不敬，這不是心裡話嗎！我這段日子可沒少被針對啊，妳沒發現我都瘦了嗎？」

嬌嬌上下打量他。「沒看出來耶！不然……」嬌嬌突然變了表情壞笑。「不然，你脫了衣服我檢查一下？」說罷，她也有幾分臉紅，調戲男人神馬的，也是很害羞的好不好！

不過，楚攸的臉更是爆紅啊。他微張著唇，呆呆地看著嬌嬌，半晌，望天。

「妳、妳、妳怎麼可以這麼大膽！」

楚攸比嬌嬌大了那麼多，不過卻是個在男女經驗上十分單純的人，他不似嬌嬌有現代的經驗，自然是更加地靦覥許多。當然，嬌嬌也不是開放的人啊，不過她每次調戲楚攸都能見到這廝完全不同的一面，便覺得非常有趣。

「我有嗎？」嬌嬌用自己的手指摳楚攸的掌心。

一陣癢癢的酥麻感傳來，楚攸覺得自己渾身上下都不對勁起來，他低低叱道：「莫要胡來。」

嬌嬌格格地笑。

看她銀鈴一般地笑得快活，楚攸看她嬌俏的模樣，越發地局促呆滯起來。

「妳……」楚攸遲疑道。

「我什麼？」嬌嬌看他，微微揚頭。

楚攸張了張嘴，最終笑了起來。「我知道，妳是真的喜歡我。」

呃？這下換嬌嬌懵了，這個傢伙是從哪裡得出這樣的結論的？

楚攸繼續言道：「我知道妳喜歡我，妳既然心悅於我，我自然也會好好待妳。」

你妹兒的！嬌嬌無語。

「呵呵。」

楚攸瞪眼。「妳剛才不是說這不是好笑嗎，妳還呵呵我。這樣可不好哦，真是只許州官放火，不許百姓點燈。」

「怎麼地！」嬌嬌傲嬌。

楚攸再次笑了起來，看周圍沒人，這廝膽大妄為，勉強起身。

嬌嬌疑問：「你幹麼？」

「我們好好的。」楚攸色向膽邊生，直接將嬌嬌摟在了懷裡。

他語氣低低的，但是嬌嬌卻感受到了楚攸的真心，楚攸自幼就失去了親人，他雖然不容易相信人，但是如若相信了別人，那麼便不同了。他才是真正的一雙冷眼看世間，滿腔熱血酬知己。

「我們好好的。」嬌嬌重複。

「咳咳。」秀慧沒有想到啊，自己進門竟然會看到這樣的一幕，這兩人也太大膽了，在大廳就敢如此。

聽到咳嗽聲，嬌嬌與楚攸也沒有慌張，倒是不慌不忙地分開，嬌嬌將楚攸扶著坐下來，言道：「秀慧嗓子不舒服啊？」

妳好意思問這樣的話嗎？秀慧立刻噴笑了。

「怎麼樣了？有進展嗎？」

嬌嬌聽了，將剛才的情況簡單地說了一下。

秀慧點頭，言道：「剛才我已經將梁亮的畫像翻畫了好幾份，我們可以四下張貼了，雖然他的屍體已經在這兒了，但是也能找到一些他的行為軌跡。」

嬌嬌點頭。「如此甚好。」

「那我去找李蔚。」秀慧也不在這裡耽擱，立時轉身離開，不過才走到門口，她卻停下了腳步，想了一想，她回頭看兩人，眼神探照燈一般地在兩人身上打轉。

「你們兩個……」

「嗯？」嬌嬌無意識地發出了一個音。

秀慧遲疑了一下，還是開口。「你們倆，注意點。」言罷離開。

嬌嬌呆呆地看著秀慧的背影，呢喃問楚攸。「我們怎麼了？」

看她這麼呆萌的樣子，楚攸笑了起來。「呃，其實也沒怎麼，不過就是抱在一起罷了，我們可是有皇上的旨意啊，雖然還沒有成親，可我們也算是得到過首肯的人呢！」

「真丟人。」嬌嬌捂臉。

楚攸哈哈大笑。「剛才妳還那麼大膽，不過是被季秀慧說了一下就不同了，妳還真是個寶。」

「她是我二姊耶！不過說起來，我親戚還真多。」嬌嬌認真言道。

楚攸怔了一下，表情如同吞了一隻蒼蠅，隨即想到嬌嬌那超低的輩分，楚攸呢喃。「如果我們成親，這、這滿京城的皇親國戚都是我的長輩了。」

「沒錯。」嬌嬌想到不是自己一個人輩分低，竟然覺得有幾分高興，不是只有她一個人低啦！

「這……真是、真是……」楚攸怎麼覺得自己有點牙疼呢？關鍵是嬌嬌這丫頭實在是親人多啊，有血緣的、沒血緣的……楚攸惆悵了。

嬌嬌抿嘴笑，看楚攸頭頂彷彿是頂了一團的烏雲，她支著下巴開口。「小攸攸，你很鬱悶？」

「妳說啥？」楚攸霍地抬頭看她。

「小攸攸？」嬌嬌笑得梨渦深深的，不似以往。

「妳這是明顯地挑釁啊。」

「哪有啊，我這不是和你表示親熱嗎！」嬌嬌學著楚攸之前的話，惹得楚攸直翻白眼。

兩人你來我往地耍花腔，就聽青蓮極為迅速地疾步靠近，她站在門口，聲音略大稟告。

「啟稟公主！」

嬌嬌聽到青蓮的聲音，言道：「進來吧。」

青蓮快步進門，稟道：「主子，周大人他們那邊傳了消息回來，吳子玉被四小姐找到了。」青蓮語氣裡帶著幾分喜悅，她往日裡最是沈穩，此時看來也是真的非常高興。

楚攸聽了，看向了嬌嬌，就見嬌嬌彎起了嘴角。

「人什麼時候能到？」

「正在往回趕，周大人提前安排了人先行通知。」

嬌嬌點頭，吩咐道：「妳去找一下齊先生，讓他過來幫忙。」

青蓮雖然有幾分不解，不過還是應是，之後離開。

待她離開，楚攸問道：「妳怎麼知道吳子玉受傷了？」

嬌嬌微笑。「那是因為我瞭解秀美啊，她先前因為自己沒有及時救人十分地難過，如今抓到了吳子玉，你覺得，她會忍得住嗎？」

楚攸皺眉。「那妳還讓她去？如若她將吳子玉打出個好歹，我們還怎麼查案？」

楚攸雖然善於查案，但是他卻不瞭解季家人，而嬌嬌卻對秀美甚為瞭解。

「秀美是有分寸的，她自然知道不能將吳子玉打死，她有分寸，為何不給她一個發洩的途徑呢？這樣一個途徑，不管是秀雅還是秀美，都是極為需要的。秀雅現在不能動，尚且不說，但是秀美卻可以，反正人不會死，何不讓她好好發洩一下？」

楚攸點頭。「既然妳認為沒有問題，那麼我也不多言，妳倒是沒有估計錯，真的找到吳子玉了。」

嬌嬌笑。「吳子玉躲不了多久的。」

她雖然在笑，但是眼裡卻淬著冰，對於吳子玉，她真是恨到了極點。

「需要我處理嗎？」

嬌嬌搖頭。「我自己來吧，我讓二姊姊來幫忙。你也知道，這其中可能涉及到了大姊姊，我也得考量祖母和二叔、二嬸的感覺。」

楚攸雖然沒有看到季秀雅的傷，但是想來即便沒有被侮辱，她也必然不會受到太好的對待，如若不是這樣，嬌嬌也不會說這些。

「行，有問題叫我。」

「我扶你回房。」

第七十四章

嬌嬌沒有想過會在這種情況下見到吳子玉，可是如今吳子玉做了這樣的事，嬌嬌是恨不得將他撕成一萬份的。

有的人偏是這樣，受到了虧待，便覺得世間的人皆是對不起他，當初季家放過了他們家是看在秀雅的面子上，可是卻不想正是一時的婦人之仁，竟是讓秀雅遇到了這樣的憾事。

雖然想到過吳子玉會受傷，可看見這如同豬頭一般的人，嬌嬌還是皺了一下眉毛。

周大人極為尷尬，不過即便如此，在面上他仍是做得看似尋常。「吳子玉這廝抵抗，因此有些傷。」

季家的四小姐發了瘋一樣打人，拉都拉不住啊！京中女子皆是意在表現自己的賢良淑德，哪有人如此，這下周大人真是開了眼界，這潑悍的武力值。

可這話，他不能說，公主對季家最是護短，他沒有必要找那個事。

齊放與秀慧都坐在下首位置，嬌嬌言道：「多謝周大人，既然人抓到了，您也可以休息一會兒了，他日本宮必將重謝。」

周大人擦汗。「下官不過是聽命行事，公主言重了。既然如此，下官也不在這裡多耽擱了，告辭。」

「周大人好走。」嬌嬌微笑。

吳子玉被綁了起來，堵著嘴丟在地上，大家都沒有看他。

待周大人離開，嬌嬌問齊放。「齊先生，您看一下，他現在這樣的傷勢，需要治療嗎？」

齊放起身，過去詳細檢查了一下。「暫時不用。」

在齊放心裡，秀雅、秀慧、秀寧、秀美、子魚，五個孩子是他看著長大，這幾個孩子也都是他的學生，他們的許多學習習慣甚至都秉承了齊放的習慣，對他來說，他們是兒女一樣的存在，可是現在，秀雅遭受了這麼大的打擊，他如何能不氣憤，正是因此，他看吳子玉，也是與嬌嬌等人一樣的。

左右人死不了，那就讓他受著這分疼，他的這分疼，不及秀雅遭受的萬分之一，對於一個女人來說，不能有自己的孩子，這是怎樣的無奈，而現今，他們還沒有把這個消息告知秀雅。

「我沒有將他打死是為了找出更重要的幕後主使，給他治傷？呸！」秀美恨道，啐了一口，坐了下來。

在座幾人皆是季家人。

將吳子玉口中之物拿了出來，他也不說話，只要死不活地看著嬌嬌。

嬌嬌端起茶杯抿了一下，言道：「誰指使了你？」

她並不耽誤時間，開門見山。

吳子玉冷哼一聲，不答應。

秀美一下子來了火氣，上去狠狠地踹了這廝一腳。「你說不說。」

吳子玉被踢了一腳，不怒反笑，看他笑得暢快的模樣，秀美又是幾腳過去。

秀慧坐在下首也不言語，只是就這麼靜靜地看著。

「秀美，坐下。」嬌嬌是公主且在主位，自然不能任由秀美繼續如此。

秀美雖然惱怒，但是倒聽話了，氣沖沖地坐下，瞪視吳子玉。

吳子玉並不好審問，他身邊甚至連一個能用來威脅他的人都沒有，這點不管是齊放還是秀慧都深深清楚，雖然看嬌嬌的表情胸有成竹，但是他們心裡卻是沒有那麼樂觀。

旁人都能想到的道理，嬌嬌自然也能想到，不過想到剛才楚攸那番話，嬌嬌微笑。

嬌嬌一笑，卻讓其他人看不懂了。

「誰指使了你？」嬌嬌又問了一次。

吳子玉仰頭哈哈大笑。「有本事妳自己去查啊，妳殺了我啊！」他倒是個死豬不怕開水燙的。

嬌嬌竟然一點都不惱火，再次端起茶杯，嬌嬌吹著熱茶，笑意盈盈地說：「不知道，人死了之後有沒有靈魂存在呢？」

這是什麼開場白？

「死便死，妳以為我怕？」吳子玉冷笑。

「你自然是不怕的，不過，聽說，你很愛你的母親啊！」

嬌嬌也不管大家怎麼想，繼續言道：「我想，一定是有的，就算是死了，作為一具骸骨，也是有尊嚴的吧？」

吳子玉的臉色豁然變了，他恨恨地瞪著嬌嬌，言道：「妳要幹什麼？」

嬌嬌也不看他，繼續吹著茶杯。「我聽說古時候有種刑法，叫、鞭、屍。自然，我也不至於用到這種方法，不過將骸骨拉出來掛起來示眾，似乎也不錯啊。」

她口氣柔柔的，可是裡面卻透露著一股涼氣。

連秀美都瑟縮了一下，她看嬌嬌的表情，不知怎地就覺得有點怕。

「妳敢！」

「哎呦喂，看來你對掛起來不感興趣啊，那麼你還真希望採用古法？哦對，我可以把你父親和繼母叫來，讓他們看著你和你……娘，受折磨，不知道這樣你高不高興呢？」

每個人都有弱點，也許，吳子玉已經不怕死了，他不怕死，身邊的人他也不在乎，可活著的人他不在乎，死人呢？也不在乎嗎？

嬌嬌回想著楚攸說過的話，笑得更燦爛幾分——楚大人，你還真是會找人的弱點啊！

「一人做事一人當，妳憑什麼……」不待吳子玉說完，嬌嬌的茶杯硬生生地砸到了吳子玉身上，他額頭被砸中流血。

「你少和我說這些冠冕堂皇的仁義之言。你配嗎？我告訴你，剛才說的那些，還都是輕的，人不犯我，我不犯人，但是你既然惹了我，既然傷害了我重要的親人，那麼我便讓你知道，心疼是個什麼滋味。怎麼？只有你的親人重要，旁人的就不重要？吳子玉，你未免想得太天真了！」嬌嬌憤怒言道。

「我願意受到懲罰，可是人已經死了，妳貴為公主，難道就不能仁愛點嗎？」吳子玉這樣的人，永遠都只知道旁人不好，凡事都是旁人的錯，他自己永遠都是最悲慘的，最值得同情的。

這時嬌嬌又不似剛才的惱怒，只認真言道：「我給你一炷香的時間，如若你不說，那麼，我會讓你最重要的親人連死都不能安寧，我還會讓你生不如死。哦對，還有你所憎恨的仇人，你的父親啊、繼母啊，我會讓他們看著你受那些罪，讓他們過好日子，生活在地獄的滋味，你一定是很想嘗一下。」

吳子玉這時已經不是剛進來之時那般模樣了，他表情呆呆的。

嬌嬌冷哼。「聽說京裡有個特殊的妓院呢，斷袖之癖的人那麼多，總也是有這種市場的；不如……不如我讓你以後日日都待在那裡，看你細皮嫩肉的，想來也是會很受歡迎的。哦對，讓你繼母也在那裡，讓她每日都在你的房間，然後看管你，記錄你接了什麼客人，好不好？」

這時不光是秀美了，連秀慧和齊放都覺得整個人都不舒服了起來，他們自然也很恨吳子玉，卻沒有想過，還有這樣折磨人的法子；再看嬌嬌，竟是面帶微笑。

「四妹妹，麻煩妳去將香點上，順道問問吳公子喜歡什麼味道的。」

「妳這個魔鬼！」吳子玉恨恨地看著嬌嬌。

嬌嬌笑了起來。「比起你的所作所為，我這又算什麼呢？你傷害別人的時候就該明白，總有一天，自己會遭受更痛苦千倍萬倍的懲罰。」

屋內靜靜的，嬌嬌看著不斷燃著且越來越短的香，一直面帶微笑，眼看一炷香就要到底。

吳子玉嗓音沙啞。「如果、如果我說了，我能得到什麼？」

嬌嬌看得出來，他的心理防線已經崩塌。

「你沒有資格與我談條件。」言畢，嬌嬌再次望向了那炷香。

最後那一小截的香終於燃盡，嬌嬌收回了視線，看向吳子玉，又笑了一下。「你放心，我定然不讓你受一點身體上的罪，你會活得很光鮮，說不定，將來你還會是京城名妓呢！」

有時候，身體上的罪反而是最容易解脫的。

吳子玉終於崩潰。「我說，我說。」

嬌嬌看他，不言語。

「是四皇子，是他指使了我。」

眾人一聽，都驚訝地看向嬌嬌，這涉及到奪嫡之事，他們季家是沒有那個能力處理的。

「詳情。」嬌嬌只言道兩個字。

「年前有人來江寧找到了我，說是讓我進京，伺機聯繫季秀雅，探聽季家的虛實，那人便是四皇子府的大總管，他給了我一封四皇子的信，上面還有四皇子的印鑑。他言稱，只要將此事做好，將來四皇子登基，我自然也會飛黃騰達，而且他也許諾，為我處理父親和那個賤女人。」

吳子玉停頓一下，看嬌嬌表情沒有什麼變化，繼續言道——

「我來了京城之後除了他之外還接觸了梁亮，畢竟他身分特殊，為了安全，許多事都是由由梁亮從中間傳話。我曾經跟蹤過他，發現他是方大人的小舅子，我親眼見過梁亮與方大人要銀錢。朝中誰人不知，方大人是四皇子黨嫡系，他是四皇子的舅舅當年提拔上來的，因此我非常放心。後來我真的與秀雅搭上了線，妳也知道秀雅的性格，雖然看似堅強，其實軟弱得可以；她相信我的話，認定我與新婦沒有圓房，甚至是為了躲避新婦才提前來了京城，又因為得不到家裡的救助，銀兩不多，所以才借住在寺廟，她還給予了我不少的銀錢。」

秀美瞪視吳子玉。「你竟然如此地利用大姊，你太可恨了！」

吳子玉呵呵笑了一下，繼續說：「後來我從她那裡得知，公主和楚尚書要去郊遊，而這次必然不會帶太多人，我就通過梁亮將此事告知了大總管，沒過多久，就聽聞公主出事了，我本是以為這事必成，誰想，公主他們竟然無事。後來公主開始徹查，我心裡擔憂，便想著如何能夠將秀雅處理掉，還未等想到辦法，竟被秀雅偷聽了我們的談話；梁亮武藝不錯，他發現門口有人，我們便挾持了秀雅，剩下的事，你們也都清楚了。」吳子玉沒有繼續說下去。

嬌嬌看他的樣子，竟是無一絲悔改。

「你怎麼忍心那麼對大姊，大姊那麼喜歡你，你怎麼忍心……」秀美哆嗦。

嬌嬌與秀慧使了個眼色，秀慧連忙過去扶秀美，將她帶了出去。

「稍後我會安排驗屍，如果你母親的死確實有問題，我會為你母親平反，但是你做了這麼多壞事，我必然不會讓你活。」嬌嬌認真言道。

吳子玉聽了，癱在那裡，他沒有表現出什麼憂傷，反而是笑了出來。

許久，他正了臉色道：「多謝。」

嬌嬌冷言。「這本就是兩回事，你不必謝我。沒有一個壞人可以被放過，你繼母也是一樣。來人，將他帶下去認真看管。」

吳子玉被帶了下去，齊放看嬌嬌，問道：「如果他不肯說，妳真的會做那些事？挖出他母親的骸骨作踐，將他送到妓院，安排他的繼母羞辱他？」

嬌嬌笑著看齊放。「先生認為呢？先生認為我會怎麼做？」

「不好說。」齊放實言。

嬌嬌笑。「確實，第一項這麼下作的事我做不到，但是後面那些，我卻是能夠做得到的。」

「原來，這就是吳子玉的弱點，他的母親和他的繼母。」

嬌嬌飄忽地看向了遠方。「有時候，不是只有愛的人能成為一個人的弱點，恨一個人也能。」

「是啊！不過既然已經要為他的母親翻案，妳為何不作為條件提出？」這點齊放也不解。

嬌嬌看齊放，言道：「我說了，這是兩回事，他沒有資格與我提條件，至於他母親的事，這是另外一樁案子，不能混淆。」

齊放看著嬌嬌，半晌，言道：「原來如此。齊某，受教了。」

嬌嬌笑言。「先生這樣真讓我不習慣呢。」

「那接下來咱們怎麼做？」齊放問。

「我一會兒與楚攸談過之後會進宮面聖，稍後安排吳子玉認人，你告訴大家把人看好了，至於真凶，其實還真未可知。」越是表現得明顯，嬌嬌越是覺得，四皇子是真凶的可能性不大。

嬌嬌與楚攸認真地交流了這件事，楚攸冷笑。「不管怎麼樣，這事妳如實報上去便是。不過我如果是皇上，我會更加懷疑表哥。」

嬌嬌點頭，可不正是嗎？畢竟吳子玉沒有見過四皇子，所謂的大總管，也不一定沒有受人指使。殺公主、陷害四皇子，樣樣都是他受益最多，可不正是容易讓人懷疑八皇子嗎！

要知道，四公主可是時常騷擾這些皇親國戚的，大家都是不勝其煩，可正是因為這事，韋貴妃惱怒了，連帶也讓四公主老實起來。

如若嬌嬌真的死了，那麼四皇子又被認定為凶手，即便不能將他如何，這皇位，他也是別想了。

「你真的確定，八皇子沒有這樣的戰鬥力？會不會他是瞞著你的？」嬌嬌其實心裡還是有幾分疑惑的。

楚攸並沒有介意她再三地詢問，有疑惑，是正當，他自然是最希望四皇子是凶手，可是他的希望沒有用，真相才是最重要的，不知道真相，便沒有辦法杜絕這種事情。

「絕對不會，妳盡可放心。」

嬌嬌撇嘴。「行了，不過你這麼說，我心裡便有數了，待我先進宮吧，不管怎麼樣，都要按照正常的程序調查下去，我要看看四叔怎麼說。」

楚攸鼓掌。「好啊，我就喜歡看他出醜。鬧！使勁鬧！」

嬌嬌推了他一下。

兩人笑了起來，笑夠了，嬌嬌認真地看著楚攸。「總有一天，我們能真正地揭露四叔的真面目。」

楚攸摸著嬌嬌的臉，兩人對視。「我相信，算起來，他也是我們共同的敵人。」

是啊，如果不是皇后做的那些，皇太子何至於經歷那麼多的坎坷，也許不經歷那些坎坷便沒有嬌嬌，可是那又怎樣呢？

嬌嬌微笑。「他不是我的仇人，一人做事一人當，皇后不好，那時還是孩子的四皇子沒有錯，我這人不會遷怒，不過我卻不想見著他登上皇位，沒有道理讓皇后如願的，對嗎？」

楚攸認真地看嬌嬌，其實他一直都不太能看得懂這個小姑娘，不過，這卻並不妨礙他……有幾分、只是有幾分，呃，喜歡她！

「皇后是惡毒，可是我也記得四皇子追殺我們時歹毒的嘴臉，他是我的仇人，妳嫁了我，我們是一家人，他就是我們共同的仇人；而且，我們在這方面意見相同啊，我也不想看他登上皇位。」

嬌嬌微笑。

「妳不希望四皇子登上皇位，也不全然看好表哥，所以，妳是看好三皇子的？」楚攸是真的聰明。

嬌嬌與他相處，真是覺得特別輕鬆，這個人總是會瞬間領會你沒有說出口的意思，也許有人覺得這樣很可怕，但是嬌嬌卻覺得很舒服，她喜歡與聰明的人相處啊！

「三叔與我理念相同。」

楚攸撇嘴，略孩子氣。「這就是那日皇上與我說那番話的意思嗎？原來，他也是看好三皇子，原來，竟是如此。」說到最後，楚攸倒有幾分失神。

「不管誰做皇帝，我要效忠的，只是皇帝，原來竟是這個意思。」

嬌嬌微微抿嘴笑。「本來就該是這樣啊！」

嚴肅的御書房內，皇帝看著四皇子，又看嬌嬌，問道：「老四，你怎麼說此事？」

四皇子撲通一聲跪下，他著急地開口。「父皇怎麼能不相信兒子呢，兒臣萬沒有道理這麼做啊；再說了，如若我真是如此，豈不是該將所有線索都掐斷，怎麼會這麼快就被查到？父皇，您要明察秋毫啊！傷害了嘉祥，與我有什麼好處呢？她是我的姪女啊！自她被找回來之後，我一直待她極好，我是真心疼愛這個姪女的，害死了她，我又能得到什麼？她一個小姑娘，也沒有威脅到我的可能，這必是有人要栽贓陷害我啊！您可要為我作主，萬不能冤枉兒臣啊！」

嬌嬌也不說話，站在一邊看著四皇子的表情，他的表情十分急切，那種表情……嬌嬌看他，並不像是假裝，彷彿真的是被冤枉，不過當然，也不排除他演技好。

他們都覺得四皇子不該這麼快被找到，可是從另外一個方面想，說不定也是他故作無辜呢，將有矛盾的疑點引到自己身上，以表示自己的無辜，一切皆有可能。

「那好端端的，人家為什麼就冤枉你？別說吳子玉，還有那個梁亮，方大人不是一向與你關係好，對你馬首是瞻嗎！」看來，皇上對這事也不是很高興。

四皇子跪在那裡，連抬頭都不敢。「兒臣真的是冤枉的啊！嘉祥、嘉祥，四叔不會害妳的啊，妳定要好好為四叔調查，四叔真的是冤枉的啊！」看皇上憤怒，四皇子後知後覺地明白，皇上對他的拉幫結派是有意見的，如若不然，他斷不會說這些。

這個時候他不敢多想，連忙又轉向了嬌嬌，只希望她能多多幫忙。

嬌嬌看他看自己，依舊是不言語，她看著皇上，等待他的下一步動作。

皇上在，她一個女眷，一個小公主，沒有道理多言。

皇帝過了許久，看四皇子。「也別說朕憑空誣賴你，如今這人證、物證都在，你還想說什麼？」

「可兒臣是真的冤枉啊，真的冤枉啊！」四皇子急出了一身汗。

嬌嬌看他，心裡有幾分感慨，這四皇子說話根本沒有抓到要點上，這個人的智商，還真不像他的父母。

在嬌嬌心裡，皇上是個最最有心計的，而已故的皇后能夠做出這麼多事，連太后都算計到了，可見也不是個善茬兒，這樣的兩個人生出來的兒子，竟是四皇子這樣一個人。怎麼說呢，有勇無謀，也許他心狠手辣，但是卻沒有大智慧，在做皇帝上，他擁有的資質太薄弱了，薄弱到皇上能夠罔顧他是中宮嫡出的事實。

多好的身分背景，結果卻並不能讓他有更多優勢。

「梁亮死了，吳子玉卻活著，他答應和你家總管對質。」

四皇子一聽，連忙點頭。「兒臣願意的。」

不多時，吳子玉就被帶來，而皇上將四皇子召進宮的時候也立時派人圍住了四皇子府邸。

皇子府邸有三個管家，不過大管家卻只有一個，嬌嬌是個穩妥的，交代將三人俱是帶來。

時間一分一秒的過去，看著四皇子的痛哭流涕，嬌嬌真的覺得，越看他越發地認為不像凶手了，雖然她這想法有些武斷，但是事實卻是如此。

這樣一個人，很難成大器。

來喜疾步進門，附在皇上的耳邊說了什麼，嬌嬌望著皇帝，見他面無表情，可是她突然就覺得，事情似乎沒有那麼簡單了。

待來喜退到一邊，皇帝看四皇子，冷哼。「你們家的總管，自殺了呢！」

「什麼！」四皇子震驚地抬頭，他萬萬沒有想到，事情會變成這個樣子。「他、他死了？這是怎麼回事？父皇，兒臣是真的冤枉啊……」又是新一輪的鬼哭神嚎。

嬌嬌扶額，真心受不了年近四十的大男人這樣。

很顯然，皇上也很討厭，一腳將他踢到一邊。「你還有臉哭！」

「皇爺爺。」嬌嬌終於開口。

「嘉祥可是有什麼好的主意？」皇上本就等著她開口呢。

嬌嬌點頭。「人照常認，活著有活著的用法，死了有死了的用法，不見得就是一絲線索也沒有，我雖然迫切地希望找到真相，可是也並不是草木皆兵，隨意冤枉人。四叔未必就是凶手，咱們不能單單憑藉這些就認定四叔有罪，許是有人陷害呢！」

「可不正是，我本就是冤枉。」四皇子忙不迭地點頭。

嬌嬌命人帶來了吳子玉，果不其然，四皇子府自殺的那個管家正是先前與吳子玉接觸的人。嬌嬌也不讓吳子玉見四皇子，沒有那個必要，四皇子被帶了下去，皇上看吳子玉肯定，冷哼一聲。

吳子玉這是頭一次面聖，可是竟然是在這樣的情況下，不得不說，有時候，人生的境遇真是奇怪。

「皇爺爺，吳子玉有四叔給他的一封信，這封信已經被我一起拿過來了。」嬌嬌將信呈了上去。

皇上接過，一目十行，之後仔細看下面那個印鑑。

許久，皇上言道：「這封信的字體與老四一樣，不過朕卻看得出，是仿照老四的字體書寫的，至於印鑑，應該是真的。」如此看來，真是一切都對四皇子不利。

嬌嬌沒有多言，等待皇上的下一步指示。

皇帝揮了揮手，吳子玉被帶了下去。

「方大人呢？」

嬌嬌趕忙回道：「人還被扣在刑部。」

皇上敲擊桌面，想了一會兒，將眾人都遣了出去。「妳怎麼看這件事？」

嬌嬌咬唇，回道：「任何人都有可能，對四皇子不利的證據最多，論動機，八皇子的嫌疑也大，不過具體是誰，不是我們說出來就是的，還要細細察看。」

皇帝翻白眼。「說了與沒說一樣。」

嬌嬌笑。「我建議，將四皇子暫時扣留，我繼續追查。」

皇上嘆息。「也只能暫時如此。」

四皇子暫時被扣押在了宮裡，不是刑部，如此說來，還不是那麼難聽，但是嬌嬌的動作這麼大，大家哪有不揣測的。

嬌嬌告別了皇上，她總結，皇上並不相信四皇子是凶手，可是也不想讓他太舒服，那倒也是，一個年輕力壯又有朝臣追隨的皇子，怎麼能讓皇上安心呢？藉機敲打也是好的。

現在嬌嬌要做的是繼續調查，雖然看似線索不少，但是因著四皇子被陷害的概率大，這麼看來，嬌嬌竟是覺得，她有點走入死胡同了。

「小公主！」三皇子遠遠走來，看嬌嬌皺眉沈思的模樣，笑了起來。

嬌嬌停下腳步。「三叔？」

「嘉祥怎地這般的垂頭喪氣？」三皇子笑問。

他倒是沒事人一般。

「三叔還真是明知故問。」嬌嬌見周圍也沒個什麼人，問道：「三叔怎麼看這件事？」

三皇子挑眉。「什麼怎麼看？」

「三叔裝傻！」嬌嬌憤怒，這廝是裝瘋賣傻多了，習慣了吧。

三皇子笑得更加厲害，看嬌嬌這樣，他心情還不錯呢。

「妳怎麼看呢？」三皇子問嬌嬌。

嬌嬌皺眉，如若她現在思緒清明，那麼還用問他嗎？

笑夠了，三皇子認真言道：「其實我覺得，妳該跳出這個框框來看這個案子。」

「跳出？」嬌嬌不解。

三皇子點頭，他用手比了一下，言道：「妳現在被束縛在這個框架裡，怎麼都跳不出來，所以妳覺得不對勁，覺得累，覺得不管是老四還是老八，他們都不像是真凶，可是他們又無從擺脫嫌疑，對嗎？」

嬌嬌點頭。「可是，調查本身就是要從證據和動機入手啊！」

三皇子搖頭。「確實是如此。我自然是不懂刑部那些東西，不管是楚攸還是妳，在這方面一定都是比我強的，可是你們太過墨守成規，這樣倒不好了；這個案子不是以往的案子，妳卻按照正常的查案步驟來調查，說起來，這個案子更像是一個局中局，妳需要跳出去看，不然妳接觸到的證據全是人家想讓妳看的，妳又如何能夠真的找到凶手呢！」

三皇子並沒有說他懷疑誰，可是他的這番言論卻讓嬌嬌沈默了。

也許，他說得對，她現在看到的證據，不過是被人牽著鼻子走。

「其實，妳死了，也不是只對八皇子一個人有好處的，動機這種事，並不是表面看得那般簡單，妳還要多多考量。」三皇子的話說得似是而非。

嬌嬌卻聽出了他話裡潛在的意思。

「我倒是不知道，自己還得罪了誰？您以前把所有人都得罪遍了都沒人殺您，我這幹了什麼天怒人怨的事，要派這樣高超的殺手來殺我？真心不理解。」嬌嬌邊說邊吐槽。

「妳不知道啊，那就好好想。」三皇子笑得有點意思。

「還望三叔賜教啊！」嬌嬌甜甜地笑。

三皇子挑眉。「剛才妳還說我壞話。」

靠，這個傢伙也太記仇了吧！嬌嬌無語。她望天，半晌，言道：「那嘉祥與三叔賠不是，三叔，我錯啦，錯啦錯啦錯啦！改天我親自下廚，請您吃飯作為補償，好不？」

三皇子伸出一根手指比劃。「我覺得，妳做菜一定不好吃，所以我拒絕。」

嬌嬌怒極反笑。「我怎麼做菜不好吃啦，我做菜超級好吃，您真是沒見識。」說到這裡，嬌嬌突然賊笑。「呃，如果三叔不幫我，我就天天進宮，然後做菜給三叔吃，反正皇爺爺一定是向著我的，您反抗無效。」

三皇子失笑。「鬼靈精。」

「三叔……」嬌嬌很迫切地希望知道，自己還得罪了誰。

三皇子終於不再與她笑鬧，認真言道：「安親王，妳還得罪了安親王。」

呃？嬌嬌表示自己不理解，她問道：「他是子魚的外祖父，我怎麼會得罪他啊？再說自從去年進京，我與他也沒有什麼接觸，唯一一次單獨見面，我也是老老實實的啊！」

他家算是季家的姻親，如此說來，實在沒有道理啊，而且當初宋俊寧還去山上找她了，他對她的那分關心一點也不似裝的啊！

想到這裡，嬌嬌頓住，將自己的疑問提了出來。

三皇子看小丫頭不懂，嘆了一口氣。「既然妳不曉得，那我便告訴妳，妳得罪了他兩次，而且其中一個理由，足以使他殺妳。」

三皇子說得倒是坦然，不過嬌嬌卻愣住了。

「您說說。」

「自然，這個只能說讓他不暢快，不見得對妳有殺機。妳和楚攸調查已故皇太子案，究竟如何牽扯到安親王我並不知曉，但是不可否認，你們牽扯到他了，不然皇上不會自那以後時常訓斥他，這是其一。其二，也許妳自己根本就沒有發現，妳說，宋俊寧二十來歲還沒有成婚正常嗎？」三皇子看嬌嬌。

嬌嬌顰眉。「那您快四十都還沒成親呢；再說了，他成不成親與我有什麼關係，難道還是因為我不成？」說到這裡，嬌嬌看三皇子一副「你真相了的眼神」，頓時結巴起來。

「你、你、你真是這個意思啊！」

三皇子嘿嘿笑。「妳不覺得他喜歡妳嗎？」

「不曉得耶。」嬌嬌搖頭說道，其實她心裡是有幾分揣測的。

三皇子審視嬌嬌。「妳這樣故作不知可就不好了，那日一起去山上找線索的時候我便看出了一二，我是一個外人尚且如此，妳覺得，他的父母會看不出來嗎？如果安親王知道小世子不成親是因為有些愛慕妳，新仇舊恨，妳說，他是不是恨不得將妳除之而後快？」

「可是我們是有親眷關係的啊！」

「可最開始的時候，他不知道啊！妳認祖歸宗也不過才半年時間，而且小世子還未必有察覺到自己喜歡妳，妳沒發現，他其實在感情上不是那麼靈光的。」三皇子點撥嬌嬌。

嬌嬌無語。

「您……為什麼不告訴皇上？」嬌嬌問道。

三皇子微笑。「我為什麼要告訴父皇？不是妳在調查嗎？沒有證據，一切都是胡說，而且他雖然也是有動機的，但是說起來，可能性確實不大；我這麼說只是想讓妳明白，許多事情並非妳自己想的那般，還是有妳看不見的盲點的。」三皇子裝了將近四十年的傻子，對許多人，他都看得清明。

嬌嬌也笑了起來。「既然如此，那麼我更有方向了，多謝三皇叔。」

「不謝。」三皇子擺手，一臉的小生怕怕。

「妳不荼毒我就不錯了。」雖是如是說，但是三皇子倒是笑得燦爛，他自己本身連成親都沒有，也沒有孩子，嬌嬌這個小ㄚ頭幾乎是滿足了所有他對女兒的幻想——聰明伶俐會撒嬌，小毛病也有，不過更多的是像個正義的小仙女。

好想讓她做自己女兒怎麼辦！三皇子開始咬手指……

嬌嬌看他走神，一臉黑線。

「三叔，我先回去了，早些調查，也早些了了心思。」

「哦，好，妳去吧！」三皇子繼續神遊。

嬌嬌轉身準備離開，突然又想到了什麼，她回頭問道：「三叔，您怎麼看薛大儒這個人？」

三皇子怔住。「妳懷疑他？」

嬌嬌搖頭。「自然不是這件事，我就是想知道，您怎麼看他。」

「不是這件事，那還有其他的事讓妳懷疑他？」三皇子表示，他可不是傻瓜啊！「四個字。」

「啥？」

「道貌岸然。」三皇子可不是什麼客氣的人。

嬌嬌一聽，點頭微笑。「倒是和我想的一樣呢！」言罷，離開。

看著嬌嬌的背影，三皇子念叨。「薛大儒、薛青玉、薛蓮玉、季致霖、季致遠……這其中，有什麼問題呢？」繼續咬手指……

周圍路過的小太監、宮女看了三皇子的行為，默默滴汗！是病沒有好完全嗎？

第七十五章

嬌嬌與在路上碰到的秀慧一起去找楚攸，將今天在宮裡發生的一切都如實說了出來，她也不藏著、掖著，將三皇子的懷疑也同樣說了出來。

言罷，見楚攸沒有什麼意外的表情。

「你們都懷疑過他？」

楚攸搖頭。「沒有，也不能說沒有，這些王爺和皇子原本就是在我們視線裡的不是嗎？」

嬌嬌點頭，那倒也是。

「至於宋俊寧對妳有好感這事，妳死了，他也死心了，如此說來，也是個好理由；不過我卻覺得，如若真如同三皇子揣測的那般，那麼安親王未必就沒有其他殺妳的理由。」楚攸舉一反三。

「什麼？」

「妳說，當年太后做那些事，有沒有告訴安親王呢？」

嬌嬌變了臉色。

楚攸冷笑言道：「這個兒子要死了，她要多算計，要為另外一個兒子謀皇位，未必就會隱忍著什麼也不說，就算他原本沒有那樣的心思，在這些事情的摻和下，大概也會起了那想要權勢的心思，畢竟，誰人不想登上皇位呢？可最後事實證明，不過是竹籃打水一場空。原本皇上最疼宋俊寧，可是現在有了妳，他便是落了下風，妳說，他會看妳順眼嗎？還有便是，當年正是因為皇后的所作所為，所以他才起了心思，可是這心思竟是鏡花水月，妳說，他恨不恨皇后，恨不恨四皇子？殺了妳，構陷四皇子，讓八皇子也成為嫌疑人，警告騷擾他的四公主，妳說，是不是一舉數得呢？」

嬌嬌聽了楚攸的分析，沈默下來，如若這個凶手真的是安親王，那要祥安郡主如何自處？讓季子魚如何自處？對嬌嬌來說，這大抵是最壞的結果了。

「妳說過，皇子被皇上看得嚴，殺傷力那麼大的黑衣人很難有，可是這些王爺這麼多年都在休養生息，卻是有可能的。」

似乎越說，他們就越覺得，安親王是不可靠的。

「如果真的是他，大伯母會很傷心，子魚更會傷心。」秀慧嘆息。

嬌嬌打起精神。「我們也別說那些了，懷疑是沒有用的，我去查，我們必須要根據各種線索調查。三叔說得對，猜測沒有用，證據才是正經。」

嬌嬌不能將這事瞞著老夫人。

傍晚，她來到老夫人所在的主屋，陳嬤嬤和許嬤嬤都在，看嬌嬌獨自前來，連忙將她請進了屋裡。

「祖母。」嬌嬌微微一福。

老夫人對她擺手。「快過來坐，先前陳嬤嬤命人將這裡燒得暖和，頂舒服呢，年紀大了，就是喜歡這樣的溫度。」

嬌嬌笑著靠過去。

「這幾日嬌嬌忙著些亂七八糟的事，都是請了安便走，也不知祖母身子如何了？」嬌嬌望向了站在一邊的兩個老嬤嬤，問道：「祖母用膳、身體什麼的，可是都好？」

許嬤嬤回道：「公主放心便是，老夫人身子還是很不錯的，齊先生每日都會過來為老夫人檢查一番。」

嬌嬌點頭。「祖母年紀大了，妳們要多看顧些。許嬤嬤、陳嬤嬤，便是妳們自己，都不能大意了，保重好身子，才能更好地做事不是？」

兩人點頭。「多謝公主關心。」

嬌嬌笑。「妳們說的這是什麼話，妳們照顧祖母，我說這些都是應該的。好了，妳們幾個都下去吧，我想與祖母單獨聊會兒天。」

兩人看向了老夫人，老夫人微笑點頭，見她們兩人出門，老夫人摸了摸嬌嬌的頭，問道：「妳這眉毛皺得緊緊的，可是有什麼事要說？」

嬌嬌笑。「真是什麼都瞞不過祖母。」

「妳本也沒想瞞我。」老夫人何嘗不知道這些，看著嬌嬌近來忙碌得有些瘦了的小臉，有幾分心疼。

「妳可要多補補身子，不然哪裡受得住。」

嬌嬌點頭應好。

沈默了一會兒，嬌嬌想了一下，開口。「祖母，今兒，我們又有一個新的嫌疑人。」

「哦？」老夫人挑眉，不知怎地，她竟是有一種不好的預感，是啊，如若簡單，嬌嬌也不會這般地惆悵，這人必然是讓他們覺得不舒服的。

「安親王，他也有可能是幕後黑手。」

老夫人聽了這話，吃了一驚，她仔細打量嬌嬌，並不似玩笑，說來也是，這個時候她無論如何也不會開玩笑的。

「可有證據？」

嬌嬌搖頭。「目前只是懷疑，我們正在搜集證據，也不一定就是他，不過還是想與您說一下，讓您有個數兒。」

老夫人嘆息。「如若是他，可盈可如何是好，還有我的小子魚。」

嬌嬌也明白這樣的道理，沈默不語。

「且走且看吧！」

「嗯。」

老夫人再次問道：「這事，只有你們幾個知道？」

嬌嬌點頭，不過她也言道：「如果真的是他，是瞞不下去的。」她以為老夫人問這個是要瞞住。

老夫人揉了揉她的頭髮。「我哪裡是想瞞住，妳是我最親的親人，我如何能讓妳的傷白受；不光是妳，還有秀慧、秀雅、楚攸、江城、青音，你們每一個都是我身邊最重要的人，他如若真是狠心算計咱們家，我又如何能夠裝作看不見？可盈和子魚是我的親人，你們同樣也是，你們每一個人遭受到的痛苦，必須有個結論，沒有人可以犯了錯不受懲罰。」

嬌嬌點頭。

「只盼著祖母能夠多開導一些他們。」雖然嬌嬌是很會寬慰人，但是如若是這件事，那麼斷不該是由她去說，如若她去，效果不會很好。子魚那裡尚且好說，大夫人那裡，必不行的。

又想到三皇子對薛大儒的評價，嬌嬌再次嘆息。說起來，季家的兩個兒媳真的都很好，可是她們的家人卻不是如此，想到這裡，嬌嬌真覺得鬧心。

如此下去，真如她所料想的那般，季家怕是要元氣大傷了。

咚咚！秀慧來到江城的房門口敲門。

因著他們幾人受傷比較重，所以都留在了季府養傷，這樣也方便許多。

「進來。」聲音倒是中氣十足。

秀慧端著湯水進門。

「今天如何了？」秀慧聲音冷冷的，不過卻又有幾分的柔意在其中。

雖然有丫鬟照料江城，但是秀慧總是覺得有幾分不放心，這個傢伙這麼憨厚，還要她多照料啊，不然指不定就會被人欺負。

江城看是秀慧，將手中的吃食放下，表情很是快活。「妳又來給我送湯水了啊，真好。

今兒是什麼？昨天那個豬骨湯實在是太好喝了。」江城臉上浮現出幾絲的嚮往。

秀慧忍不住勾起了嘴角。「今兒我給你燉了雞，總喝一種，你也該膩歪了。」秀慧將湯放在桌上，為江城盛了一碗端過來。

江城也不客氣，接過去就呼嚕呼嚕地快速吃了起來。

秀慧看他這般，臉色僵了一下，真是個糙漢子啊！

「味道怎麼樣？我早上就將湯燉上了。」自從秀慧身體好轉，對江城的態度也變了許多，她也不是不知感恩之人，如若不是江城，怕是現在她已經是一具屍體了，正是由於當時他一直護著她，她才能好好地站在這裡。

「好，太好吃了。」江城頭都不抬，一會兒的工夫就將碗遞給秀慧，露出一個笑臉。「二小姐，再給我來一碗唄。」

秀慧知曉他的食量，點頭。

看他吃得興高采烈，連秀慧自己都在想，是不是自己不懂得欣賞美食，這麼好吃嗎？她疑惑地望向了那個大盅，原來自己的廚藝這般地好，如果不是要做給他吃，她怕是真的不會下廚。

轉眼的工夫，一大盅的雞湯被江城吃了個一乾二淨，他打了個嗝，心滿意足。「二小姐手真巧，妳做的東西可比我娘做的好吃。」

秀慧見過幾次江城的母親，他的父母有來看過他幾回，看起來很憨厚的夫婦兩人，大抵，也只有這樣的一對夫妻才能養出江城這樣的兒子吧。

「呵呵，下次伯母來，我告訴她。」秀慧收拾東西。

江城面部表情瞬間龜裂。「妳能不能不這樣啊！妳是二小姐啊，怎麼還跟三歲孩子一樣，告狀什麼的可不是好習慣。」

秀慧微笑。「有嗎？我不過是實話實說啊！」

江城連忙露出討好的笑容。「別這樣啊妹子，妳可千萬不能害我。妳看啊，遇見刺客我都沒死，要是被我娘打死了，那可要笑掉人家的大牙了，咱絕對不能這樣。再說，我這是在誇獎妳，妳怎麼能出賣我？我娘真是暴力又凶悍的啊！妳可千萬千萬不能這麼做。」

江城一個著急，將秀慧叫成了妹子。

秀慧挑眉。他沒發現，自己說了更多嗎？好笨！

不知道為什麼，她竟然感受到了一絲絲像是楚攸與嬌嬌鬥嘴那般的樂趣，當然，這也是有區別的，那兩位是你來我往，而他們則是戰況一邊倒。

「你娘頂溫柔呢。」

江城立時嚴肅起來。「這絕對都是表面上，妳要看實際啊，在你們面前，我娘自然是溫柔的，她又沒有見過什麼大世面，可是在我面前不同啊，她能收拾死我！」

看他這般焦急的模樣，秀慧不動聲色，又聽他說了些求饒的話。

「妳行行好吧！」

秀慧微笑起來，將碗收好，坐了下來。「其實，我是在逗你玩。」

江城看她，頓時一個囧字。

「呵呵，呵呵呵！」江城乾笑。

她開玩笑的？他奶奶的！他真是不瞭解女人。

「今天齊先生給你檢查得怎麼樣了？傷口有沒有好一些？」秀慧還是很關心他的身體的，齊先生每天都要過來為他檢查，有時候她因為忙並不在，因此總是要多問幾句。

江城拍了拍胸脯。「妳放心，我這人活得糙，好得也快，放心好了，估計再沒有幾天，我就能活蹦亂跳了。像楚大人那樣四處蹦躂，才不容易好呢，妳看我多聽大夫的話，讓我幹啥幹啥，讓我吃啥吃啥，放心，好得快。」江城說自己的時候還不忘貶低一下楚攸。

也不怪江城這樣啊。

其實，江城也頂委屈的，楚大人來看他，他本來是很高興的啊，誰想那廝站在那裡冷冷地看他，然後呵呵幾聲，言道，你這麼養著，倒是極像婦人坐月子呢！

聽聽，這話能聽嗎？赤裸裸的人身攻擊啊！

可憐他咬碎了被頭也沒人為他說一句好話，可悲可嘆可憐。他必須奮起，必須！

「說起來，楚大人已經開始查案了，與你真的是不同的。」秀慧微笑調侃道。

「他、他，我、我……」江城無從反駁，憋紅了臉。

看江城豁然睜大的眼睛，她竟然覺得自己有點太過欺負他了。

呃……欺負笨蛋的話，自己也不高尚到哪裡去吧！

不過，楚大人說話擠兌人的習慣，還真是萬年不變啊！如若不然，這可憐見兒的傢伙也不至於如此。

楚大人太過分了，再欺負江城，就別怪她找公主告狀了啊，真是，欺負不了公主就欺負小江。

秀慧內心思緒千迴百轉的，可不像她面上表現得那麼淡定。

「不過你也不用想太多，楚大人不是正常人，你不需要和他比的。」秀慧安慰道。

江城點頭同意。「確實是，我娘也說了，楚大人真不是個一般人。」

「怎麼又扯到你娘身上了？」秀慧表示不理解。

「我娘說，掉下懸崖都安然無事，還能四處蹦躂的人，必然不是凡人，我等凡夫俗子，就要追隨這樣的上司才有出頭之日。」江城一本正經。

秀慧表示，她……無語了，這兩者之間，有必然的關係嗎？近幾年，她竟然是越發地覺得，聰明不是一件好事啊，這種不能理解別人的感覺實在是太不好了！

想到這裡，秀慧乾笑望天，她也只能乾笑望天了啊，不然還能幹啥，還能幹啥！

「二小姐，其實，妳不用總是給我做湯的，伙食已經很好很好了。」江城想到了什麼，開口。

秀慧看他像條大狗一樣窩在那裡，問道：「為什麼？」

江城撓頭。「妳那麼忙，別浪費時間在這些小事上面了，我知道的，妳在幫助公主查案。季家的伙食很好，我能吃下三碗飯呢！妳不用因為我救了妳就格外地對我好，這也不算什麼，就算是換了別人，我也一樣會這麼做。妳突然對我這麼好，我總覺得有些慎得慌。」

秀慧哼了一聲，別過頭。「誰稀罕給你做！」

「那就好，這樣才對啊！」江城欣慰。

「對什麼對，你就是一個蠢貨！」秀慧怒氣沖沖地站了起來，又哼了一聲，瞪視江城。

「你是天底下最蠢的，以後沒有雞湯、沒有豬骨湯、沒有魚湯，什麼也沒有了！」

言罷，秀慧氣憤地衝了出去。

江城看她一連串動作，目瞪口呆，這是、這是怎麼回事？

還不待江城有更多的反應，就看秀慧再次衝了進來，看江城又再哼了一聲，秀慧抱起自己的大盅，再次風一樣地離去……

江城滿臉黑線！

這是鬧哪樣？他是為她好啊，她怎麼就氣成這樣了呢？不瞭解，不明白！

就在江城癡呆的時候，秀美和子魚偷偷潛了進來。

「你們幹啥？」江城看這兩人用十分詭異的眼神看自己，表示不解。

秀美嘖嘖兩聲，看子魚。

子魚嘆息一下，小大人一般地開口。「你這麼笨，可怎麼辦啊！」

「我怎麼笨了？」被一個孩子嘲笑，江城覺得，他需要為自己申辯一下了。

子魚背手，來到他的身邊。「說你笨，你還不承認，就你這樣，你說二姊姊怎麼能看得上你，怎麼能？我真為二姊姊感到悲哀。本來有一個狐狸一樣的姊夫，我已經覺得壓力很大了，如今又來一個你這樣的笨蛋，我真是無語問蒼天。」子魚又看秀美，言道：「對吧？」

秀美忙不迭地點頭。

「二姊眼光很差！」

江城呆呆地看著這兩人，語氣有點結巴。「你、你、你、你們說啥？姊夫？什麼姊夫？你二姊姊，她、她、她喜歡我？她看上我了？是、是嗎？真的嗎？」

秀美、子魚兩人恨鐵不成鋼啊！

「是的。」兩人有志一同地點頭。

江城木然。半晌，他看著兩人，再次求證。「你、你們說的、說的是真的？」言罷，臉紅了幾分，怎麼辦？好羞澀！

「當然是真的，你什麼時候看過二姊姊對別人這麼好了？她一定是喜歡你的，我娘都說了，她一定喜歡你。真是愁死人了，你怎麼這麼笨！」秀美嘆息。

「沒錯！」子魚補充。

話音剛落，就見江城表情驚恐起來。

「你這是什麼表情，見鬼了啊，你……」子魚還未說完，恍然明白，感覺到身後的一股殺氣，他冒著冷汗轉頭——

秀慧站在他們倆身後，表情冷冰冰的。

「二、二、二姊姊，呵呵呵……」子魚抹汗。

秀美拉著子魚的胳膊，也跟著呵呵呵。

「你們兩個小混蛋！竟敢跑到這裡編排起我來了，你們膽兒肥了啊！」

「二姊，這是、這是個誤會，真的，誤會！」

「誤會？我怎麼覺得，這是你們兩個小混蛋在這裡找事呢？」秀慧覺得，她應該放棄以德服人，必須讓他們明白，飯可以亂吃，話不可以亂說。

秀慧開始挽袖子。

「別這樣啊！二姊姊，妳千萬不要衝動，千萬不要，妳英明神武的形象，二姊姊，啊……」子魚念叨。

江城看著季秀慧一手捏著一個耳朵出了門，不自覺地摸了一下自己的耳朵，嘿嘿，原來，她也不是看起來那般高貴啊。

不知怎地，江城覺得，他與二小姐的關係似乎拉近了一些呢！

原來她也只是平時看起來高貴又不愛搭理人，她其實與一般的女孩兒沒有什麼不同。

她……喜歡他嗎？

怎麼辦？心跳得好厲害！

她……喜歡他嗎？

江城捂臉，好羞澀！

大晚上聽到外面子魚的聲音，嬌嬌打開了窗戶，就看秀慧和子魚、秀美鬧在一起，她微笑地坐在窗邊看著，若有所思。

「小姐，子魚少爺和四小姐不知怎地惹了二小姐，二小姐念叨著要收拾他們呢！」

嬌嬌笑著點頭。「看出來了，二姊姊必勝。」

看了一會兒，嬌嬌回到桌邊，繼續看那本季致遠謄錄的詩集，她已經看了好幾遍了，全然沒有找到任何的線索，別說皇上不明白，連她都不明白，薛青玉為什麼要將這本書藏起來。

如果說這本書與薛青玉有關係，那麼也只有可能是因為涉及到薛大儒，是的，薛大儒有一篇文章是收錄在這裡的。

嬌嬌翻到那一頁，又看了幾次，十分不解。從明面上來看，這本書絕對是沒有問題的，暗地裡究竟如何，她卻也看不懂。

薛青玉不可能從季致遠那裡得到這本書，這不符合常理，唯一有可能把書交給她的，只有薛大儒。薛青玉從薛大儒手裡得到了這本書，之後謹慎地放了起來。

薛大儒，他又為什麼會把這樣一本季致遠只是親手謄寫，又還沒有編好的本子交給薛青玉呢？

想到這裡，嬌嬌立時將書放進懷中，喚來了彩玉。

「小姐有什麼交代？」除非是在宮中，往日裡彩玉都不喚嬌嬌公主，在她心裡，她一直都是她的小姐。

「妳去看看二叔睡了沒？如果沒有，我有件事想與他探討一下。」

彩玉應是，連忙出門。

第七十六章

不過是酉時，季致霖自沒有那般早睡，聽說嬌嬌要見他，他也沒有二話。

嬌嬌換了一身衣服，來到季致霖的書房，季致霖坐在桌前等她，看她到來，微笑言道：「公主動作真快呢！」

「二叔身子怎麼樣了？」不管季致霖再怎麼客氣，嬌嬌一直是親熱有加地喊他二叔，日子久了，季致霖也習慣了。

「好多了，每日好湯好水補著，自然好得也快。」季致霖慣是語氣溫和，便是之前氣極的時候，也沒有歇斯底里。

嬌嬌微笑點頭。「如此甚好呢！等二叔好了，旁人就不必那麼忙了，我看齊先生的頭髮都花白了，仔細想想，他比二叔年紀還小呢！」

季致霖嘆息，齊放是他心裡另外一件放不下的事，他並沒有經歷齊放心思走偏的那段日子，雖然後來聽說了，但是也知道，齊放不過是想得到銀錢和晚晴，對他們，他是萬不會亂來；沒有經歷，感覺自然淡一些，這人又是自幼與他一起長大，他當然是多念著齊放的好。

不僅是如此，齊放這人自那時悔悟，便是真的更加為季家努力起來，可是到頭來，他喜愛的人嫁給了旁人，他每日操勞憂心，如何能不白了頭。

「妳倒是對齊先生好，二叔可是要吃味了。」季致霖笑言。他言語之間，其實是有幾分的試探，旁人不清楚，他確實是心裡有疑惑的，不知道為什麼，他總是覺得老夫人和嘉祥公主有不對勁的地方，或許他不瞭解公主，但是他卻是瞭解他的母親的。他的母親對嘉祥公主的感覺，讓他感到很奇怪，說不出的奇怪，彷彿，小公主本來就該是他家的人，是他家真的有親眷關係的親人，而公主表現得也是如此。

這便十分讓人覺得疑惑了，公主被找回的時候經過了層層的考查，滴血驗親、滴骨驗親，這些都做過了，一定是不會有問題的，可是，那種違和感到底出自哪裡呢？

嬌嬌嘟唇笑。「在我心裡，二叔和先生一樣重要呢，二叔就莫要取笑我了，您是我的二叔，齊先生是我的老師，一日為師，終生為父，看吧，如此算來，您們兩人在嬌嬌心裡可是一樣的重要。」

嬌嬌有些撒嬌地為季致霖倒上了茶。

季致霖笑了笑，不再多言。

就是這種感覺，真的親人一般的感覺。

季致霖想到嬌嬌的來意，問道：「公主這次過來，可是有要事？」

嬌嬌微笑對彩玉使了個眼色，彩玉麻利地退出門外，接著，季致霖也將身邊的下人遣了出去。

屋內只有兩人，季致霖雖不解，仍是言道：「公主現在可以說了。」

嬌嬌點頭。「其實，我只是想問一下二叔八年前的事。」

季致霖一怔，隨即嚴肅起來。

「妳問。」公主一直都想要為他們調查當年那件事的真正凶手，聽她如此問，他也馬上提起精神。他大哥死得不明不白，沒有人會比他更想知道當年的真相，更想知道真正的凶手是誰了。

就如同楚攸所說，這麼計劃嚴密地殺人，到底是為了什麼？既然不是為了他季致霖，那便是為了季致遠。

季致遠，自己的大哥，他得知了什麼？

他得知了什麼尚且來不及告訴他們的內幕？

「其實當年的事，我一直都沒有過來問過二叔，我知道二叔想查到凶手，我也想。我不問，是不想二叔情緒過於激動，影響養傷。祖母已經失去了父親，如若再失去二叔，那麼我想，祖母是撐不住的。」嬌嬌停頓了下來，繼續言道：「二叔，當日您們出事那天，父親與您說了什麼沒有？抑或者是有什麼反常的地方？」

季致霖已經想了無數次當天的情景，他反覆地回憶，仔細地思索，可是結果還是想不出有什麼奇怪的地方。

他苦笑著搖了搖頭。「沒有，確實沒有反常，他如同往日一樣出門，我正巧也要出去，便與他一起，正是那時出了事情。」

嬌嬌繼續問：「傷心和高興，都沒有？」

季致霖看她問道：「高興？」

「對啊，高興，高興也是一種情緒啊！」

季致霖緩緩言道：「如若說高興，那是有一些的，不過也算不得什麼，稱不上是反常，只能說，他比前幾日心情好了幾分。大哥前幾日時常愁眉不展，我問他怎麼了，他也沒有說，不過那日出門，他情緒倒是不錯。我時常在想，是不是前幾日那樣愁眉不展，是因為大哥發現了什麼，可是，他並沒有告訴我。」

嬌嬌點頭，再次問道：「那麼，二叔，您們同樣都在翰林院供職，出事之前那段時間，父親忙的是什麼？」

季致霖仔細思考，回道：「好像也沒有什麼，都是每日正常的工作，妳也知道，大哥是個極有才華的人，翰林院的那些事並不會讓他覺得是負擔，每日完成得也極快。」

「二叔，您仔細想想好不好？當時父親的工作，也許就與他出事的原因有關。」

季致霖認真地點頭，回道：「那段時間並不忙，翰林院要做的事情也不多，大哥好像是負責整理一些名家詩作。」

聽到這個，嬌嬌站了起來。

季致霖看她如此，吃了一驚，連忙問道：「這事？有問題？」

嬌嬌點頭，將懷中的那本手稿掏了出來遞給季致霖。

「二叔幫我看一下，這本，是不是當年父親出事時正在做的書？」

季致霖將手稿接過去，臉色微變，他一頁一頁翻看，半晌，抬頭，眉頭緊鎖。「正是，正是這本。可這本書又有什麼問題？」

嬌嬌將書收了回來，冷笑。「發現這本書的地方很有趣。」

在季致霖的印象裡，這本書既然是季致遠整理的，那麼在季家發現是正當的；可是看嬌嬌這樣的語氣，他忽然又不肯定起來，想來，這本書必然是在一個很是出人意料的地方被找到。

「是在哪裡發現的？」

嬌嬌看季致霖。「二叔知道，薛青玉死了吧？」

季致霖點頭，不知怎地，他竟是有幾分不好的預感。

「薛青玉死了，這本書，是在薛青玉宮裡的暗格找到的，其他什麼也沒有，只有這一本書在暗格裡。您說，有趣嗎？」

「怎麼會是這樣？」季致霖霍地站了起來。

嬌嬌看他，一字一句。「我也想知道，怎麼會是這樣，到底是為了什麼會這樣，可是，大家都不知道。不過二叔放心，不會是永遠不知道，我們已經一步一步接近真相了，不是嗎？」

嬌嬌微笑。

季致霖癱在椅子上，他明白嬌嬌話裡的意思，她其實是有幾分懷疑薛大儒的，如若不是如此，她不會拿這本書來問他。

畢竟，薛青玉很難從其他人那裡找到這本書，而這本書如果不重要，她不會收藏得那麼隱秘。

薛大儒或許對嬌嬌來說只是一個見過幾面的老人，可是對季致霖來說卻不同，他是他的先生，是他的岳丈，是看著他長大的老人，更是他三個女兒的外祖父。

一瞬間，季致霖覺得似乎有一股湖水滅頂而來，他已經喘不上氣來了，他徒然地坐在椅子上，眼光沒有焦距……

「二叔，您不要緊吧？」

季致霖看著嬌嬌，問道：「妳懷疑他？」

嬌嬌也不隱瞞，很肯定地言道：「是。」

「為什麼？」問完，季致霖又覺得自己很可笑。「也許，我不該問。妳與母親說了嗎？」

嬌嬌搖頭。

季致霖有幾分驚訝，問道：「為什麼？妳不是該第一時間告知母親的嗎？」

嬌嬌一直都在微笑，並沒有一絲的改變。「如果沒有確鑿的證據，我不會讓她傷心。」

季致霖了然，終於，他忍不住地問：「公主，妳與我們家，真的什麼關係也沒有嗎？」

嬌嬌看季致霖的眼神，問道：「如若真的是薛大儒，那麼您會怎麼做？」她並沒有回答，反而是問了另外一個問題。

「我……」季致霖苦笑，半晌，言道：「我會怎麼做？」他抬頭看她。

「我不能讓大哥白死，不管那個人是誰，不管是誰。公主，妳知道嗎？如果、如果真的是先生，那麼我也不會善罷甘休。不會……我不能罔顧母親，不能罔顧大哥，還有大嫂和子魚，他們有多苦，我心裡知道，我是知道的……」季致霖捂住了臉。

嬌嬌走到他的身邊，拍他的肩膀。

遲疑了一下，她終於開口。「其實，我們是表親。」

季致霖震驚地抬頭，他看向了嬌嬌，嬌嬌點頭。

「妳是我的表妹？」

嬌嬌沒有多言，點頭。準確說，我是你的表姊，不過，我不能說。

對於告訴季致霖真相，嬌嬌想了很久，不過最終她還是決定說出來，她看得出來，對她的身分，季致霖是越發地懷疑的，他那麼聰明，早晚會察覺更多的不對勁，也許他這一輩子什麼也查不出來，可是嬌嬌不希望這樣對自己的親人。

「我母親與你母親是姊妹，不過這件事是個大秘密，沒有人知道罷了；不管是老夫人還是我，我們都不希望旁人知曉，以後也是一樣。」

季致霖看嬌嬌，見她眼神真摯，又想到她這些年為季家的所作所為，喃喃言道：「果然如此，果然是如此的。」

「二叔，這世上不是什麼事都能隨意說出來的，您是個聰明人，該懂！」

季致霖認真點頭。「既然妳選擇了信任我，我必然也不會亂說。」

「您們都是我的親人，二叔，不管我稱呼您什麼，您都是我的親人，我這麼多年來一直在找蛛絲馬跡，為的就是替您們討回一個公道，讓活著的人真正地解脫。」

季致霖看著嬌嬌，開口。

「不管凶手是誰，我們都要仔細查證，也許，先生不是那樣的人。」

「嗯。二叔，您比較瞭解父親，您幫我再看看，這本書究竟有什麼貓膩，雖然薛青玉最有可能是從薛大儒那裡得到這本書，但是也不見得不是另外的情況。我們當務之急並不是查她從哪裡得到了這個，我們也無從查證，我們要做的是盡快找到這書裡的秘密，我總是覺得，薛青玉會這麼小心地收起這本書，是與真凶有關。」

季致霖再次點頭，之後繼續翻看。

嬌嬌看季致霖將書對著燭光照，言道：「封面、紙張什麼的我都檢查過了，並沒有什麼異樣，他這種詩集基本上不可能做成一個密碼本。」這些，她都做過了。

季致霖又看其中內容，半晌，搖頭。「我找不到特殊的地方，完全找不出來。」

嬌嬌指著書中的批註問道：「那這些呢？您可是能從語氣裡發現什麼？」

季致霖查看後，仍是搖頭。

一時之間再次陷入僵局。

翌日。

嬌嬌懷疑薛大儒，可是還不等她找出什麼證據，這薛大儒倒是先找上了門，當然，他並非來找嬌嬌，準確地說，他是來看季致霖的。

此時嬌嬌正在翻看卷宗，聽到薛大儒到了，她的表情立時尷尬了幾分。

楚攸見了，嗤了一聲。

嬌嬌瞪他。「你嗤啥嗤，同樣都是學生，你看看薛先生都來看二叔了，卻不曾過來看你，你好好檢討一番吧。」

楚攸不以為意。「我早就與他鬧翻了，不來看我是正常，如果來看我，才真是奇怪呢！」他開門見山問道：「倒是妳，妳這表情更是奇怪，妳懷疑他什麼？」

「和你說不清楚。」嬌嬌不搭理他。

看她這麼說，楚攸表示，自己很想聽啊，憑啥不告訴他？「哼哼，和我說不清楚，和妳的好二叔就說得清楚？」

別以為他不知道，這兩個人昨天單獨見面了，哼！

嬌嬌有些煩悶，剛想抬頭說什麼，卻見楚攸認真地看著她，表情似乎有幾分緊張，不過卻又裝得滿不在乎，她噗哧一聲就笑了出來。

「妳笑什麼？」楚攸惱羞成怒。

嬌嬌搖頭。「沒有啊！」

「還說沒有，妳笑得這麼壞，必然是沒想什麼好事。」

「我是在想啊，有一個人，他一定是吃醋了。」

「我沒有！」

看嬌嬌的眼神，楚攸惱怒地轉到一邊看卷宗，不再搭理她，聽見嬌嬌嘻嘻地笑，惹得楚攸將卷宗啪地放下，問道：「妳還想怎麼樣，我就是吃醋了沒錯，怎麼著？妳不是我未過門的妻子嗎？當然，我也不是懷疑妳的品行，可是，妳怎麼可以有秘密不和我商量反而是和旁人商量？」

楚攸表示，他很委屈。

嬌嬌看他這樣，無奈望天，果然，男人不管多大年紀，都會犯孩子心性的。

本還想氣他幾句，但是看他表情竟然……有了一絲的委屈。

嬌嬌突然就有幾分明白，其實楚攸的心裡，是希望自己依賴他的，對於一個自小失去家的人來說，有一個人相互依偎那種溫暖是什麼都比不上的。

而對嬌嬌來說，也是一樣，正是基於相同的原因，從墜崖之後兩人的關係有了突飛猛進的變化，他們都需要一個人互相依偎，而彼此，都是最合適的。

「我只是問二叔當年出事之前發生的事，我有些懷疑薛大儒。」

「妳懷疑他？」楚攸吃驚地看嬌嬌。

嬌嬌點頭。「是的，我懷疑他。」

嬌嬌將前因後果講了一次，楚攸眉毛越擰越緊。

「書中沒有找到什麼證據？」

嬌嬌搖頭。

楚攸想了半晌，說道：「打草驚蛇。」

呃？嬌嬌問道：「你的意思是？」

「直接問他，看他有什麼反應，再進行下一步的動作。」

嬌嬌不大贊成。「可是咱們什麼證據都沒有啊，而且，這樣的話可真是成了打草驚蛇了，如若他更加小心怎麼辦？我們不是更難找到破綻了？」

楚攸冷笑。「妳還真笨，就算不打草驚蛇，妳現在有一絲一毫的證據嗎？不也是沒有嗎？」

呃，也是！

「妳詳細地觀察他的反應、行為舉止，如果真的是他，我們不見得無法達到預期的效果，妳不要忘了，他並不是一個傳統上認定會經常犯案的人，雖然他很聰明，可是聰明，不代表就能成為一個很好的罪犯！也許，會因為這次試探，讓他慌亂起來。」

聽楚攸這樣地說，嬌嬌覺得有幾分道理，點頭應道：「那我現在去求見他。」

言罷，她便站起來要出門，楚攸卻拉住了她的胳膊。

「怎麼？」

楚攸微笑。「這樣的事，交給為夫……呃，下官去辦便可，公主沒有我有經驗，在氣死人不償命這件事上，我深有心得。」

嬌嬌因為他那句「為夫」臉紅了幾分，又聽他之後的話，忍不住笑了起來，言道：「你這麼洋洋自得真的好嗎？」難道他真覺得氣人是一件好事？哦，老天爺啊！

楚攸不以為恥反以為榮啊！

「這樣其實在許多時候，很是事半功倍呢，妳不懂！」

嬌嬌看他，認真言道：「我懂。」

楚攸失笑。「妳懂什麼？」

嬌嬌臉紅。「我知道你為什麼要去，這樣便可以了。」

楚攸靜靜地看她。

嬌嬌繼續言道：「你是擔心，一旦薛大儒真的是那個凶手，之後他會狗急跳牆對我做什麼，對嗎？你是擔心我的安危，對嗎？」

楚攸沒有動，過了許久，他微笑。「妳想得真是太多了，聰明人就愛多想，我只是想出風頭啊！再說了，試探人、氣人，我最在行，也樂此不疲，妳可別把自己看得太重要，不然很容易會傷心的。」

嬌嬌咧嘴笑，重新回到太師椅上坐下，她看著楚攸笑得厲害，緩緩言道：「口是心非！其實，你心裡，喜歡我喜歡得要死吧？」

自季致霖好了以後，薛大儒經常來看他，畢竟他們關係不一般。

不過薛大儒倒是鮮少留下用膳，楚攸正是等在薛大儒離開時必經的回廊邊。楚攸坐在那裡，看著來來往往忙碌的下人們，靜待薛大儒，確實，也如同楚攸所料，薛大儒並沒有留下。

看楚攸坐在那裡，薛大儒目不斜視，逕自越過。

「先生可好？」楚攸冷冷清清地開口，聲音清冽。

薛大儒頓下了腳步，回頭看楚攸，楚攸微笑著。

「如若你能夠向著正途，我會更好。」薛大儒一襲白衣，頭髮花白，看起來一副仙風道骨的模樣。

楚攸冷笑。「好與不好，倒不是先生能評斷的。」

薛大儒也不惱火，只是看著楚攸。「既然如此，道不同，不相為謀，你又何苦叫我，我好或不好，與你又有什麼關係呢？」言畢，立時便要離開。

楚攸看他，一字一句地道：「季致遠的死，是你做的。」

薛大儒的臉色頓時起了變化，喝斥道：「你胡說什麼！」

楚攸勾起一抹笑容，彷彿洞悉一切，又彷彿不過是胡言亂語。

「〈江南月〉。先生，今日沒有證據，不代表他日沒有，您該清楚我的性格。」言罷，楚攸慢悠悠地走開。

薛大儒怔怔地站在原地，看著楚攸的身影。

楚攸根本沒有給薛大儒辯駁的機會，他要的，不過是一剎那的反應。〈江南月〉，薛大儒所著，季致遠收錄在詩集中那首詩，如此用來敲打薛大儒最好不過。

而薛大儒，他那一剎那的反應在楚攸的心裡卻是沒有過關的，是的，沒有過關，楚攸覺得，薛大儒定然知曉一些什麼，就算他不是凶手，也必然知曉一些內幕。

第七十七章

楚攸回到房間，見嬌嬌在那裡張望，立時笑了起來。

他家這位丫頭，還真是挺關心他的。

如若讓嬌嬌知道他此時的想法，大抵又要吐槽了，這個傢伙就是不能忍。

「怎麼樣？」嬌嬌快速地來到楚攸的身邊扶他。

楚攸微笑，其實他的傷勢雖然沒有大好，但是自己行走也是沒有什麼大礙的，可是縱然如此，每每嬌嬌扶他，他都是欣然接受，如何能不欣然接受，他的心情與旁人可是不同。

「妳問什麼？我的身體？抑或者是薛大儒？」

嬌嬌照著他的胳膊掐了一下，揚著小臉言道：「你身子這麼弱，自然是先問你的身子，至於旁的，我豈會在外面問？」她才不是那麼不知場合的人呢！

看她這般說，楚攸笑容越發地擴大。

「就如同妳所看到的，我好好地走了回來，估計一時半刻是死不了的。」

嬌嬌瞪他。「你要是死了，我轉頭就帶著新駙馬去你墳頭給你送喜糖。」

楚攸微笑。「是嗎？妳就不怕我跳出來將妳的新駙馬給帶走？再說了，我的命這麼硬，大體也不會給妳這樣的機會了，妳很難過吧？如果想哭，我的肩膀可以借給妳。」

嬌嬌冷笑，她停下腳步上下打量楚攸。「我如若真的難過，完全可以親自送你一程。」

「親自送我？可否相伴？還記得我們的話嗎，在前行的路上，我們要攜手並肩。」楚攸揉了下嬌嬌的頭髮，嬌嬌本是俏麗的兩個髮髻立時歪歪扭扭。

嬌嬌看這廝如此，心情越發地不美麗起來。

「攜手並肩的前提是，你真心待我，如若不然，我會讓你明白，人生無常！」

不遠處的李蔚悉數聽見了這兩人的談話，可此時他是打死都不會上前的，這種談話，實在太過驚悚了！他自是見識過許多男女之間的情話，可是如同這兩位一般的，委實沒有，恐也天下難尋，實不能多加判斷，容易招惹是非乎！

「人生本就無常。不過，我若待妳真心，妳又是否以相同之心待我呢？小公主，妳可不能只許州官放火，不許百姓點燈。」

嬌嬌掐腰。「什麼州官放火，百姓點燈，你若真心，我自是相同待之，不要以為我與你一樣。我自信自己會從一而終，便也要求你如此，如果你做不到，那麼，我想，你可以去宮裡換個職位了。」

嬌嬌這話說得不算隱晦，楚攸這樣的心性如何不懂，小公主的意思是，如若他不能只待她一個好，那麼，自己就可能進宮做太監，多狠！

若是旁人可能覺得這只待她一人好，從一而終，是指不納妾，但是通房什麼的並不算在內，不管是世家還是一般人家，尋常的紅袖添香全然是不算在妻妾中的。

可是，楚攸心裡直接便是認定，小公主說得這分從一而終，必然是連紅袖添香也不許。

如此不同時空成長軌跡的兩個人腦電波竟然能合上，倒也不能不說，這是緣分。

「公主這般跋扈，妳皇爺爺知道嗎？」楚攸望天微笑。

嬌嬌看他如此，深覺這廝很會賣弄做作。

「我這麼跋扈，我全家都知道。」

李蔚一個踉蹌，深深覺得，自己跟不上這些人的思維了。這也是他一直升不上去的原因吧，太過不開竅。想他原也是刑部有名的聰明人，如今竟是覺得自己越發地退化，真是哀之嘆之！

嬌嬌聽到李蔚的動靜，回身看他一眼，這一眼看得李蔚直哆嗦，他立即回道：「我什麼也沒聽到。」言罷，簡直是覺得，自己要被自己蠢哭了。

嬌嬌自是不會與他計較，看他嚇成這個樣子，有幾分不明白，她不是一直很有親和力嗎？李蔚為什麼會害怕？費解！不懂！

其實，如果這個時候李蔚知道她這麼想，肯定也會十分地不明白。

「什麼聽到沒聽到的，你快些過來扶你家大人進屋，他這麼高，我如何扶得動？再說了，我是金枝玉葉耶！」嬌嬌這話說得有幾分俏皮，她盯著楚攸，楚攸竟是作勢倚到她身上。

李蔚看他家大人如此動作，還有什麼不懂的，如果他現在敢去扶他家大人，那麼他絕對必死無疑！

只要有長眼睛的便明白，他家大人是要和小公主交流感情，他出聲已經是非常地不識相，如果再過去，那麼他就是加倍地不識相，不識相的結果是……死！

小公主不好惹，惹了不會有好下場，這是必然！

他家大人更不好惹，惹了會很倒楣，一時間，李蔚覺得，自己很難做，兩頭都不好惹，總是要為難他這個做人家屬下的。

如若他像李蘊一樣還在刑部當差，自然不會經歷這些，此時他深深覺得，自己分外地羨慕那個傢伙，當初為啥就讓他來這兒了？

真糟心！

「我、我……」

「你們怎麼都站在門口？」恰在此時，秀慧駕到。

「季二小姐好。」李蔚瞬間覺得看到了仙女，這是他的救星。

「你們不快些調查，站在這裡幹什麼？」秀慧疑惑地上下打量幾人。

楚攸更加往嬌嬌身上靠了靠。「我走到這裡，突然沒有力氣了咧！」

沒錯，你沒有看錯，楚攸就是說出了這麼不要臉的話。他就差那幾步的路？說出來有人信嗎？

秀慧黑線，不過她才不理這兩個傢伙，他們在門口耍花腔，她可是看不下去的。

「你們還要在門口丟人嗎？快點進來找線索，外面已經撤了人，我們做翻查檔案這種小活，如果一點東西也找不出來，那可真是什麼用處也沒有了。」秀慧率先進屋。

嬌嬌看秀慧如是說，扶著楚攸進門。

李蔚看他們動作，鬆了一口氣，看來，他應該想個辦法，與身在刑部的李蘊換一換了，這邊的活也不輕鬆啊！

楚攸看秀慧坐在那裡翻看檔案，不經意似地言道：「其實，我們要做的，不過是把握大的方向，如果凡事親力親為，那麼估計最後是要累死的。查案子，不是妳想得那般。」

秀慧抬頭。「把握大的方向找不到方向怎麼辦？親力親為不是很好？」她不是抬槓，只是單純地詢問，對這點，她實在不懂。

「作為一個團隊的首領自然是要親力親為，可是這分親力親為也不是指所有的事情，如果所有的事情都是如此，那麼妳只會成為一個好的捕頭，而不是一個好的領頭人。只要妳抓住重點，必然能夠找到方向。」楚攸解釋。如若這人不是嬌嬌的二姊，他必然是不會搭理的。

秀慧若有所思地點頭，正是因為秀慧在，楚攸並沒有和嬌嬌商量關於薛大儒的問題。

嬌嬌為人比較穩妥，她之所以要翻看這些卷宗，是為了要看其中這些犯人，看他們每一個人的履歷，看有沒有人與梁亮有交集，不過現在她有了新的想法。

不是關於這次刺殺的想法，而是關於季致遠案的想法。

如此想來，嬌嬌連忙將自己的想法說與了楚攸和秀慧，兩人一聽，俱是道好。

總歸都是要查檔案，不如把當時前後兩年涉及的案子都統計出來，每一年都是一棵樹，這棵樹上有多少案子，這些案子牽扯了那些人，據實都羅列出來，也許，有許多他們不知道的暗線隱藏在其中。

楚攸看著嬌嬌，再次認真言道：「如此甚好。」

嬌嬌聽他如此肯定，小小的梨渦若隱若現。

這個時候，秀慧深深覺得，自己有些多餘。

傍晚。

外人皆不在，只剩楚攸與嬌嬌兩人，嬌嬌將手中茶壺傾斜，鳳凰三點頭，接著將已然溫潤的茶水遞給楚攸。

「如何？」

「公主手藝不錯。」

兩人坐在院子裡看夕陽，倒是也美不勝收。

如若旁人如此看夕陽、品茗且有佳人相陪，必然十分地自得其樂，然楚攸卻不是如此，他似乎對這樣的美景並沒有什麼太大的興趣，由此可見，這世上人與人的性子總是不一樣的，有的人喜歡這些，卻便也有人不懂欣賞。楚攸便是其中之一。

「我最不喜歡這樣的景象，總是覺得，似乎一切都要走到盡頭。」

嬌嬌不意外他的看法，每個人都有不同的見解，這也是必然。

「雖然今日走到了盡頭，但是明日又是新的一天，太陽照常會升起。」

楚攸笑了笑，沒有接話。

「今日，你試探薛大儒，如何？」嬌嬌問道。

楚攸聽她如是問，面無表情地道：「並不十分滿意。」

多餘的話其實也不用說，嬌嬌看他如此，知道他的心情也非極好。想來也是，雖然後期楚攸與薛大儒決裂，但是薛大儒總是楚攸的老師，她原本便說過，一日為師，終生為父，就算兩人關係不好，楚攸也定然不想薛大儒牽扯進此事的。對於楚攸此人的性格，時間久了，嬌嬌也是明白幾分。

楚攸身上有大仇，可是即便是這樣，他依舊沒有變得太過扭曲，他現今表現給大家看的，如果說是他自己的刻意為之，嬌嬌覺得也不為過。

即便是與四皇子有深仇大恨，他在許多時候仍是能夠客觀地說話，這點十分不容易。還有八皇子，縱使楚攸是典型的八皇子黨，他該懷疑八皇子的時候，也沒有刻意地左右嬌嬌的關注點。在嬌嬌看來，楚攸真是天生做這一行的，理智、冷靜、有判斷力，且不會將自己的私人感情摻雜在其中。

「不滿意，我們便仔細調查，旁的無須多想，之前的時候我也將同樣的話告訴了二叔，二叔想得很樂觀，但其實我心裡是十分懷疑薛大儒這個人的。不知道為什麼，我總覺得薛青玉的行為不是一個偶然，雖然你們本來都有一些陰暗面，但是這並不能說明薛大儒的無辜。你知道我三叔是怎麼評價薛大儒的嗎？四個字，道貌岸然，也許你不覺得有什麼，可是在我心裡，三叔是看人最準確的。」

楚攸看嬌嬌，疑惑地挑眉問：「妳就那麼相信三皇子？難道他就不會因為皇位而利用妳？妳要知道，其實說起來，妳是一個很好的助力，因為妳身後有權傾後宮的韋貴妃，韋貴妃除了自己代表的勢力，還有我們只聽其名不見其人的暗衛，以及，龐大的韋家體系。」

大家都知道韋家的大公子韋風是暗衛的負責人，可是暗衛究竟有多少人，又是負責盯著誰，他們都不得而知，甚至是韋風這個人他們都見得都極少。

在不知不覺間，皇上甚至沒有瞞著嬌嬌關於韋風的事情，所以對於嬌嬌來講，韋風根本就不是什麼神龍見首不見尾之輩！

嬌嬌搖頭。「三叔不是那樣的人。其實我想，你也能猜到一二了，三叔根本沒有瘋。如果他真的是那樣的人，不可能等到這個時候才恢復正常。也許你覺得，這是他的蟄伏，可是在我看來，他恰恰是清明的，也不是說誰說了什麼才讓他明瞭，而是現實就是如此。

「三叔看透了所有的現實，也明白過來，不管是四皇子還是八皇子，他們都不適合這個皇位，在他們的帶領下這個國家沒辦法走向強盛，不僅如此，也可以說，想要維持現狀都難。他們的性格裡都有致命的弊端，正是因此，他聽了我的勸告，其實他是一個極為合適的人選，不是嗎？難道你不明白嗎？皇上如果真的要選擇一個合適的儲君，他是絕對不會受任何人影響的，這個人包括了我的祖母。」

楚攸歪頭看嬌嬌，風兒吹過她的髮絲，她額前的劉海微微被吹到一邊，露出她姣好的側面。

「表哥……又是哪裡不好？」這點他是真的不明白。

嬌嬌微笑。「他或許好，但是卻不是我認為最合適的人，他的弱點其實也很大。我見過他，楚攸，你知道嗎？他的溫文爾雅全是一種面具，那種面具感讓我明白，他不是表面看起來那般地豁達，一個皇帝沒有豁達的心胸，其實不是一件好事，自然，我一個女子不該妄加評論，我如今也不過是說出自己的觀點。你是他的表弟，你們是真正的親人，所以他在你面前表現得不是那麼明顯，可是對旁人來說，不是的，你看不到他的弊端，是因為他在你面前鮮少偽裝，可是對旁人絕對不是這樣。」

嬌嬌說完，不再言語，倒是倚在小椅上，哼起了小曲。

楚攸若有所思，半晌，也學著她的模樣，悠閒地靠在了那裡，但是與她不同的是，楚攸開始將一些事情娓娓道來。

原來，當年楚攸與林雨逃了出來，兩人被逼至了斷崖，為了能夠讓楚攸逃掉，林雨浴血奮戰，最終，楚攸逃掉了，不過卻連林雨的屍體都來不及收回。林雨也沒有將自己的屍體留給那些人，她在最後的時刻選擇了跳崖，不是每個人都有好運氣的。

再後來，瑞親王在崖底找到了已經成為一具屍體的林雨。

楚攸身邊沒有了親人，他只知道自己要往江寧走，他依稀記得，林雨是要帶他去江寧的，雖然不知道為什麼，可是他還是按照大姊的意願做了。

現在楚攸與嬌嬌談及此事，竟是覺得，也許，當初林雨帶楚攸往江寧奔，可能真的是要投靠原本與林夫人關係極好的季老夫人；畢竟，季家家業豐厚，而季老夫人與林夫人在林夫人成親後關係也遠了許多，並不曾見面，如此其實是不會惹人懷疑的。

關係好，不曾見面，這樣的關係最為可靠。

楚攸一路乞討去了江寧，除了努力讓自己能溫飽，還要不斷地躲避追殺，待到江寧，他已然連個普通乞丐還不如，大抵是老天有眼，竟是真的讓他誤打誤撞地遇到了季老夫人，也有了後來的種種遭遇。

這麼多的孩子都在薛大儒的名下學習，薛大儒雖然看似並不厚此薄彼，但是楚攸卻不這麼想。他與那些孩子不同，他們沒有經歷過慘烈的家破人亡，沒有經歷過瘋狂地追殺，所以他們並不能察覺，可是楚攸卻很敏感。

正是因為他的這分敏感，薛大儒越發地不喜他，說起來，這麼多孩子之中，與薛大儒感情最淡的，竟是楚攸。後來季家搬來了京城，薛大儒也越發地出名，成了當朝名士，且十分看不上楚攸的作為，楚攸便與他斷了關係。

那時他並非不尊師重道，也不是真的要與這些人恩斷義絕，只是他想著，報仇這樣的大事，一旦不成，也免得牽連旁人，如若不是季致遠察覺了他的心思，恐怕他與季家真的是要毫無關係了。

說到底，薛大儒還是他的老師，季致霖難受，楚攸也是亦然。

嬌嬌看著楚攸有幾分落寞的表情，竟是恍若看到了一個小小的男孩，因為家裡的種種變故而十分可憐地四處乞討，他從一個大將軍的兒子變成了一個連乞丐都不如的孩子；之後雖然他有了家，可是因為他的敏感和性格，他的老師也並不喜歡他……

許多的許多，嬌嬌彷彿真的能看見，且十分心疼楚攸。

他看似說得平淡無奇，可是如若真的毫不介意，如何會記得這般清楚。

嬌嬌看著楚攸言道：「楚攸，你把手伸出來。」

楚攸有些奇怪，不過還是伸出了手，嬌嬌微笑，與他十指交握。

「我在你的身邊。」

不過短短六個字，楚攸竟是覺得鼻子有幾分酸。

半晌，他調整了心情，挑眉問道：「妳這是對我訴衷腸嗎？」

「如果你認為是，那就是吧。」嬌嬌格格地笑了起來。

「我就知道，妳是心悅於我。」楚攸笑容更大了。

嬌嬌等人如火如荼地調查，竟是真的找到了一絲線索，楚攸看著嬌嬌翻到的線索，豎起了大拇指。

原來，四王府的管家也不是和梁亮一點關係也沒有，管家的兒子曾經和梁亮是相識的。他們的相識，來自於梁亮的第二次坐牢，而這個牢房裡還有一個人，如今正是安親王親信身邊的得力助手，雖然算不得近，但是卻讓幾人明白，這事，安親王的嫌疑也越發地大了。

透過這麼一層關係，嬌嬌足以想像出更多的事，不過現在她要的是證據。

「安親王他們真的可能和這件事有關係。」秀慧嘆息。

嬌嬌看她，問道：「如果妳是子魚，妳會怎麼想、怎麼做？」如果妳的外祖父也是一樣有問題呢？

秀慧並沒有想到這一點，仔細想了一想，竟是無解。「我一定特別難過。如若現在讓我說出自己會如何，我是真的一點都不知道，我不知道自己能做什麼，沒有切身感受，如何能說出想法呢？現在說得再多都是枉然。」

嬌嬌點頭，正是如此，是她強求了。

楚攸立時安排人調查這個同一監牢的人。

這人名喚許昌。

許昌，雁江人，據說當年曾經陰差陽錯地救過安親王，現在跟在安親王最得力的助手身邊，據說也十分得安親王的信任。

「就算我們找到了什麼證據，也未必能直接指向安親王。」

嬌嬌笑。「我本就沒打算通過許昌指證安親王，如此太過不切實際，我從不做這樣的幻想。」

「那麼？」秀慧不解。

楚攸微笑。「這個案子裡，誰是牽線人一點也不重要，重要的是那些殺手，公主的意思是希望通過這個人找到那些殺手。」與嬌嬌相比，秀慧還是想得比較淺。

秀慧了然，不過……

「可是怎麼就能確定是這個許昌牽線，抑或者是他接觸這些黑衣人的？」

嬌嬌分析。「安親王被皇上盯了那麼多年，早已經謹小慎微，他是必然不敢自己親自出面做什麼的，如果能夠讓他身邊的得力助手出面，自然是好事。可是如此一來，他便不安全了，許昌的身分最好，不很近也不很遠，出了事，他也可以推脫，所以是許昌來布置這事的可能性極大。我想，如若真的是他，他該難以安寢了，畢竟，我們都沒有死，沒死，那些殺手便不能留，處理掉那些殺手又是極不易的事。」

楚攸也不顧秀慧在，拉住了嬌嬌的手。「兩個選項，外面找的殺手還是他早就養的死士。」

「不是殺手。花千影在江湖上查了那些殺手，並沒有什麼新的線索，是他養的死士。」

楚攸點頭，「好，第二個問題，這些死士，這次殺妳是悉數出動嗎？」

「沒有，傾巢出動沒有必要，養死士不是只為了殺我。」

楚攸笑了一下，點頭。「好，第三個問題，這麼多人，他需要培養多少年？」

「雖然我只是淺略習過一段時間強身，但是也是有概念的，那樣的功夫，必然需要五年以上，許是更多。」

「那麼，養了五年以上的許多死士，總要有個地方練習武藝吧？會在哪裡呢？」楚攸總結。

「跟蹤許昌。」嬌嬌脫口而出。

秀慧看兩人配合默契，目瞪口呆。

楚攸笑了起來。「先前我們嫌疑人太多，而這些嫌疑人是不會親自去做一些事的，自然沒有線索，可是現在不同了，我們有了線索，現在看來，這個許昌是個很大的嫌疑人，那麼我們便可以跟著這個線走下去，只要我們有耐心，一定會找到人。」

嬌嬌點頭。

「你們真是……絕配！」秀慧由衷言道。

「二姊姊總是說實話，我都不好意思了呢。」嬌嬌嘻嘻地笑著。

臉皮……好厚！秀慧一個踉蹌差點摔倒。

「呵呵！」秀慧冷笑，她果然是多嘴了。

嬌嬌看秀慧的表情，言道：「其實啊，有些人呢看起來年紀很大，但是在感情上是很簡單又弱智的哦。如果妳看中了不早些下手，還要矜持，這個人呢，又是個二百五不開竅，那麼到時候旁的姑娘發現了這廝的好，將他搶走，真是連哭的力氣都沒有。」

嬌嬌的一番話說得沒頭沒腦、似是而非，但是屋內的三人都懂了啊！

秀慧臉色立刻變紅。

楚攸則是吹了一聲口哨，頗為配合。

「不知道妳說什麼，我去看看我爹。」秀慧將東西扔下出門。

楚攸看秀慧急急忙忙地離去，推了一下嬌嬌。「哎，妳戳中她的痛處了。」

嬌嬌橫了楚攸一眼。「你吹口哨幹麼？」

「配樂！」楚攸笑得燦爛。

嬌嬌……無語。

「哎你說，二姊姊回去會和江城說什麼嗎？」嬌嬌頂好奇。

楚攸搖頭。

「不會？」嬌嬌擰眉。

「是不知道。」楚攸解釋。

誤會！嬌嬌腦袋耷拉下來。

看她猶如一隻氣弱的小兔子，楚攸突然就開懷起來。「不然，我們想點法子讓他們吐露真心？」

嬌嬌搖頭。「才不要。我們不能干涉二姊姊的決定，感情的事，最難說。」

提到這個，嬌嬌又想到秀雅，秀雅這些日子正在休養，並不大見外人，十分地安靜，也不是說她就是灰心喪氣了，她一切都很好，很正常，恰是這分正常，讓嬌嬌覺得，十分難受。

「你說……如果薛大儒真的和季致遠的死有關，大姊姊是不是又會再次受到打擊？」

楚攸沈默。「有時候有些事，並不會因我們的意志而改變。」

嬌嬌明瞭，可是心裡卻無法釋然。

兩人正在談話，就見秀慧去而復返。

「二姊姊，妳怎麼回來了？」

秀慧將手中的紙遞給了嬌嬌，嬌嬌一看，上面畫得亂七八糟，而且還有一些標注，不過可以看出，這好像是畫什麼武功之類的東西。

嬌嬌不解，看向了秀慧。「二姊姊，這是？」

秀慧認真開口。「剛才我去看江城了，他把這個給了我，原來這個憨貨，呃，不是，是這個傢伙這幾天閒暇的時候都在畫這個。他根據回憶當時的情景，分別判斷出了幾個人的武功，這是他畫的底稿，後面有幾頁分析結果。」

嬌嬌對這方面並不十分瞭解，立時遞給楚攸。

楚攸仔細地翻看，言道：「江城認為，雖然這些人武功看起來雜亂無章，且看不出門派，但是應該是故意為之。一個人的武功派別可以隱藏，但是學武的時間和深度還是會影響他的出手走向，雖然他們都極力地想掩蓋自己本身的行為習慣，但是許多危急時刻，還是會流露出一二的。妳看，這就是江城的總結，青城派和蒼山派。江城認為其中有至少三個人以上一定在青城派待過，而有四個人以上則是在蒼山派待過。」

嬌嬌望著結論，不禁讚道：「江城真是武學高手。」

連楚攸都點頭。「江城在武學上的天分極高，當初我學藝的時候就被說極有天分，但是見了他，我自嘆不如，一山總有一山高，這話委實不假。」

「你倒是實言。」嬌嬌笑言。

楚攸挑眉言道：「這又有什麼不能說的。論文采，我平生未見有第二個人如季致遠那般天才橫溢、天賦極佳；論武學，江城則是名列榜首，便是韋風，也不過只能與江城打個平手罷了。我們那日能夠逃脫不是因為我和青音，我們固然有一點點作用，但是最主要的原因還是因為有江城在，他帶著青音和二小姐兩個人都能順利逃掉，一個也沒死，這足以說明他的能力，那可是三十個高手，不是三十個烤地瓜啊。」

嬌嬌聽到最後，吐槽。「人家烤地瓜的礙著你什麼啦，要拿這個打比方。」

「妳肯定愛吃烤地瓜！」

看他們倆歪掉了話題，秀慧簡直無語。

「你們好了沒有，說說怎麼辦。」

楚攸微笑。「一個字，查！我想，這麼多線索，我們很快就要有答案了。」
「如此再好不過。不過在查之前，我覺得，有件事我需要做一下。」
「哦？」楚攸不解。
「我打算分別見一下四公主和八皇子。哦，對，還有在宮裡的四皇子。我必須讓安親王明白，我沒有把注意力放在他的身上，如此咱們才更有機會找到殺手的所在地。」
「可以。」楚攸點頭。
「有什麼要注意的嗎？」嬌嬌認真問道，在這方面，楚攸比較有經驗。
「沒有，我相信妳能處理好，唯有一項，妳雖然是過去裝模作樣，可是，要把握好分寸，不要盲目地得罪了人；如若他們不是真凶，將來必然還要接觸，妳不能為了取信於安親王而將與其他長輩的關係弄糟，那對妳不好。」楚攸想得頗多。
「那好，我先進宮與祖父說一聲。」
然還不待兩人有更多動作，竟聽到外面丫鬟稟告，宮中來消息，召見楚攸進宮面聖。
兩人費解，這又是鬧的哪一齣？

第七十八章

楚攸不明所以地進宮，嬌嬌自然也是跟著，倒是有些「夫唱婦隨」的感覺。其實若是真的這般說倒是也不盡然，畢竟這兩人可還沒有成親。

嬌嬌言稱，她正巧也要進宮求見，本是真的如此，但是此時在旁人看來，倒是不對了。在眾人的注視下，嬌嬌與楚攸一同進宮。

聽聞嬌嬌也進宮了，皇上在御書房冷哼了一聲。

女生外向，女生外向啊，妥妥的！

嬌嬌一同求見，倒是出乎皇帝的預料，往日她必然是不會如此，因為要避嫌，但是今次來並沒有，反而是一同求見，薑還是老的辣，皇上立時猜想，嬌嬌進宮許是真有他事。這般想著，心裡也受用幾分，畢竟，如若嬌嬌太過護著楚攸那廝，他是真心煩悶的。

自家的孩子永遠是最好的。

等待皇上傳召的時候，楚攸斜睨嬌嬌，言道：「妳是在擔心我？」

嬌嬌哼笑。「你明知道，我是真的要見皇上，你這樣的人，我有這個必要嗎？」

雖然嬌嬌如此言道，但是楚攸卻仍是笑得別有深意。

嬌嬌惱怒，這廝總是如此，認定了她是為了他嘛，才不是好不好，才不是才不是！

正待要再說些什麼，就見小太監連忙出來通傳，皇上命兩人一同進去。

嬌嬌直覺地就去扶楚攸，楚攸也不拒絕，微微勾起了嘴角，楚攸這廝是難得一見的「美人」，往日虛情假意的笑都極能蠱惑人心，如今真心實意的笑著，更是讓人移不開眼。

小太監看兩人這般親密，也跟著臉紅幾分。

好在，這兩人還不至於蠢到沒邊，如果這樣進門，那真是自己找死了，這樣的事，嬌嬌不會做，楚攸更是深有感觸，皇上小心眼得很。

兩人進門求見，俱是跪拜，皇上看兩個小兒女，呃，其實也不是，楚攸是個老傢伙！

「嬌嬌怎麼進宮了？」皇上笑咪咪地看著自己的孫女兒。「妳快起來坐。」

皇上倒是不將楚攸喚起，嬌嬌一臉黑線，不過還是道謝之後起身。

「嬌嬌本就想進宮，恰逢祖父召見楚大人，我便跟著一起進宮了，也不知是否擾了祖父的正事。」

皇帝微笑言道：「當然是不會的。不過既然妳也來了，朕便也不瞞妳。」皇上說到一半，瞪向了楚攸。

楚攸一臉的無辜，這段日子他一直都在季家養傷，連刑部都不回了，如何能夠得罪皇上，真是費解。

看楚攸這般，皇上更是氣憤。有時候吧，有些事，還真是沒法說，因此，皇上也算是醞釀半天才開口道：「楚攸，你可知罪？」

這是典型的臺詞，而嬌嬌對這句話本身也是十分無語的。

有誰會說，我知道錯了，定然是要不知罪的啊！

果不其然，楚大人並沒有打破常規，連一點多餘的話都沒有，直接就是硬生生地回道：「臣不知。」

再看皇上，氣得吹鬍子瞪眼。

「你不知，你竟敢說你不知，難不成你缺德事做多了，你自己都不知道自己幹了什麼？朕告訴你，你休想這麼蒙混過關。」

楚攸覺得自己其實挺冤枉的啊！

「臣真的不知，還望皇上明言。」有話就直說唄！這是他的潛臺詞。

嬌嬌看這兩人，心裡感慨，也不怪皇上總是想拾掇楚攸啊，這個人，這麼個性子，說話能噎死人、氣死人，換誰誰能忍？必須不能忍，必須生氣！

「你好意思說自己不知道？楚攸，朕真是太縱容你了，讓你越發地無所畏懼，別以為朕將嘉祥公主許配給你，你就可以無法無天。你真是把朕當成了傻子不成？你說你沒事弄個妓女，起了皇后的閨名放在那煙花之地，究竟想幹什麼？」皇上怒極，不管皇后為人怎麼樣，她還都是他的結髮之妻，如此讓人胡來，實則還不是打了他的臉。

嬌嬌聽了這話，詫異地看向了楚攸。

楚攸眼神微閃，言道：「先前……微臣不過是為了噁心四皇子。」千言萬語倒是無須多言，只一句話就可以解釋清楚。

皇上聽了，一口氣差點上不來。「你是豬嗎？噁心四皇子？在朕看來，你是在噁心朕。再說了，朕先前便與你說過，必會為你林家平反，你又何苦做這些沒用的小動作？有意思嗎？楚攸，朕不是傻子，你究竟要幹什麼？」

楚攸認真地道：「微臣當時也沒想太多，鳳仙兒留在那裡不過是為了搜集些證據，當時微臣想著，叫啥不是叫，於是就用了皇后的閨名，並無其他的想法；至於您說平反的事，那是之後。」

皇上怒極反笑。「照你的意思是，朕還說晚了不成？」

楚攸搖頭。「自是沒有。」

「不要以為你救了嘉祥，就可以為所欲為。」皇上瞇眼。

「微臣不敢。」

嬌嬌坐在一邊，想了一下，開口道：「祖父，楚攸他對先皇后不敬，必然要重罰。」

此言一出，倒是惹得皇上和楚攸側目，不曉得她怎會如此說。

嬌嬌小臉嚴肅得緊，認真言道：「確實是的。皇后母儀天下，怎能如此被人戲弄？就算皇后壞得不成樣子，也斷沒有隨他戲弄的道理，因此，楚攸該罰，不僅該罰，還要重重地罰。」

這話聽著委實是讓人覺得不對勁啊，什麼叫就算皇后壞得不成樣子？

皇上和楚攸都挑眉。

楚攸略微垂首，勾起了嘴角。

而皇上則是嘴角抽搐。

「這天底下的母親莫不是將自己的兒子看得最為重要，先皇后必然是最牽掛四皇子，如今四皇子被拘禁在宮中，如若她知曉了，必然難受。不如，就讓楚攸代替四皇子拘禁在宮中吧？不管斷什麼案子，都要讓苦主滿意才是，如若先皇后在泉下有知，必然會很高興的，畢竟啊，四皇子無事回家了。」

皇上扶額，楚攸的肩膀一抽一抽的。

站在皇上身後的來喜努力將自己裝作一幅壁畫，他不存在不存在不存在……狡辯之詞聽得多了，這樣的……實在沒有！

「妳……還真是聰慧！」皇上敲擊桌面。

嬌嬌微笑，露出小小的梨渦，俏麗言道：「多謝祖父誇獎，嬌嬌必然會再接再厲為祖父分憂！」

呵呵，誇獎！呵呵，分憂！

皇上看了嬌嬌好半晌，霍地，竟是笑了起來，繼而望向了楚攸，又是打量。

嬌嬌心裡撲通撲通跳，不曉得自己這般地胡攪蠻纏會不會過關。

終於，皇上開口。「朕想，將嘉祥與楚攸賜婚，就是對楚攸最大的……懲罰了。」

嬌嬌立時瞪大了眼，怎麼又牽扯到她身上了？祖父不是最疼愛她的嗎？費解！

皇上垂下眼簾，沒有多餘的話，擺了擺手。「行了，楚攸，你起來吧，往後，好生伺候嘉祥公主！」

這話說的……似乎今天大家都怪咧！

楚攸其實立刻就懂了！

嬌嬌捏著帕子，坐得穩穩地。

「好了，嬌嬌，妳也該說說妳為什麼要來了？」皇上轉頭看嬌嬌，這丫頭不是有事嗎？

嬌嬌挺直了背，言道：「其實我是希望能夠得到祖父的首肯，讓我分別詢問一下四皇子、八皇子和四公主。」

皇上皺眉。「詢問？詢問什麼？調查之事，不可無的放矢。」

嬌嬌點頭，回道：「我自是知曉，祖父放心，不過是做做樣子罷了，並非真的要做什麼，也不代表我就是懷疑他們三個，我只是希望能夠打草驚蛇，看看大家都有什麼反應罷了。」

皇上轉頭看楚攸。「你們共同的意見？」

楚攸點頭回了一個句。「是。」

沈思一下，皇上首肯。「可以，不過朕希望知道，你們是否又找到了旁的什麼證據？所謂打草驚蛇，是要驚誰？」

「先前我們查到一些線索，發覺安親王是有嫌疑的。」嬌嬌並不怕告訴皇上。

皇上一聽，笑了起來。「妳懷疑他？這不可能。」

嬌嬌疑惑問道：「為什麼不可能？他就不能是凶手嗎？」

並非抬槓，嬌嬌是認真地詢問。她提出八皇子，楚攸信誓旦旦認定他沒有問題，如今她提出安親王，皇上亦是如此，這般倒是讓嬌嬌有幾分的看不懂了。

皇上認真地看著嬌嬌和楚攸，低頭想了半晌，言道：「朕不知道你們是怎麼查的，但是可以預見，你們的調查方向起了偏差，安親王必不可能是凶手。所有人中，便是朕的兒子朕也是不能全信，但是有兩人卻可以信任，一則安親王，二則梁親王。有些事，朕不消多說，你們也不懂，說起來，恐怕到天黑也說不完，沒有經歷過，你們不會懂！安親王並不十分喜歡嬌嬌是真，但是不會害嬌嬌也不是假，他是忠心的。朕只消告訴你們，你們的調查方向出了問題。」

聽了皇上的話，嬌嬌和楚攸都呆住了。

看兩人如此，皇上繼續言道：「朕不知道是什麼讓你們的調查起了偏差，事實就是，你們確實錯了，不要把心思放在沒用的地方，如果你詢問幾個皇子和公主是為了讓安親王放鬆警惕，那麼朕要收回先前的話了，不必見了，沒有那個必要，安親王不會是凶手。」

嬌嬌和楚攸都不明白，為什麼皇上這般地肯定，而他們那裡確實有找到證據的啊！

「開始……開始是三叔最先提起的，我們去見三叔。」嬌嬌痛快言道。

楚攸看她。「這般好嗎？」

嬌嬌點頭。「那有什麼不好，我要去問問三叔，看看他是故意誤導我們，還是真的如是想，最起碼，在這一點上我要確定。」

楚攸並沒有動。「我跟著同去，妳覺得妥當？」

「為什麼不妥當？」嬌嬌疑惑。

楚攸微笑，不再多言。

待見到三皇子之時，這個傢伙正在看美女的畫像，嬌嬌坐在三皇子的書房，瞄著桌上那些美女如雲的畫像，挑眉笑言。「三皇叔很是好福氣。」呃，擋住楚攸的視線不讓他看，幼稚女出場！

三皇子看到嬌嬌的動作，微笑。

楚攸自然也看到了嬌嬌的小動作，立時歡喜起來，洋洋得意中……

三皇子表示，真是不忍直視。

怪不得這兩人如此合拍，原來都是一樣的幼稚。

「小姪女不會沒事來找我吧？」

嬌嬌點頭。「如果安親王一定不是凶手，會是誰？」

她的話讓三皇子一怔，他呆在那裡，隨即仔細思考起來。

「你們怎麼看？」

「我聽了你的話，回去仔細地查找了材料，真的發現了一些安親王的問題，可是，皇爺爺說，安親王必然不是，那麼這事便又是有些意思了。」嬌嬌也不是懷疑三皇子，她只是說出自己正常的判斷，三皇子也沒有矯情到覺得嬌嬌是來試探他。

三皇子看楚攸。「如若父皇這般說，我是十分相信安親王沒有問題的。原本我懷疑他的原因也是基於小世子對公主有好感，算不得是鐵證。父皇在位幾十年，旁的事許是他會放任、會不在意，但是有一點卻不然，只要是涉及到皇位的一丁點，都會引起他最大的重視，他既然能夠那麼信任安親王，那就說明，安親王沒有問題。」

楚攸想了一下，言道：「其實不管我們有沒有聽你的話，查到梁亮與許昌的關係時，都會懷疑安親王，這一點是必然的。」

嬌嬌也不管桌面上那些美女，用筆直接將這關係裡的每一個人都勾勒出來。

看著筆下錯綜複雜的圖譜，嬌嬌擰眉深思。

三皇子與楚攸也來到她身邊，看那些密密麻麻的人名和相互之間錯綜複雜的關係線，都深思起來。

「有人希望，安親王是凶手。當然，這個觀點是我提出來的，我也很可疑，不過，我希望你們靜心想下別人，不要忽略了任何一個人。」三皇子言道。

楚攸聽了三皇子的話，抬頭看他。「我總算知道，為什麼公主十分看好三皇子了。」這話說得有幾分不合時宜，不過三皇子倒是渾然不在意的樣子。

「那是因為，我英俊瀟灑。」三皇子揚頭。

楚攸挑眉。「呵呵，比我還英俊瀟灑嗎？您炫耀錯地方了吧？」

「你是娘娘腔，跟個姑娘似的。」

「不跟個姑娘似的也是單身。」楚攸人身攻擊。他娘的！生平最恨別人說他娘娘腔，長相是能自己決定的嗎？

三皇子也學著楚攸的樣子冷笑。「說得好像你不是個老雛兒似的。」別以為他不知道，這個楚攸也沒有什麼女人緣啊！

楚攸面色不改地道：「我是有未婚妻的人。」

呃……他沒有，不過……他就快有了。三皇子立時說道：「我可以立時就成親。」你不行了吧？

楚攸瞪視。「我們是彼此之間真心相待，才不是亂七八糟沒見過面的湊合。喏，就是指您這種看畫像的。」

兩人像鬥雞一樣吹鬍子瞪眼。

嬌嬌扶額坐在一邊，不能幫忙也就罷了，這般搗亂是為哪般，為哪般啊為哪般！

「天下美女任我選，哪像你，只能選個小豆芽菜，還每天都被她祖父虐成了狗。」三皇子倒是不客氣。

「您說誰小豆芽菜？」嬌嬌一臉黑線。

三皇子摸鼻子尷尬笑，苦主在此。

「您倒是說啊，您倒是說啊說啊！」楚攸這廝還挑釁。

「你能不能靠譜點？」嬌嬌狠狠地瞪了楚攸一眼，將紙放下。「你們兩個人年紀加起來都能埋進土裡了，能不能別這麼幼稚。你，楚攸，你是來幹啥的？還有您，三叔，您是傻子當習慣了吧？您都要四十的人了耶！您這樣真的好嗎？古語有云，三十而立，四十而不惑，五十而知天命，您都要是不惑之年的人了，還這麼幼稚，你怎麼嫁得出去！哦，不是，是怎麼娶得了妻。」

她說話更加打擊人好不好！三皇子與楚攸默默地別過了臉。

「你們就不能幫我想想線索嗎？這最開始指向了四皇子，現在因為許昌又指向了安親王，結果還是不對，你說……」嬌嬌突然停下了話頭。

她連忙抄起自己寫過的紙看，看了半晌，再次看向了三皇子和楚攸。

「我們懷疑安親王的依據是什麼？」

「許昌。」楚攸言道。

嬌嬌點頭。「我們懷疑安親王的依據是許昌。假設，如果有人是想構陷安親王的，同樣，許昌也是一個大問題。你們覺得，能夠製造這個證據的，是誰？」

「四皇子。」楚攸與嬌嬌果然同心，立時想到。

嬌嬌打了一個響指。

三皇子此時也明瞭。「這是一個計中計、局中局，如若真是這般，那真是高。可是，真的會是四哥嗎？恕我直言，他並沒有這樣的心思。」

嬌嬌沈思。「四皇子做了這件事，他本就是想陷害安親王，不過如若只是淺顯的證據，絕對沒有人會信，所以他做得很是隱蔽，最先，他拋出了自己，我們自然會覺得不對，他沒有殺我的動機。可是，如若這件事最大的目標本就不是我呢？他的目標本來就是皇上的嫡系安親王，殺我，亦能挫一挫八皇子那邊的勢力。如果我與楚攸都死了，八皇子少了幫手，對他來說是好事；如若我死了，楚攸沒死，皇上會恨極楚攸，八皇子那邊也備受打擊；再比如，我們都沒死，那麼雖然不能打擊八皇子，但是在安親王那裡也一樣能夠達到效果，因為我們一定會調查到他，一舉數得。」

三皇子點頭，補充道：「妳剛與四公主交惡就出事，雖然不會是她，但是韋貴妃也不會讓她好過，所有皇子、王爺皆是與四公主有隔閡，不管怎麼說，都說得通。這樣的計策，真是非凡人能夠想出。」

嬌嬌看一眼三皇子，拉楚攸離開。「三皇叔自己繼續選美人吧，我們回去查案。」

三皇子點頭。「那我不摻和了，我腦子可沒你們夠用，再說了，不管牽扯誰，都不該我查，你們懂的。」

懂懂懂，您怕別人說您構陷嘛！嬌嬌敷衍點頭

待嬌嬌離開，三皇子坐下沈思，雖然不知道嬌嬌說得有幾分道理，但是現在看來，這樣說也是極有可能的。

那個人，究竟是誰呢？

現在他倒是不好奇凶手是誰，他好奇的是，能夠設計出這一切的人是誰？幾個皇子之中，沒有人能夠想得這麼多，必然是他們身後有別人。

楚攸是八皇子身後的人，可是他又似乎是忠於皇上的，既然這般，八皇子那邊的問題應該也不大。

說到底，如若安親王沒有問題，還是四皇子嫌疑最大。

四皇子身邊的那個影子，會是誰？三皇子陷入了無盡的沈思中。

嬌嬌快速拉著楚攸回去，楚攸被她拖著走，臉色越發地蒼白虛弱。

「哎呦，妳慢點行不？用不著這麼攆兔子，誰也不會跑了。」

「你怎麼跟個娘們似的？」嬌嬌回頭看他。

楚攸鬱悶地說：「妳怎麼也這麼說，我傷心，我……」

還不待他說更多，嬌嬌堵住了他的嘴。「大哥，你可別說了，有那個心思，倒不如和我說說，你幹麼要那麼做？你拿皇后的名字玩，你膽肥了啊！」

嬌嬌才不信楚攸的說辭，皇上自然也不會信，不過嬌嬌不明白，皇上為什麼沒有深究原因，人可以不罰，可是原因為什麼也不深究了呢？

果然，她還真不是一個上位者，對這些，委實不清楚。

楚攸還真沒瞞嬌嬌。「妳明後天進宮一趟，和韋貴妃打聽一下，是誰在皇上面前漏了這個消息。」

「原來你是故意的。」嬌嬌挑眉，似笑非笑地。

楚攸笑得快活。「雖然被皇上訓斥了一頓，但是我能得到更多，原本不知道這事什麼時候會洩漏，沒想竟是這般快，果然，四皇子身邊還是有個能人。」

「如若我沒有和你一起進宮，皇上罰你怎麼辦？」嬌嬌疑惑。

楚攸不以為意地道：「那又如何？能夠得到更多的消息，我被罰也是心甘情願的，捨不得孩子套不著狼。」

此時兩人已經坐在了轎子裡，楚攸才不管那些，直接和嬌嬌共乘一個轎子，他是「病人」。好在，也沒啥人見到。

嬌嬌支著下巴。「你往後做事，要考慮我。」

這般一說，楚攸倒是笑了起來，緩緩言道：「好……」

嬌嬌看他如此表情，有幾分不好意思，別過頭故作輕鬆言道：「我剛才想了一下，還是按照原定計劃會見他們幾人，不過談話的內容卻要調整一下了。我倒是要看看，是不是真的有個高手在指點一切。」

「妳去打聽將此事告訴皇上的人，我想，咱們會有大收穫。原本只是想著對付四皇子，倒是不想，這事竟是局中局。」

「是我們大意了，四皇子將自己設計成了第一嫌疑人，而我們確信他沒有這個本事，才忽略了這些。其實說出來也不是十分讓人看不清，他們用許昌這個人構陷安親王，而能指使許昌的，與許昌有接觸的，又何嘗不是四王府的人呢！方大人的表情不似作偽，可說不定便是別人利用了梁亮，而其間並沒有讓方大人知曉這一切啊，如此雖險，但是真。楚攸，我們還真遇見高手了。」

「不管那個人是誰，我們總是會扒下他的畫皮。」

嬌嬌點頭。

一時間，兩人靜了下來。

第七十九章

待嬌嬌兩人回府，見到彩玉等在門口。

嬌嬌奇怪，言道：「可是府裡出什麼事了？」

彩玉點頭。

「大小姐說，她想做女官，老夫人和二夫人都哭了。老夫人讓我在這裡等您，讓您去勸勸她。」彩玉語速很快，想來也是著急的。

嬌嬌聽了這話，連忙扔下楚攸，快步地往秀雅的房間而去。

說起這個女官，與嬌嬌原本認知的是很不一樣的，最早的時候她從江城那裡知道花千影是六扇門總捕頭，覺得很是帥氣，一個女子能夠做得比男人還好，如何能不讓人羨慕呢。

可是沒過多久，嬌嬌就知道了，原來，事情絕不是她看起來的那麼簡單。

嬌嬌原本以為允許女子做官是開明的一個舉動，象徵男女平等，其實還是不然。想來也是，民間尚且不能如此，朝堂之上又怎麼可能這樣呢？

本朝允許女子做官，而且是任何官位都可以，但是有一個條件，這人必須終身不嫁，只有一種例外，便是嫁入皇室，而嫁入皇室也要求必須在女官的位置上效力十五年。本朝女子大多十六、七歲嫁人，就算是十來歲進入朝堂，那麼也要像季晚晴出嫁那樣的年紀才能嫁人，又有幾人做得到呢？

本朝最出名的就是花千影，她十一歲跟著義父進入六扇門，如今二十六歲，正好十五年。可是也沒聽她要嫁給誰，這個年紀嫁人，談何容易；而且，以花千影的能力又豈會看上一般的男子？

她武藝高強、內心堅強尚且如此，秀雅本就是外強內軟的那麼一個人，如若真是做了女官，可如何是好？

嬌嬌還不待進屋就聽到屋內的哭聲，見她進門，二夫人彷彿找到了救兵。「三丫頭幫我勸勸妳大姊姊吧，她這個樣子，是在剜我這做娘的心啊！」

這時二夫人也顧不得叫嬌嬌公主了，她只盼著，嬌嬌能夠好好勸勸秀雅，讓她打消這個念頭。

老夫人坐在秀雅屋子的窗邊，也是眼眶含淚。

「大姊姊……」嬌嬌還不待多言，秀雅便開口了。

「我都知道了。」

呃……嬌嬌想了一下，明白她說的是什麼。

「大姊，雖然藥效有些傷身子，但是不見得也就一定不會有孩子啊！二叔躺了七年都醒了過來，還有什麼是不可能的呢？我們為什麼要放棄希望？」嬌嬌也坐在一邊，她拉著秀雅的手，盯著她的眼睛。

秀雅面無表情，也不看嬌嬌，只是盯著被子。「我不能坑害別人，而且，我也不是那麼乾淨的，何苦呢？」

嬌嬌最不願意聽人如是說，什麼乾淨不乾淨，難道這些都是她的錯嗎？

「大姊姊妳說的這是什麼話，別說妳還是處子之身，就算不是，又有什麼好不乾淨的？錯的不是妳，是他們那些壞人。妳自怨自艾地將所有的過錯都攬在自己的身上，每日苦苦折磨自己，難道妳就沒有想過這些關心妳的親人的心情嗎？原本我以為妳聽進了我的話，然現在看來竟是沒有的。大姊姊，我知道我們都沒有經歷過妳經歷的那些痛苦，沒有權利說自己如若這般會如何如何，但是我請求妳，請求妳仔細看看妳身邊的親人，大家都是真的關心妳，都是真的希望妳好，希望妳振作。」

秀雅終於有了反應，她微微勾起了嘴角。「我並不是沒有振作，恰恰是因為我振作了，我才這麼想的。」

「呃？」嬌嬌不解。

「真的。」秀雅摸了摸嬌嬌的頭，又看向了自己的母親和祖母。

季秀雅緩緩言道：「祖母、娘親，我不是自暴自棄，妳們就沒有想過嗎？如若我能做一個出色的女官，對季家也是極好的啊。至於說嫁人什麼的，我是真的不在意，對感情，我已經全然沒有信心了，就算是勉強嫁了，那人知曉我不能生孩子，又會是怎樣的心情呢？如何會待我好？難不成，妳們要讓我偷偷抱來別人的孩子當成是自己親生的？不行的，我不能坑了別人，我做不到欺騙別人。就算不說這些，那種被欺騙過的感覺雖然不會伴著我一生，但我也真的不會再對任何不是親人的人真心相待了。」

她已然經過了深思熟慮，不然也不會說出這些，她自然是知曉家人的難受，可是，她現在說的又何嘗不是事實呢？

「大姊姊，現在妳被傷了心，自然是這麼說，假以時日，也許妳便不這般想了。」

秀雅微笑搖頭。「我從來沒有像現在這麼清明過。也許妳們不知道吧？其實我在第一天的時候就知道自己以後不能生孩子了，那晚我迷迷糊糊地聽到了妳們的談話，可是我還是喝下了每一天的藥，因為我知道，我是真的想活著，我不想為了那些惡人去死，我也不能讓你們所有人傷心，我不能為了不重要的人傷害我身邊最最重要的親人。這麼多天，我每一天都在想，我要過怎麼樣的生活，我要成為一個什麼樣的人，我今後的路該怎麼走；也許，妳們覺得這是我衝動的選擇，可是事實上不是，這是我最真心的選擇。能夠做自己想做的事，很好，不是嗎？」

嬌嬌認真地看著秀雅，發現她十分地平和，確實並不像是一時的衝動。

「可是妳是一個女孩子啊，妳怎麼能不嫁人？有朝一日我們所有人都去了，妳的弟弟、妹妹也有了自己的家人，妳要孤獨終老嗎？」二夫人飲泣。

秀雅拉著嬌嬌的手，笑咪咪。「不會的，我不會孤獨終老的，我身邊還有弟弟、妹妹啊，就算是他們都成了親，有了自己的家人，他們也一樣是我的弟弟、妹妹，我們依舊是最親密的人。就像是秀寧，即便是秀寧成了嘉祥公主，那又怎麼樣呢？她依舊是我最親愛的三妹妹季秀寧啊！她待我的感覺還是與往常一樣啊！」

二夫人說不過她，再次看向了嬌嬌，希望她能多加勸勸。

可嬌嬌卻不知曉要說什麼了，不知怎地，這麼平和安寧的秀雅，讓她覺得，說什麼都是白費的。也許，這就是她想要的生活，不是被逼無奈，而是真的平靜的選擇。

聽著她們的對話，老夫人也感受到了這一點，她看著秀雅，問道：「妳有沒有想過，自己將來會後悔？」

秀雅搖頭。「不會，妳們相信我。我知道先前吳子玉的事是我自己錯了，我不該堅持己見，可是現今這回事是不同的。想必妳們也見到了花總捕頭，她也是個女子，可是妳們又有誰能說，她比妳們過得差呢？」

「可是，妳並沒有花千影的能力。」嬌嬌直言。她希望秀雅現在看明白所有的一切，這樣將來才不會後悔。

雖然嬌嬌說得不好聽，可是二夫人還是忙不迭地點頭，現在如若能讓秀雅打消主意，說什麼她都是無所謂的。

秀雅苦笑一下，隨即開口。「我確實沒有她的能力，我也不可能去刑部那樣的地方，我知道，父親是不可能重新復起了，季家需要他。我想，也許我可以走一下父親走過的道路，我不求自己能夠做得多麼出色，只是希望許多年後的將來，有人提到季家，會說，季家還有一個很能幹的季秀雅。」

秀雅十分堅定，嬌嬌實在是無從下手，而且她並不清楚究竟該不該阻攔。

不過別管嬌嬌怎麼想，老夫人倒是看淡了，只要秀雅自己覺得好，她們說再多又有什麼意義呢？每個人都可以選擇自己的道路，秀雅也不例外。

她選錯了一次，不代表會選錯第二次。

這麼一來，這事竟是就這樣定了下來。

當然，這事會定下來的另外一個原因是因為季致霖，是的，他想了很久秀雅的話，最終點頭同意。

季致霖都同意，旁人也無從多言什麼。

二夫人雖然還是難過，但是她卻對季致霖言聽計從，也認可了他的話，也許，他有更深層次的考量。

嬌嬌說不清楚這樣以後究竟是好還是不好，不過她卻相信，經歷了吳子玉事件的秀雅，必然會更加地堅強能幹。當然，這做女官也不是什麼人去都可以的，不管是在親眷關係、家庭背景，還有在本人的學識上都有極大的要求。當初花千影是做武官，要求的便是武藝超群，如今秀雅做文官，要求的便是學識淵博。

也就是說，十月分的大考，秀雅需要參加，而且必須通過。

如此一來，秀雅倒是一門心思地撲在學習上。

連帶著，子魚也更加認真了不少，作為一個女子的大姊姊都那麼認真，他一個男孩子如何不更加努力呢？

如此看著，老夫人倒是也欣慰了許多。

嬌嬌聽了楚攸的話，進宮求見了韋貴妃。

此時韋貴妃正在佛堂唸佛，聽見嬌嬌前來，很是喜悅。

起身來到外屋，看嬌嬌正在詢問她往日的身體情況，心裡更是欣慰許多。

「妳這丫頭怎麼這個時間過來了？」嬌嬌是知道韋貴妃的習慣的，一般都不會在這個時間段過來求見，韋貴妃看她早到，猜想她八成有事。

「今兒起早了，便也早了幾分，不會耽誤祖母的。」嬌嬌微笑言道，上前去扶住了韋貴妃。

韋貴妃朝著她的手拍了一下，言道：「妳這孩子，八成是有事求我，不然可不會這般地殷勤。」

這話怎麼講的，她往日裡也是這般的好嗎！嬌嬌打算抗議，但念頭一閃，嬌嬌又心虛起來，呃呃，她今兒來得早確實是有事的。

嘿嘿！

「雖然我確實是有事的，但是您也不能抹殺我的真性情啊，我就是這般地乖巧伶俐，您可別傷我的心，我前天還進宮了呢。」我這麼乖，表揚就不必了，但是您不能「誣衊」我啊！

嬌嬌這般一說，惹得韋貴妃噗哧一聲就笑了出來，接著便是瞪眼。「妳好意思說嗎？妳前天是進宮了不假，可是妳進宮可不是來看祖母的啊，連妳的面都沒見著，妳好意思說嗎？」

嬌嬌尷尬地嘿嘿兩聲，唁，她倒是忘了這一點！

嬌嬌撓頭。「那個，我前天是真有事啦！」

韋貴妃繼續瞪她。「哦！真有事？所謂的真有事，便是去做某人的護花使者。」這個某人的音，重重的。

「不是這個樣子啦！祖母誤解我了！」嬌嬌捂臉。

如果是誤解，妳捂臉幹麼？實話實說有沒有！

看韋貴妃和一干宮女都看著她，嬌嬌更加地羞澀，是真的羞澀啊，不是假裝啊！如是一般，她還能堅持堅持，但是這般……大家都用這種「懷春少女」的眼神看她，她就覺得整個人都不好了。

雖然她內裡已經是個「老女人」了，但是這具身體明明還是十四歲的貌美蘿莉啊！大家不要這樣子想她！

韋貴妃看嬌嬌這樣害羞，忍不住笑得更加厲害。

兩人沒有因為嬌嬌搬到宮外而有隔閡，不僅沒有，反倒是覺得更親近了些。宮外沒有那麼多的規矩束縛嬌嬌的性格，嬌嬌越發地隨興；如此一來，她活潑得不得了，間或講些宮外的趣事和辦案子上的那些事，韋貴妃竟是也覺得十分有趣，那種感覺，好像她也年輕了不少。

所以說，感情的遠近還真跟住哪兒沒有關係！

「祖母都這般年紀了，自然是目光如炬，妳說假話什麼的，我可是會一眼看穿。」韋貴妃也是開玩笑道。

嬌嬌與韋貴妃坐在榻上，她捏著帕子，嬉皮笑臉言道：「我哪裡會說假話，比珍珠還真！您看我真摯的眼神。」

「珍珠也有假的，再說我可看不出妳的眼神有多真摯。」韋貴妃哼道。

「那是夜明珠，比什麼都真，祖母您仔細看……」嬌嬌笑咪咪的。

「壞孩子！」韋貴妃再次給了嬌嬌一下。

嬌嬌無語。為什麼，曾幾何時，她怎麼也會被冠以這個稱呼呢？她不是自小到大都是最懂事、最聽話的蘿莉嗎？憂傷了！

嬌嬌再次苦著一張臉，韋貴妃卻心情更加暢快。

還別說，自她住在宮外，她怎麼每次見嬌嬌都能樂個不行，還沒等將好心情消耗完，她又進宮了，周而復始，十分有趣。

「好了，妳們都下去吧！」

「是。」宮女們俱是退下。

嬌嬌看韋貴妃將人都遣了下去，連忙過去為她捏肩，狗腿得很，如若這般還說自己來沒有旁的事，連嬌嬌自己都不信了。

韋貴妃笑咪咪地接受著她的按摩，也不開口，就等她自己說出實情。

嬌嬌看韋貴妃半眯著眼睛，知道她在等自己開口，醞釀了一下，嬌嬌言道：「祖母咩……」

聽她這語氣，韋貴妃覺得自己快沒轍了。

「這一大早地過來，有什麼事，說吧。莫要做這些怪聲音，都是大姑娘了，還以為自己是盼盼那麼大嗎？」

盼盼便是八皇子的女兒，年兩歲是也！

嬌嬌動作不停，繼續言道：「就是前天吶，皇上召見了楚攸，說是他拿先皇后的閨名尋開心，您知道吧？」嬌嬌想了想，覺得許是這事韋貴妃還會覺得高興呢，對皇后這麼個人，韋貴妃才真是恨到骨子裡的。

如若不是她，她也不會母子幾十年不得相見。雖然做事的是太后，但是實際上，韋貴妃是更恨皇后一些的，畢竟想出這樣歹毒主意的是她；而且……太后也是韋貴妃的姨母，到底還是差了一些。

韋貴妃面無表情地點了點頭，樣子頗為高深，

嬌嬌繼續問道：「那麼，是誰把這件事告訴祖父的呢？祖父總不可能人在宮裡就能知道了那花街柳巷裡的事情吧？不符合常理啊！」

這時韋貴妃回過了頭，看著身後皺眉提問的嬌嬌，言道：「楚攸讓妳來的？你們又有什麼鬼主意？」

楚攸會單純地只是為了洩憤，韋貴妃可是一丁點都不信，但是真正的原因人家不說，你就是罰了，也沒意思不是？而且韋貴妃也不樂見於此，正是這般，她才勸住了皇上。

嬌嬌微笑，樣子十分地單純。「我們沒有什麼鬼主意啊，只是想知道那個人是誰？楚攸猜測，有個高人站在四皇子背後呢！您看啊，他那麼蠢，做事卻沒有什麼大的紕漏，怎麼想都不對勁啊！」

韋貴妃看著嬌嬌笑咪咪的表情，突然間就覺得，也許，她其實只須推波助瀾就好，單說報仇，這小丫頭會做得更好。看她這般單純地說著並不單純的話，就可知這人是個扮豬吃老虎的傢伙了。

至於她所說的高人……韋貴妃皺眉。

「你們肯定，有這麼個人？」

嬌嬌點頭。「雖然我點頭，但是也不是完全肯定啊，沒有十足的證據，所有一切都還不能肯定。我懷疑，殺我的人是四皇子派的，目的很多，殺我不是主要，構陷安親王、打擊八皇子才是主要。您想，四皇子先是把自己拋出來，又一步步撇清，這麼一步大棋，會是他的手筆嗎？如若他那個皇后母親在世，說不定還有可能是她。」

韋貴妃想了半晌，言道：「是朝中的崔大人與皇上稟了這件事，據他所言是偶然發現。」

嬌嬌停下了動作，坐在韋貴妃身邊，十分驚訝地道：「崔大人真是個能人，連皇后的閨名都知道呢！」

韋貴妃霍然呆住，她看著嬌嬌，緩緩言道：「確實，崔大人他如何能知道皇后的閨名？要知道，楚攸用的是旁人鮮少知道的閨名，我們倒是燈下黑了。」

「這位崔大人可是御史崔大人？那個崔振宇？」嬌嬌對朝廷裡的人還是有幾分瞭解的，便是原本不清楚，這段日子也明瞭了許多。

韋貴妃點頭。「正是他，他不過年近三十，又並非世家出身，可沒什麼老人會說起此事，他能知道皇后的閨名，這就有幾分意思了。」

嬌嬌笑意盈盈。「是啊，而且據我所知，這人既不屬於四皇子黨派，也不屬於八皇子黨派，由他來說，看起來倒是極好的呢。」

韋貴妃冷笑。「我會讓他明白極好要付出的代價。」

嬌嬌看韋貴妃惱怒，將自己的手放在她的手上，認真言道：「祖母莫要亂來，倒不如將這一切交給嬌嬌？也請祖母暫時不要將一切說與祖父，我要順藤摸瓜，看看會釣起哪條大魚；如若祖父知道了，將那位崔大人一抓，許是我們就會錯過更重要的線索。」

韋貴妃看嬌嬌的表現，點了點頭。

「此事依妳，不過萬事妳都要小心。」

「我知曉的。」嬌嬌認真言道，又想到什麼，嬌嬌再次問道：「祖母，您說，如果您是四皇子一系的人，為什麼要殺安親王呢？他又不可能繼承皇位啊！」

韋貴妃看她不懂，點撥道：「事情哪裡是妳想得那麼簡單？如今皇上身體看起來仍是很好，可是四皇子卻也近四十了，他就不想早些登上皇位？安親王雖然看起來不苟言笑、不近人情，但是他對皇上卻是極為忠心，安親王與梁親王算起來才真正是皇上的左膀右臂，如果照妳所言，我倒是覺得，咱們這位四皇子……」停頓一下，韋貴妃眼神幽深且暗了幾分。

「怕是想琢磨著篡位呢！」

嬌嬌震驚地抬頭，有幾分不可置信……

待嬌嬌從宮中出來，還是處於不大正常的狀態，怎麼說呢？這話，還真是不好說。篡位。

如果四皇子真敢這麼想，嬌嬌覺得，這也必然不是他自己的意思，別說她看不起這個四皇叔，而是這廝真的沒有那麼高深的能力和想法，而且，他似乎並不敢。

他背後必然有一個人，就如同之前的猜想，而他們可以通過崔振宇找到那個人，抑或者，還有許昌。

也許嬌嬌現在這般說有幾分武斷，但是實際情況她看得明朗，妥妥的啊！

嬌嬌覺得，她遺漏了什麼。

當然，韋貴妃也是一個宮鬥的好手，可是實際上如若真的講求掌控全域，嬌嬌並不認為她足夠能幹；雖然她現在看起來非常潑悍，但是嬌嬌覺得，她的祖母在心思上是不如皇后的。

如果不是皇后早死，當今的局面必不是這般。皇后著眼的不是後宮那一方之地，她著眼的是大局，看她對幾個皇子做的事情，無一不是為她兒子的將來鋪路，這般地能幹，如何是其他人比得過的？

這麼一路胡思亂想，嬌嬌倒是也極快地到了家。

第八十章

楚攸聽她回來，挑眉，李蔚言道：「可是要去求見公主？」

楚攸搖頭，不動聲色地道：「她會來。」

果不其然，話音剛落沒多久，就見公主晃進來了，確實是晃，不似以往那般地有精神，能讓公主這般的人，也不在多數。

「下官見過公主。」李蔚請安。

嬌嬌擺了擺手，猶如趕蒼蠅，李蔚立時出門，此時屋內只有楚攸與嬌嬌兩人。

楚攸看她這樣，在她面前揮了揮手，取笑道：「妳被人震住了啊？」

「才沒有。」嬌嬌也不多言，坐在那裡撐起了下巴，總覺得有哪裡疏忽了呢？

「那人是誰？」楚攸問道，他對這一點十分好奇。

嬌嬌隨口回道：「崔振宇。」

「崔振宇？」楚攸皺眉，怎麼會是他？又一思索，是他才是最好的啊，兩邊都不沾。那麼，他是無意中被捲進來，還是之前就是四皇子黨？這倒是個值得思考的問題，但是現在再看公主，他卻覺得這事不是那麼重要了，這個丫頭想什麼呢？呆滯成這樣。

「妳怎麼了？在宮中可是還有其他的事發生？」

嬌嬌搖頭。「也沒有，不過，祖母說，四皇子之所以選擇了構陷安親王，應該是為了篡位。」這事這麼大，嬌嬌卻仍是非常隨意地說了出來。

楚攸呆滯，這下換他被震住了。

待季秀慧進門，見到的就是這樣一幅情景，兩個人均是木樁子狀。

是……出了什麼事情嗎？

「咳咳！」

沒人理。

「咳咳咳。」

依舊沒人理。

秀慧看一眼門口的李蔚，李蔚無辜攤手，他也是不解。

想了想，秀慧決定還是去看看江城這廝還活著不，至於這兩位，讓他們繼續發呆吧！她實在是跟不上他們的節奏。原本在大家心裡她就不大正常，就不要跟這兩個人混得更加不正常好了，說出去太丟人！

這麼想著，秀慧安心了。

看她進門之後又走了，李蔚貼心地將門關上……

吶，他是一個極好的屬下啊，真心地維護了公主和他家大人的形象。

他確實是個貼心的好屬下，但是他的兩個主子顯然並沒有將他的這個舉動放在心上。嬌嬌想了許多許多，如果四皇子真的要篡位，那麼這便不是小事了，真的不說給祖父知道嗎？

可是，那個隱形人還沒有找出來，這不是更大的問題嗎？

「皇后。」嬌嬌突然想到一個大問題。

楚攸被她突然發出的聲音驚到，反應過來她說了什麼，連忙問：「皇后怎麼了？」

嬌嬌略微揚頭。「我說，四皇子沒有這樣的能力，但是皇后卻是有的，這是我一直都忽視的一個大問題。」

楚攸皺眉。「皇后死了。」都病死了，如何能夠策劃這一切，這本就是不符合常理的對不？

嬌嬌笑咪咪地看楚攸。「皇后是死了啊，可是她活著的時候，為什麼就不可以策劃這些事？我之前就覺得，有的地方很違和，可是我沒有想到。不過剛才我突然想明白了，你想啊，如果皇后已經為四皇子找到一個極為合適的幫手了呢？那個幫手本身就聰明，而且可以實行皇后先前的計劃，這不可以嗎？我想，這個幫手年紀必然不會小，在明面上，他不會與任何人有牽扯，是最為公正嚴明的，可暗中卻輔佐著四皇子。他與皇后私下裡過從甚密，甚至知道皇后的閨名，朝中，有沒有這樣一個人？」

楚攸思索，半晌，搖頭。「私下裡與皇后過從甚密這項，我實在是無從考證，我總不可能有機會躲在皇后的寢宮看她與哪個大臣有來往吧？」

「那麼把這一項去掉呢？這人很聰明，年紀不小，地位頗高，與所有可能爭奪皇位的皇子都有不遠不近的距離。這樣一個人，有嗎？」嬌嬌問道。

她雖然知曉朝中諸人，但是卻不清楚這些人的性格特徵。

楚攸再次呆滯起來，他看著嬌嬌，有幾分結巴地問道：「妳、妳說什麼？」

「這樣一個人，有嗎？」嬌嬌不解楚攸的反應。

楚攸深吸一口氣，認真地看著嬌嬌，言道：「確實……確實是有這樣一個人，這個人，妳也是認識的，不久之前，妳還懷疑了他，妳懷疑他與季致遠之死有關！」

嬌嬌瞬間也呆住，不過她很快就恢復了過來。

「薛大儒？」

「是。」

嬌嬌皺眉。「不對，還是有哪裡是不對的。」

「什麼不對？」楚攸不明白。

嬌嬌看他，不多言語，只是念叨不對。

按道理說，薛大儒該是一直戀慕祖母，也就是季老夫人的啊，瞧他兩個女兒的名字就可知曉，老夫人名喚英蓮青，他的女兒一個叫蓮玉，一個叫青玉，很明顯便是把老夫人的名字拆分。喜歡季老夫人的人，怎麼又會喜歡皇后？這不符合道理的。

是的，喜歡皇后。照嬌嬌看，如若不是互相喜歡可以交心的兩個人，以皇后的性格，怎麼會將四皇子託付出去？

「楚攸，你覺得，薛大儒是一個什麼樣的人？」嬌嬌問道。

「什麼什麼樣的人？」楚攸不知她指哪一點。

「感情，我想知道，他在感情上是一個什麼樣的人。」嬌嬌問道。

楚攸失笑。「我想，妳如果想知道這一點，不該問我，反而是該去問妳的祖母季老夫人吧？」

嬌嬌扶額。「你說得對。」

言罷，一溜煙地跑掉。

楚攸看她風一樣的背影，無語。

近來……她十分地跳脫啊！

如果誠如嬌嬌所言，薛大儒是站在四皇子背後的那個人，那麼，季致遠的死與他的關係似乎就更大了。季致遠是薛大儒一手教出來的學生，如果他發現了薛大儒的不妥，或者暗中對薛大儒表示了並非真心投靠四皇子，那麼四皇子知曉這事的可能性就加大了，不僅如此，對於四皇子來說，背叛的人，必然該死。

想到這裡，楚攸攥起了拳頭。

如果真是這樣，那麼季致遠的死他也是要付上一部分責任的，是他與季致遠商量了裡應外合，而正是這樣的裡應外合，極有可能是將季致遠推入險地的誘因！

砰！楚攸狠狠地一拳砸向了桌面。

李蔚聽到聲音，連忙問道：「大人可是出什麼事了？」言罷立時進門，就見楚攸面色不豫。

「你去通知花千影來見我。」

「是。」

楚攸眼神凌厲，先前的時候他便發誓過，要為季致遠找到真正的凶手，後來更是答應了他的小未婚妻，不管那個人是誰，不管他和誰有什麼關係，只要是真正的凶手，他統統不會放過，不會！

季老夫人看著風風火火的嬌嬌，又聽說了她的種種揣測，思考了半晌，言道：「妳的意思是，安親王應該是被陷害的，而薛大儒有問題的可能性更大？更有甚者，他還與皇后勾結？」

嬌嬌點頭。「是的，先前的時候我們就有些懷疑薛大儒與父親被害的事有關係，且不說薛青玉為什麼留著那本書，但是實際看來，她最有可能是從她的父親薛大儒那裡得到這本書，而這本書是父親編寫的。

「而且您沒有發現嗎？薛大儒的這首詩並不出名，這些年也鮮少有人提及，彷彿他不曾作過一般，倒是別的文章時常被文人提及，這本身就是另外一種不正常。」

季老夫人沈默半晌，言道：「妳且繼續調查吧，若說他，這麼多年下來，我倒是不覺得他還戀慕於我，少年之時的情懷豈能與現在相提並論？自從致遠出事，我們搬到了江寧，彼此之間的往來也少了許多，如若問我真的瞭解這個人嗎？我竟是不敢回道肯定是的。」

嬌嬌皺眉。「那誰瞭解他呢？」

老夫人笑看嬌嬌，笑容卻未達眼底。「傻丫頭，自己的丈夫有沒有愛慕他人，做妻子的才是最清楚不過的。」

嬌嬌點頭明瞭，告別了老夫人，她再次去見楚攸。

聽說嬌嬌想見一見薛夫人，楚攸挑眉，想了一會兒，言道：「妳覺不覺得，妳現在抓錯重點了？」

呃？嬌嬌不解。

「這般只靠猜測然後求證的態度並不對。妳先前不是說過嗎？證據決定一切，這也正是刑部辦一切案子的重點，可是現在妳是根據嫌疑人找證據，這樣很容易被自己的主觀誤導的。」

方才嬌嬌走後，楚攸又想了一會兒，終於平靜下來，他比嬌嬌有經驗多了，她沒有發現他們調查的大方向出了問題，他卻不能不發現，不過很幸運的，他及時地想到了這個問題。

嬌嬌聽了楚攸的話，終於靜了下來。

「近來妳焦躁得厲害，當然，我也是一樣，我們都被季秀雅出事這件事刺激得失去了理智，所以做事就十分地不沈穩，這樣不好。其實懷疑薛大儒也不見得就是正確的，妳看，季秀雅還是他的外孫女兒，我們為何要全然地否定他呢？一步步按照證據來吧。」楚攸拉起了嬌嬌的手，嬌嬌眼光落在兩人交疊的手上，點了點頭，他說得對。

「剛才我已經召見花千影了，刑部安排了最好的高手分別跟著許昌、崔振宇和薛大儒，只要他們有一丁點的接觸，我們都會知道。根據證據慢慢來，我們過於急躁，只會讓對方更加牽著我們的鼻子走，我們已經懷疑錯一次了，我不想再錯。」楚攸實言。

嬌嬌抬起兩人交握的手。「互相提醒，互相鼓勵，互相幫助！」

楚攸聽了，笑了起來。「妳錯了。」

「妳該說，夫妻同心，其利斷金！」

「噗！」嬌嬌忍不住噴笑了出來。

這位大叔，你這麼自戀真的好嗎？

「你還真是往自己臉上貼金啊，如果祖父看到你這個樣子，會不會抽死你呢？」嬌嬌斜睨他。

「怎麼可能！」楚攸挑眉。

就在兩人耍花腔的時候，就聽門口突然幽幽傳來一句。「你覺得不可能？」

兩人驚悚轉身，瞬間石化。

「呃……祖……祖父……」嬌嬌結巴了，皇上怎麼會來?!

看嬌嬌這樣呆滯，皇上怒了。「你們倆的手還不給我分開！」

兩人立時鬆手，嬌嬌跳到一邊，繼續結巴地問道：「祖父怎麼、怎麼過、過來了？」

「我不過來怎麼知道這個傢伙在勾搭妳？妳還小，不知道人心的險惡，有些人年紀大了，最喜歡欺騙小姑娘，他又是這麼多年都不招女人待見，連傳出的緋聞，也是和我這樣的老頭，可見他非常饑渴，妳以後定要離他遠一些。至於查案什麼的，呃，這樣吧，往後站五步以上的距離。」皇上真是氣急了，不僅自稱了「我」，還說了十分不靠譜的建議。

嬌嬌囧，你妹兒的！

楚攸也囧，他娘的！

半天才緩過來的嬌嬌看皇上的表情，嘿嘿兩聲，言道：「這……都是誤解！」

「你們倆把朕當傻子？」皇上繼續瞪視兩人。

「自然沒有。」兩人異口同聲，之後互相對望一眼，從對方眼中看到了一絲的倒楣之氣。

皇帝逕自坐下，冷哼一聲。「你們倒是合拍。」

跟在皇上身後的來喜十分鬱悶啊！皇上突然要出宮，這也就算了，可是不讓通傳是為什麼啊！偷聽人家談話是為什麼啊！這門親事還是您金口玉言訂下的啊，可您現在看楚攸，卻恨不得扎死他！

嬌嬌緩神，來到皇上的身邊笑言。「祖父，您真的誤解我們了，其實我們是極為純潔的友誼關係啊！最近這案子峰迴路轉得太過，我們的心情起伏也很大，這不是在互相鼓勵嗎！您還別說，我們現在還真是有了不少的線索呢！」

說起這個，皇上更生氣。「那你們說說，查來查去，怎地就查到了安親王身上，而現在又是怎麼個情況？」

嬌嬌不曉得皇上有沒有和韋貴妃通氣，有些遲疑。「祖父，您是一國之君啊，該處理更多的大事，細節什麼的，就不需要多管了吧，待我們查出了結果，必然第一時間進宮稟告。」

「等你們查出了結果，朕已經被謀朝篡位了。」

嬌嬌變了臉色，也明白皇上知道了，連忙解釋。「不是，祖父，不是這樣的。」

「那妳倒是說說，是怎麼樣的？」

來。

嬌嬌看一眼楚攸，這廝看著她，一臉的「讓妳表現一下」，這樣滅火的事，還是要她

「實際上，我們暫時不說，最主要的原因是希望將所有的事情仔細地查清，然後將所有證據準備好。您也知道，不管是我還是楚攸，都算是與四皇子有仇，既然是有仇，我們就不能不謹慎；就像三皇叔不來查這個案子的道理一樣，他是為了避嫌，就算他查到的是真相，也難保有人說他是故意構陷，為什麼，因為他也是皇子。

「而我們，雖然我們不是能爭奪皇位的人，但是卻是站在四皇子的對立面。我的父親因為皇后離宮，最後客死異鄉，至於楚攸，林家更是慘烈異常，如果我們不將足夠的證據、鐵一般的證據提交給您，您可以信服嗎？您心裡不會有疑惑嗎？或者說，大臣們不會有疑惑？」

嬌嬌說了許多，停下來喘了一口氣，繼續言道：「我們必須做到讓所有人都看清楚真相，這不是我們的構陷，而是事實就是如此。除卻這個原因，還有另外一個，四皇子的天分我們都清楚，即便是他已經年近四十，可是卻並沒有這樣的心計，那麼，那個能夠幫助他的人是誰？誠然，皇后臨死之前可以為他制定許多計劃，但是計劃沒有變化快，這點皇后必然清楚，而四皇子根本就不足以隨機應變，那麼，一個合適的幫手至關重要。

「這個幫手是誰？他能夠知道皇后的閨名，難道會是一般人嗎？如果我們不找出來，就衝著他這麼縝密的心思，您不會覺得芒刺在背嗎？今天我們相信您的判斷力，馬上調整方向，如果我們固執己見，那麼搜集到了所有假的罪證，提交了上來，大臣都知道了，您能不

處置安親王嗎？」
嬌嬌一口氣又說了許多，她使用了很多問句，是期望通過這些問話讓皇上明白，他們現在這樣，現階段，是極好的。
皇上看嬌嬌定睛望他，半晌，言道：「妳怕朕不相信你們？」
嬌嬌點頭。「我知道您心裡是願意相信我們的，可是既然有仇，我便要做得一絲差錯也沒有，這樣，您才能放心。不是說信不信得過，我不能給您添煩惱，楚攸也是一樣。」
皇上看楚攸站在嬌嬌的身邊，兩個人的表情都十分認真。
他感慨萬千地道：「在楚攸進入刑部查第一個案子起，朕就十分看好楚攸的能力，也相信楚攸的為人。而在京中從你們倆合作的第一個案子開始，朕便覺得，那個小女孩季秀寧是個非常聰明的丫頭，配楚攸極好，你們兩人算是天作之合，如今看來，果不其然。」
嬌嬌臉紅，小小聲扯著衣角嘟囔。「您誇獎我就可以啦，至於旁人，不需要的呀！」
皇上冷笑。「如若我只誇妳，怕是妳又要為他鳴不平了吧，別以為朕不瞭解妳。」
嬌嬌嘻嘻哈哈地挽著皇上的胳膊撒嬌。「您瞭解我是應當的啊，您是我的祖父呢！是嬌嬌最親近的人之一。」
「妳個鬼丫頭，又來拍馬屁，妳要是身在朝堂，必然是個佞臣。」
「怎麼會，我最正直了。」嬌嬌不依。
看她耍寶，幾人都勾起了嘴角。
皇帝看他們，緩和情緒，不似進門時那般生氣，其實，他還是看好這個孫女婿的，不過孫女兒是千辛萬苦找回來的，所以見到楚攸勾搭人，他還是控制不住自己心中的怒火。
這種矛盾的心情，沒有孩子的人是體會不到的！
皇上冷靜下來，看著人又不覺得那麼討厭了。
「妳呀，最會耍寶。」皇帝微笑。
嬌嬌看他，突然想到。「咦？祖父怎麼來這裡了？您都沒有召見我們呢！」這樣的事，不是該直接召見他們嗎，怎麼親自過來了呢？
皇上表情沒有變化，也沒有回答嬌嬌的話。
嬌嬌似乎明白了過來。「我知道了，祖父是不放心我，所以是想過來順便看看我在季家的生活，對嗎？」
皇帝不置可否。
「我就知道祖父對我最好。」貼心小棉襖得意洋洋。
皇帝看她亮晶晶的眼睛，笑了出來。
楚攸看嬌嬌與皇帝說話，心中感慨，這丫頭，還真會討人喜歡！
像自己便是啊，不知不覺就被迷惑，十分地喜愛她。
呃……他胡思亂想什麼呢？
楚攸臉紅……
皇帝本來覺得還算是一室溫馨的，但是……旁邊那個滿臉緋紅的蠢貨是怎麼回事？滿滿的愚蠢氣息。

「妳剛從宮裡出來，朕再召妳回去，難免惹人側目，正巧朕也想看看妳在這邊如何，便直接過來了。妳且放心，除了妳家老夫人，沒有旁人知曉。」

嬌嬌嘿嘿笑。「有人知曉又如何，皇爺爺對我最好。」

「妳剛從宮裡出來朕就見妳，別人一定會聯想到案子上，現今這個案子鬧得這麼大，必要有個結果的。朕希望能夠讓你們全然安心地調查，沒有一絲後顧之憂。」

嬌嬌明白這個道理。「祖父放心，我一定會好好做。這事不光關係我自己的安危，更深層次我們沒有看見的東西太多了，也許，這還和當年季致遠的案子有關係，您也知道，我一直都很想找到殺害季致遠的凶手，既然有這個機會，我必不會放棄。」

皇帝點頭，揉了揉嬌嬌的腦袋。「朕知道妳的心思，妳是個知恩圖報的好孩子。調查的事，妳自己也多加小心，朕是安排了很多人保護妳，但是就怕有個萬一，妳且要多注意，凡事讓這廝幫幫妳也好。」皇帝瞄了一眼楚攸。

提到這個，嬌嬌正色。「我知道。」

瞄一眼那個羞澀少年狀的中年男子，皇上哼了一聲，再次補充道：「妳莫要被他占便宜了。」

楚攸望天……怎麼會！

嬌嬌憨笑……怎麼會！

第八十一章

先前的時候嬌嬌便提出要將卷宗裡的內容做成表格，可以直接發現哪裡有問題，倒是不想，成果很快，他們竟然找到了崔振宇與薛大儒的共通點。

也不能說是共通點，準確來說，是他們的交集點，說起來，薛大儒與崔振宇都是朝中比較奇怪的人，兩人都是那種與任何人都不十分交好的個性。

可是便是這般，嬌嬌還是查出，原來，崔振宇調任京城擔任御史之前，竟有在薛大儒妻子的家鄉擔任職位；再細查下去，發現兩家原本也是有一些走動的，可是自十來年前崔振宇調任京城，兩家倒是再無接觸，彷彿，從來不曾相識，便是同朝為官，也只是點頭之交。

事情往往都是這樣，反常即為妖，照嬌嬌看，這就是反常。

楚攸這廝也是這麼認為，他如玉的面孔非常嚴肅。「這些人身邊我都放了人，只要他們動，咱們便能知道，我們不能犯先前那樣的錯誤。」

雖然是這般說，但是楚攸其實在安親王那裡也放了人，一切皆有可能，他只看證據，只求穩妥。

因著懷疑的人是薛大儒，嬌嬌便有意要瞞著秀慧，如若是旁人自然無所謂，但是那人偏是秀慧，她的聰明勁嬌嬌也是知道的，因此她分外小心，可縱使如此，秀慧還是察覺了一二。

兩人正在敘話，就聽秀慧敲門的聲音，嬌嬌連忙喚道：「二姊姊進來吧。」

近些時日兩人時常關門密謀，大家竟也是習慣了，不似開頭那般念叨男女大防。

秀慧進門，見兩人俱是看她，抿了抿嘴，問道：「你們商量完了？」

這話怎麼說的？嬌嬌看向了秀慧表示有幾分的不理解。

秀慧譏諷一笑。「你們本不就有事瞞著我嗎？」

嬌嬌微笑。「二姊姊想多了。」

然雖然她這般說，秀慧卻並沒有將眼神移開，她直直地看著嬌嬌，言道：「我有沒有想多，妳是心知肚明的。三妹妹，我只想知道，到底是什麼事會讓你們想瞞著我？我不是傻瓜，更不是子魚、秀美他們，妳無須糊弄我。妳這幾日與楚攸神神秘秘的，我如何不清楚呢？不過我本是想著，既然不該我知道的，那麼我不清楚也罷，可這兩日我又一轉念，這事其實是不對的，不管是什麼人，你們斷沒有瞞我的必要，懷疑安親王你們都能夠直說，現在又有什麼不能直說的呢？你們到底查出了什麼？」

不得不說，秀慧果然是觀察細膩。

嬌嬌略微垂首不言語。

秀慧看他們，繼續說：「是什麼人讓你們不敢和我說？與我……有關？」

與秀慧有關的人太少了，嬌嬌明瞭，便是她不說，秀慧大概回去略一梳理就會想出一二，如果這樣，倒不如讓她來說出這一切，最起碼，還可以在秀慧難受的時候給她依靠。

「二姊姊，我可以告訴妳，但是妳要答應我，萬不能與任何人說，也不能表現出一絲異樣。」嬌嬌表情十分地嚴肅。

秀慧的心越發地不安定起來，不知怎麼的，她竟然有幾分後悔來找他們問話了，直覺告訴她，嬌嬌要說的那個事情，必然不會是一個能讓她安心的答案。

可事已至此，嘆息一聲，秀慧點頭，誠懇言道：「我發誓，不會說。」

嬌嬌拉著秀慧的手，看一眼楚攸，楚攸對她點頭，示意她將實情全盤托出。

「我們懷疑的人，其實是妳的外祖父薛大儒。」

「什麼?!」秀慧立時站了起來。

嬌嬌與她牽手，拉著她，仰頭看她。

「妳胡說。」秀慧站在那裡深深地盯著嬌嬌。

嬌嬌將視線別了開來，勾起了嘴角，言道：「我為什麼要胡說呢？妳看，我本就是不想告訴妳的啊。二姊姊，有時候有些事，說出來必然不是那麼讓人欣喜，不管是誰，是哪一個人，我都想著，等徹底查實再說，可是既然妳現在問起此事，我也只有將一切都說出來。二姊姊，對我們來說，所有人都是嫌疑人，只是嫌疑人而已，最後的結果，還是要看證據的。」

嬌嬌這般說，秀慧還是不動，她知道，既然嬌嬌懷疑了，那便一定有讓人懷疑的地方，緊緊攥起了拳頭，秀慧努力地平復自己的心情。

「妳都懷疑他什麼？」

「殺害季致遠、季致霖，刺殺我，所有事。」嬌嬌言簡意賅，不過她的話卻像是驚濤駭浪一般。

「殺、殺害父親和大伯？」秀慧臉色已經白得彷彿一張紙。

嬌嬌點頭。「這事，原本他就是嫌疑人，只不過現今多了一條刺殺我而已。」

秀慧的淚水就這麼落了下來，她看著嬌嬌，一字一句，語氣顫抖。「妳現在是在告訴我，他，我的外祖父，我慈祥的外公，他可能是當年案子的凶手。而現今，他因為一些我不知道的原因，故意誆騙了吳子玉進京哄騙大姊，然後殺妳？季秀寧，妳是要告訴我這些嗎？」

季家的每個人都是一樣，在關鍵時刻，他們喊的，永遠都是秀寧，因為在他們心裡，她不是公主，是他們的秀寧。

「我只是說出可能的情況，現在我們沒有任何證據。二姊姊，不告訴妳的原因也是如此，如果他不是，妳不是要白白傷心了嗎？」嬌嬌一直都沒有鬆開季秀慧的手，彷彿這樣就能給她傳遞力量。

「沒有證據，正在找。可是如果什麼也沒有，妳也不會懷疑的，對嗎？」秀慧抹了一把臉，擦掉了淚水。

嬌嬌沒有說話。

「為什麼會這樣，為什麼會這樣？外公他為什麼要做這些，大伯、父親、大姊、妳，甚至是我，他就全然不在乎嗎？他真的是這樣的人嗎？」秀慧甩開了嬌嬌的手，轉身快步離開。

楚攸看嬌嬌。「要不要……」

嬌嬌也落下了一滴淚，搖頭。「沒有關係，不用去追了，二姊姊不會亂說的，她最有分寸。」

楚攸用食指抹掉嬌嬌的眼淚，將她拉進懷裡，言道：「秀慧為她的外公傷心，妳卻在為他們傷心。」

「其實人是最複雜的一樣生物，你說對嗎？」嬌嬌淚眼模糊地看楚攸。

「是啊！」楚攸遠遠望去，似乎看著什麼，又似乎是陷入了深思，聲音極為飄忽。

「如果他殺的是一個惡貫滿盈的壞人，我其實不確定自己最終會不會繼續調查下去，可是現在不是，我最大的願望就是替季致遠找到凶手，我不能放棄，不管那個人是誰。」嬌嬌呢喃。

楚攸拍著她的背，言道：「我知道，我都知道的。」

隨後他又狐疑地打量嬌嬌，突然問道：「妳和我說說，為什麼？」

什麼為什麼？嬌嬌不解。

「季致遠，妳為什麼那麼執著於他？妳……妳喜歡他？」想到這裡，楚攸變了臉色。

會不會真的是這個樣子呢？

嬌嬌讀了許多季致遠的書，見識到了他的才華，哪個少女不懷春？也許，正是因此，她才這般地執著，她仰慕季致遠？

楚攸想像了許多，越發地覺得，真相可能是如此，想到這裡，他竟然感到十分難過。

「你、你胡說什麼？」幸好嬌嬌口中沒有水，如若不然，她必然是要噴在他臉上的，楚攸腦補得太過有沒有！

「妳對這件事執著得不正常，這一點都不像往常的妳，大概妳自己都不知道，對於這件事，妳是多麼地認真。」

嬌嬌看楚攸，發現他極為慌亂，好像明白了什麼，她微微勾起了嘴角，睨了楚攸一眼，嬌嬌問道：「你吃醋啊？」

楚攸恨恨地別過了頭，言道：「怎麼可能？我只是就事論事，妳不要顧左右而言他，轉換話題。」

嬌嬌格格地笑了出來。

看她笑得這般沒心沒肺，楚攸更是惱怒，不過又不想讓她看出來，深深地吸了幾口氣，他哼道：「又哭又笑，瞅妳那個傻樣。」

嬌嬌將手放在楚攸的手上，語氣低低的。「你才是真傻。沒錯，我是喜歡季致遠，可是我的這個喜歡，和你想的那個喜歡是不一樣的。也不是我執著，我只是知道，不該讓每一個枉死的人無法瞑目，也不能讓他們身邊的親人無法安眠，找到真正的凶手，才能告慰死者的在天之靈，也才能真正地平復他們家人的心情。楚攸，你知道嗎？其實，我比你還適合待在刑部呢。」

「將每一件事都大白於天下，真的這麼重要嗎？」

嬌嬌慎重地點頭說道：「重要，比什麼都重要。」

怪。

楚攸看著嬌嬌認真的眼神，彷彿，一下子就明白了。平復了心緒，他倒是笑得有幾分

「所以，妳要做刑部的當家的？」

嬌嬌一怔，有幾分不明白，再看楚攸，恨恨地捶了他一下。「你說什麼呢？」

「妳說呢，小公主？」楚攸戳一下她的臉蛋。

嬌嬌哼了一聲，撇過臉蛋。

楚攸笑得越發地厲害。

看嬌嬌似乎真的是被笑惱了，楚攸再次開口。「妳說，妳二姊姊是真的喜歡江城嗎？不是因為江城救了她，她想著報恩？」

嬌嬌不可思議地看楚攸。「你想什麼呢？什麼報恩？這年頭還流行這個嗎？如若要報恩，有千萬種法子，二姊姊可不是那種蠢人，她不會為這賠上自己一生的。」

聽嬌嬌這般說，楚攸點頭。

「二姊姊喜歡江城，以前我就覺得有點這種苗頭啊，現在不過是表現得更多罷了。你就沒有發現嗎？原本的時候二姊姊對誰都是淡淡的，可是唯有江城，兩人湊在一起，十分地火花四射？」

果然，嬌嬌被楚攸轉移了注意力，不再是小包子臉。

楚攸微笑言道：「既然如此，那麼，我想，現在我們的二姊，季二小姐，應該很需要一個可以安慰她的人吧？」

嬌嬌被那句「我們的二姊」逗得臉紅，再聽楚攸的提議，囧……

這廝心眼太多了啊！

秀慧從屋內出來十分難過，她實在不明白，事情怎麼會到了這個地步，雖然嬌嬌一直都說這還只是懷疑，可是她卻是非常瞭解嬌嬌的，以嬌嬌的性格，她並不是會無的放矢的人。現在這樣說，不過是因為先前安親王的事讓她更加謹慎了。

她本是急急忙忙地衝到了母親的房門口，可是最終卻冷靜下來沒有進去，即便是進門了，說什麼，怎麼說？

她不能罔顧嬌嬌他們調查的結果，更不能讓母親跟著她一起傷心，近來母親因為大姊的事已經十分難受了，如果再這般，她該怎麼做？

也許，真是就如同嬌嬌所言，待到所有問題查清再說吧，只有這樣，才是最好。

讓他們且做一回鴕鳥。

秀慧這個時候真的不知道能找誰說話，想來想去，竟是沒有人可以依靠。

秀慧漫無目的地走，來到了江城的房門口，可思來想去，她依舊是沒有進門，她有什麼道理來找他，自那日被子魚、秀美拆穿之後，她已經很少來看江城了。

他又沒說喜歡她。

轉身離開，最終，秀慧坐在了後院荷花池的隱秘處。季家基本上是沒有什麼死角的，如若說有，大抵也就是這裡了，夏日裡花草茂盛，如若她坐在這裡，倒是不易讓別人看見。

一直跟在她身後的李蘊見狀，悄然離去。

秀慧捏著石子一個個地投到湖裡，不禁想起小時候的情景。

那個時候，她與一般的孩童不同，別人家的小孩都很喜歡玩樂，可她卻總是想著要學習，外祖父那時看她如此，便將她帶到了這裡，他說，要勞逸結合才好，小孩總是要喜歡玩樂一些，不要讓自己太累，他還教了她投小石子。

那個時候、那個時候外公說了什麼？

他似乎是說，當年有個對他很重要的人也對他說了這樣的話，讓他不要太累，正是這一句話便戳中了他的心，讓他不能自拔，也正是因為這分不能自拔，讓他一直堅持了許久。

雖然當時的秀慧還很小，但是她一直記在心裡，而經過了這麼多年，她長大了，她覺得，外公說的這個人，一定是祖母。其實大家心裡都清楚，外公當年是喜歡祖母的，不說旁的，從母親和姨母的名字就能可以看出來。

可既然當年那般地喜歡祖母，既然兩家的牽扯如此之深，外公他又為什麼要做這樣的事？難不成，真的是因愛生恨？

可如若真的是這樣，又是怎麼堅持這麼久才爆發的？

一陣腳步聲傳來。

聽到沙沙的聲音，秀慧不知道誰來了，卻並沒有回頭。

「二小姐……」

秀慧聽到男聲，立時回頭，果不其然，來的人是江城。

「你來幹什麼？」秀慧將自己的淚水抹掉。

見她哭了，江城呆了一下，隨即來到她的身邊，與她一同坐在花池邊。

「二、二小姐，妳怎麼了？」江城問道。

秀慧咬唇。「誰讓你來的？公主？還是楚大人？」

江城搖頭，老實回答。「都不是的，我剛才在屋裡休息，聽到窗外有人議論，說看見妳在荷花池邊哭。我想、我想……我就想來看看妳！」其實，他也不知道自己當時怎麼了，一聽到這話立時就衝出了門。

「傻瓜，真是個傻瓜。」秀慧笑了出來，不過笑意卻不深。

「啊？」

「你就不想想，這房間的隔音這麼好，怎麼就能讓你聽見，還不是人家想讓你聽見的。這不會是公主的手筆，想來是楚攸故意為之了，他故意把你引過來。」秀慧解釋道。而至於將他引來的原因，秀慧心知肚明。

江城撓頭，有些不解秀慧的言論，不過他並不是很在意。「二小姐一定是想多了，他們又為什麼要引我過來？妳就是心思重，才會傷心事多。」

秀慧被這個蠢貨氣極，轉頭不理他。

看她這般模樣，江城有些木訥，不曉得說什麼好了，可是又看她臉蛋上已經乾涸的淚痕，柔聲勸道：「我、雖然我不知道出了什麼事，但是不管怎麼樣，妳身邊都有許多的親人啊，妳不是無依無靠的，別哭了，好嗎？妳這樣，會讓很多人傷心的。」

「這個時候，我發覺，自己身邊沒有任何人可以說話。」秀慧呢喃道。

江城連忙自薦。「我啊，我可以和妳說話啊，妳心情不好也可以來找我，我給妳講京城裡的八卦，京裡有許多八卦的，雖然這段日子我受傷了有些消息不靈通，可是我以前知道的那些，也一定能將妳逗笑。到時候妳就會發現，這許多人家，比戲裡唱得還有趣呢！而妳這樣和和美美的家庭，又是多麼地難能可貴。」

江城沒有什麼心思，不過卻話糙理不糙。

「別人過得好與不好，又與我有什麼相干？我只想自家過得快快樂樂，可是即便是這樣小小的要求，也不能滿足。」秀慧撿起一顆小石頭，扔到了水中。

江城不解。「可是，季家本來不就是很和美的嗎？妳看，連妳父親都醒來了啊！如若是旁的人家，這人必然早就不在了，可是妳父親卻醒過來了，哪有人昏迷了七年還能醒過來？這不是天大的喜事嗎？妳都不知道外面是怎麼謠傳的，外面都說，你們季家必然是幾輩子都是大善人，修來了這樣的福氣，隨隨便便收養個小女孩就能是已故皇太子的女兒，昏迷七年的二爺也能醒過來，這樣多的好事，還不是天賜的福氣嗎？」

秀慧看江城，呢喃。「天賜的福氣？」

「是啊。」江城認真點頭。「妳爹都沒事了，你們家這麼大的難關都能過去，還有什麼能讓妳傷心成這樣呢？」

秀慧略微垂首，重複江城的話。「這麼大的難關都能過去……可又有誰知道，這難關是誰造成的呢？」

「不管是誰造成的，我相信，公主和楚大人一定會查出來的，他們一定會還你們家一個公道。」

「公道？」秀慧看江城，見他認真點頭。

別過了頭，秀慧沈默了一下，開口道：「季家所有的孩子之中，我是最不受重視的。」

江城不知道秀慧怎麼轉換了話題，但是看她這般地難過，他只想撫平她緊皺的眉頭，只想陪著她。

「大姊姊是第一個孩子，大家都喜歡她，後來有了子魚，他是男孩子，也不一般，秀美又是老小，大家更是嬌慣，說來說去，好像只有我是可有可無的。不過我很聰明，我知道我很聰明，大家總是忽視我，我卻發現，聰明的人會讓大家喜歡，於是我加倍努力，加倍學習，越是這樣，大家越喜歡我，他們都說我最有天分，最聰明。雖然我表面上表現得無所謂，可是我心裡可高興了！」

江城靜靜地聽著秀慧的話，他突然發現，這個女孩子真的不是看起來那般的堅強能幹，原來，她也會有擔心的時候，也會怕別人不喜歡她，與許多許多的女孩子一樣。

「我越發地努力，每天都好累好累，可是表面上還要裝作不在意，裝作自己其實也沒有付出太多努力就很聰明的樣子。我以為，沒有人知道，可是誰知道，外公發現了，他說，我只是一個小孩子，而不管是爹還是娘，他們都很喜歡我，雖然看起來他們並沒有十分地關注我，可是他們都知道，我是一個懂事的小孩子，我不需要這麼為難自己，我要像所有的小孩子一樣，快快樂樂地長大，不需要將一切都壓在心裡。」

停下話語，秀慧再次向水裡丟了一顆石頭，見水面起了一絲漣漪，她看著那波光，繼續言道：「我很尊敬外公，外公很能幹的，他不僅是大伯和父親的先生，還是皇子的老師，在我心裡，他是一個極好極好的人，可是現在為什麼事情會變成這樣？為什麼？」秀慧哭了出來。

「別哭，二小姐，妳別哭……」江城見她如此，手足無措，慌亂地掏帕子，卻又發現自己根本沒帶，看她淚水越來越多，他也顧不得那許多，直接用食指擦去了她的淚。

秀慧不斷地搖頭，哭得越發地厲害。

江城不知道她經歷了什麼，只是看她這般地傷心，便覺得，將她惹哭的人真是罪該萬死。

她是、她是最好的一個女孩啊！

「不哭，妳不哭啊……誰欺負了妳，我去揍他，我武功很好的，我替妳報仇，妳不哭……妳哭得、妳哭得我都想哭了……」江城急得不像樣。

「你做不到，你做不到的。沒有人欺負我，我只是難過，我很難過……」秀慧不能將一切說出來，可是又極為傷心，她越發地覺得自己其實很可憐。

「沒有人欺負妳那妳哭什麼？妳說的那些又是為什麼？別這樣好不好？不哭了啊，不哭了，呃，不要難過，乖，我會保護妳，我會保護妳的……」江城才不相信沒有事情秀慧就會哭成這樣，她何時不是高傲得像一隻孔雀，哪裡會像這樣，哭成了一個慘兮兮的小娃娃！

「你也不能解決……」不知怎地，看江城這般地關心她，秀慧覺得更加地委屈，哭的聲音也更大了，彷彿，她終於有了依靠，雖然還是什麼都不能說，但是真的有了依靠……

「雖然我不聰明，不能幫妳解決問題，但是我可以幫妳打壞人，妳不哭……乖啊，不哭……」江城猶豫了一下，將秀慧攬到了懷中……

江城將哭得慘兮兮的秀慧哄好之後送回了屋，兩人的感情似乎更近了一步。

秀慧這個時候是十分羞澀的，她也不知道事情怎麼就發展到了這個地步，可是……她心裡竟是十分高興的，高興江城如此待她。

而江城心裡更是高興得不得了，他雖然不知道二小姐為什麼哭得這麼可憐，但是看她最後破涕為笑，他還是很滿足的。

也許、也許他要回家見見他爹娘了。

求親什麼的，可是一定要趁早，不然二小姐那麼美好，可能會被被別人聘走。

那時他哭都沒地方哭去。

這麼想著，江城竟然開始焦急起來……

第八十二章

就在嬌嬌這邊線索越發地多了起來的時候，四公主竟然登門求見了，這讓嬌嬌十分地詫異。

此時她正在與楚攸一同查看卷宗，聽到四公主到了，挑眉看楚攸。「你說，她是來看你還是來看我？」

楚攸捂臉。「一定不是來看我，如若是，我擋住。」

此言一出，惹得嬌嬌失笑。

「你就不是個好人。」

楚攸無語問蒼天，這話從何說起？

不過楚攸隨即想到了先前的一件事，那是皇上的話，皇上說他沒有女人緣？現今想想，可真是如此啊，唯一一個對他有一分好感的人，就只有四公主了，那還是因為自己救了她。而且，被四公主喜歡也沒有什麼值得炫耀的，楚攸深深覺得，自己有點悲催了。

當年那些人，每個人都有不少的愛慕者啊，唯獨他，屬實沒有。所以說現今小公主能夠看上他，也挺不容易的。

「妳去見她？」

嬌嬌笑了起來。「我為什麼不見她呢？左右先前的時候我還想見見她呢，如今她自己送上門豈不是更好?我本也是想詳細地問問她當年的事情,那些事,咱們雖然知道,但是卻知道得不完全。」

楚攸點頭。「說話要注意分寸,不管怎麼樣,她都還是妳的姑姑,沒有必要將事情鬧僵。」

「我是傻瓜嗎?」嬌嬌翻白眼。

呃……楚攸無語,小公主竟然翻白眼,其實,看上他的小公主也不是很正常吧?

「你老實地待在這裡,不准出去見她。」她其實是開玩笑咧,不過楚攸竟然極為認真地點頭了。

嬌嬌有些費解,這廝最近怎麼這麼奇怪捏?

告別楚攸,嬌嬌來到大廳。

此時四公主坐在正位,季家的其他人並沒有出現,倒不是說眾人不守禮節,而是四公主進門一開始就說了,只想見見嘉祥公主,旁人就不必出來了。

如此一來,倒是也好。

嬌嬌巧笑倩兮地進門,微微一福。「嬌嬌見過四姑姑。」

四公主看她這般明媚的笑臉,頓時覺得自己這幾日的火是白上了。

「嘉祥坐吧。」

嬌嬌點頭,坐在她的側面。

「本來嘉祥是要登門求見姑姑的,可是姑姑卻過來了,倒是顯得嘉祥不懂事呢。姑姑近來可好？」

四公主低頭喝茶。「還不是那樣，我又能有什麼變化，哪像妳，每日都忙得要命。」

這話看似試探，但實際上，不然。嬌嬌覺得，四公主其實就是個被嬌養大、沒多少心眼的女子。

嬌嬌用帕子掩嘴笑。「姑姑可是說錯了呢，嘉祥哪裡有什麼可忙的，還不是每日吃喝玩樂。」

四公主哪裡肯信，她總是覺得，這個姪女頂奇怪的。

「妳不是奉命查案嗎？這樣還不算忙？」

嬌嬌嗔道：「是奉命查案啊，不過大部分時間都是楚大人在忙，我不過只是一個小女子，能幫的總是有限。」

「呵呵。」四公主不置可否地笑。

嬌嬌再次開口。「說起來倒是也挺對不住姑姑的。」

四公主疑惑地看她，不明白她話從何來，她的意思是楚攸的事？不至於吧？

嬌嬌看她表情就知道她誤會了，心裡更是無語，連忙解釋。「聽聞嘉祥出事的時候，姑姑還受了些牽連，我一直感到十分地愧疚，當時是大家想差了，我們都是一家人，您是萬不會害我的。傷好之後我也想登門看望姑姑，可是又想著，我近來正在查案，如若我登門，旁人怕是要多想，到時候又要給姑姑多添一些麻煩，因此倒是不敢過去了。」嬌嬌的話說得滴水不漏。

四公主這個時候才明白自己一直以來感覺到的違和感在那裡，那便是這個嘉祥，她真的是人精兒一般啊！與她們姊妹全然不同，說話總是滴水不漏且繞許多的圈。

「沒有關係，我不在乎那些，我已然被人誤會習慣了。」

嬌嬌正色道：「那怎麼可以，不能說您不在乎，就要放任別人胡說。您總是不追究，他們倒是越發覺得自己說的是真的，而更加地放肆呢。我是這麼想的，如若別人敢再多編排一句，我必然是要上門討個說法。」

嬌嬌略微偷換了一些概念，將話題轉了轉，不過很顯然，四公主並沒有發覺嬌嬌的意圖。

她聽嬌嬌這般說，想到往日裡大家對她的嫌棄，恨道：「四姑姑也不怕與妳說，原我並不十分喜歡妳，但是今日聽妳說這番話，我倒是對妳改觀了。妳說得對，那些人表面看著是個好的，滿嘴仁義道德，可是他們又沒有什麼證據，就這般地編排我；我本沒做什麼，他們就要誣衊我，那我倒是不在乎那些了，反正他們喜歡說，我就要讓他們知道，他們敢說，我也是敢做的。」

哇靠！大姊，難不成妳的這般放浪形骸是做給別人看得嗎，是為了置氣嗎？

嬌嬌拉住四公主的手。「四姑姑可不能這樣。」見四公主擰眉，嬌嬌繼續言道：「咱們不能為了置氣就讓自己不快活啊！妳這般做了，倒是讓他們覺得自己說得對。我們就要往相反了做才是正途，你說我不好，我偏好給你看；如若你再誣衊我，我就進宮討個公道。皇上最是公正嚴明，對不？他是您的父親，一定會為您作主的，沒有道理任由那些蠢人誣衊自己的好女兒啊！再說了，我們憑什麼白白受這些委屈，公主不是本來就該是金枝玉葉嗎！」說到底，四公主還是沒有心機，如若有，她也不至於堂堂一個公主過成如此樣子。

四公主想了一下，竟然覺得挺對，這些話，往日裡可沒有一個人與她說過，如此一來，她又覺得，似乎這個丫頭還真是不錯的。

先前這丫頭在她府裡也是一副不肯吃虧的樣子，倒是坐實了今日這番話呢！這樣想了想，四公主便對嬌嬌更親近了幾分。

「妳說得倒是不錯。」

嬌嬌點頭，言道：「其實我也聽說了姑姑的事，這事是個意外，哪裡是您的錯，您又何苦這般折磨自己。」

四公主聽了，心有戚戚焉。啐了一口，她更是惱恨地言道：「分明就不是我的錯！都是那些人胡言亂語，如若不是他們勸酒，我的駙馬怎麼會去世？也正是因此，我的小弟弟才沒能出生，我的母妃才會飲恨而終，我如何能不氣憤？他們都不喜我，卻沒想過他們對我造成了什麼樣的打擊嗎？」

小弟弟？嬌嬌皺眉，連忙問道：「姑姑說什麼呢？這些事沒人提過啊？」

四公主冷哼。「他們提什麼？提他們勸酒，結果我的駙馬猝死，我成了寡婦，消息傳進了宮，我母親早產結果難產？當時我母親僥倖救了過來，可沒多久也飲恨而終？」四公主氣極。

嬌嬌卻馬上想到了不同的東西。

四公主這件事，是不是也是有貓膩的？怎麼就能那麼巧呢？

四公主的夫家在京中可是極有名望的，皇上身體大好，如若這個孩子生了下來，那麼四公主的夫家必然也是支持他們這一系，可是駙馬死了一切便不同了，四公主沒了依仗，而且……她母親聽了這個消息造成了早產，孩子沒有保住！

想到這一層，嬌嬌臉色變了。

駙馬爺，當時真的是猝死嗎？會不會，這件事其實是有人動了手腳？

想到這裡，嬌嬌越發地覺得眼前全是一團迷霧，她站在其中，找不到方向。

不，不對，她不是找不到方向，而是真的有了方向，她現在雖然站在迷霧之中，但其實線索更多了。

她需要的，是一個能將所有線索串在一起的契機。

原本嬌嬌對四公主也並非十分不喜，總的來說，兩人之間的牽扯，只因一個楚攸，四公主因為她與楚攸之事不喜於她，而她也不是好欺負的小憨貨，雖然不算是不喜歡四公主，但是言談之間也沒讓人家得到什麼便宜。

可是經過這短短數句話，嬌嬌卻是覺得，其實，四公主也是一個可憐人。自然，原本也是可憐人，可是現今，嬌嬌總是覺得這事被賦予了不一樣的涵義。

如果真像她自己揣測的那樣，那麼這事情，果真是大條了。

四公主是個心直口快且沒有什麼心機的，嬌嬌自是不敢貿然與她多言什麼，只是試探問道：「四姑姑可知，當時的具體情況？」

四公主疑惑地看嬌嬌，不曉得她為什麼要問這個，但是還是言道：「當時情況，我在新房，如何能夠知曉，只是大體知道。駙馬被勸酒，結果又突然暴斃，太醫說駙馬是早有隱疾，可是如若真是如此，怎麼早不發病，晚不發病，偏是那日如此呢？他誤我一生。」

嬌嬌看四公主十分難過，想來，這兩人之間是有感情的，這句「誤我一生」更像是一種怨念。

也許，不是駙馬誤公主一生，恰是公主間接誤了駙馬一生。人生大抵如此，許多事，真是難以論斷。

嬌嬌想了一下，看著四公主，小心翼翼地問道：「四姑姑，如果有朝一日，我是說有朝一日啊，妳知道，當年的事不是那麼簡單，駙馬的死不是那麼簡單，您會如何？」

四公主立時站了起來，她死死地盯著嬌嬌，雙手甚至有幾分顫抖，許久，終於開口。「妳說什麼？妳剛才與我說什麼？」

嬌嬌有些懊惱，不該如此問她，不過調整一下情緒，仍是開口。「如果，駙馬的死，不是那麼簡單呢？」

四公主眼睛眨都不眨，就這麼看著嬌嬌。

「姑姑莫要介懷，我這人疑心重，許是胡思亂想了，您也莫要當成一回事。」不過是片刻，嬌嬌便調整了自己的方案，也許，讓四公主略微知道一些，對他們也是有好處的，但是她卻不能直接那麼說，如此，也算是引起了四公主的重視。

「我會殺了那人。」四公主並沒有顧及嬌嬌之後的話，緩緩開口，言語之間彷彿淬了冰碴兒。

嬌嬌略微垂首，沒有接話。

四公主依舊看著嬌嬌，繼續問：「妳……知道了什麼？」她後知後覺地發現，這個嘉祥一直都在問她當年成親的事、問駙馬，她是蠢笨，可是也不是完全沒有一點腦子的。

嬌嬌搖頭，抬頭，眼光清明。「我什麼也不知道，只是，我剛也說了，我這人十分地容意疑心別人，聽到這一切，總是覺得不大正常，因此才會那般地問姑姑，姑姑莫要放在心上。」

四公主笑了出來，不過那笑聲卻十分可怖，嬌嬌聽過許多人笑，可是這個笑聲，竟是比哭聲還要難過數十倍。

「妳一定不是無的放矢，一定不是。妳告訴我，妳知道了什麼？還是，妳在懷疑什麼？」

嬌嬌看四公主這樣的表情，想要再次拉四公主的手，不過卻被她甩開。

「妳告訴我實情。」

眼看四公主這般地狠戾，嬌嬌咬唇。「姑姑不信我？」

「我不信任何人。」四公主冷笑。

聽她這般說，嬌嬌莫名也跟著笑了起來，她看著四公主，言道：「姑姑不信任何人，是不是因為，當年的事，姑姑也是不敢細想、細琢磨的呢？」

她一字一句言道，她說得極為緩慢，四公主卻瞪大了眼。

是的，她之所以這般模樣，完全是因為，她也是懷疑的，她懷疑當年那一切，可是她又不敢多說，她生怕自己的懷疑變成了現實，因此她相信皇上的話，相信太醫的話，相信所有人的話，可是在這些相信裡，她又有多少的不安呢？她不知道到底是怎麼回事，她……不敢多想。

頹然地坐了下來，四公主喃喃道：「我不知道，我不知道他們是不是衝著我的小弟……」

嬌嬌明白她的心情。

四公主與駙馬當時是有感情的，她如此還可以說一句「駙馬誤我」，可是如若所有的真相大白於天下，如果，其實是公主間接地害死了駙馬；雖然嬌嬌覺得，這事與公主一絲關係也無，是做這事的人喪心病狂，可是對於公主來說，確實極易將這事攬到自己身上的。

嬌嬌蹲在了四公主的腿邊，拉著她的手與她對視。「四姑姑，我們都是皇家女孩兒，您是公主，我也是公主，其實說到底，我們出身一致，我不會害您的。」

「妳……想說什麼？」四公主茫然地看著嬌嬌，不曉得她想說什麼，可是在直覺之下，她竟是有一絲的期待。

「我想說，假以時日，我會幫您查清真相。」嬌嬌認真地看著她。

真相？四公主錯愕地看著嬌嬌，她茫然道：「妳為什麼要幫我？我並不喜歡妳，妳也不見得喜歡我吧？」

嬌嬌搖頭。「我沒有不喜歡您，當然，也沒有喜歡您，有時候對一個人的感覺不是一定要分出個喜歡和不喜歡的，哪有那麼多事是非此即彼呢？不管怎麼樣，您都是我的姑姑。如果這事單純就是意外，那便無事，可是如若不是，我不會袖手旁觀，我見不得旁人欺負我的家裡人，即便那個人與我關係並不親密。」

如若真的是有內幕，讓一個姑娘新婚就遭受這些，屬實惡毒。

四公主就這般迷茫地看著嬌嬌，許久，問道：「這事，與妳的遇刺有關係嗎？」

嬌嬌想了一下，言道：「不知道，一切都還不知道。不過我想，如若真的是為了皇位，那麼嫌疑人也不過就是那麼多，您說對嗎？」

說到底，還不是皇位作祟！四公主閉眼，點頭，隨即問道：「那需要我做什麼？」

嬌嬌想了一下，言道：「姑姑可否幫我仔細調查一下當時的具體情形？您也知道，我這邊想調查並不容易，畢竟時間有些久遠。」

四公主同意。「這點我能做到，當時有些丫鬟什麼的，我還是可以找到的，不過他們終究是下人，見識也有限，比不得那些人。」

四公主口中的「那些人」，正是在場的王爺、皇子。

嬌嬌想著當時在場的人，深覺竟是沒有人可以詢問。

雖然她現在可以詢問瑞親王、可以詢問八皇子，可是他們又有誰會說出真心話呢？畢竟，當時那個時候，他們都是存了爭皇位的心思的。

雖然楚攸沒有說過，但是嬌嬌判斷，瑞親王一定也有過這樣的心思。

「他們不值得我相信，不過……」嬌嬌停頓一下。

「不過什麼?」四公主連忙追問。

「不過我覺得,倒是可以問問,之後交叉求證,也許會得到很有用的結果。」

這下四公主態度更是不同了,她拉著嬌嬌的手不放。「妳要幫我!妳一定要幫我!」她的眼淚在眼眶裡打轉,似乎立時就要哭了出來。

「姑姑,什麼都不要想,鎮定。」

四公主囁嚅著嘴角,最終什麼也沒說,只是不斷地點頭。

「彩玉。」嬌嬌喚道。

之前因為要和四公主說話,她已經將丫鬟們都遣了出去。

「奴婢見過公主,公主有什麼吩咐?」

「妳去請楚大人過來。」

「是。」

楚攸不知道嬌嬌為什麼要找他,畢竟,這丫頭先前的時候可是不准他見四公主的,略微整理了下衣著,楚攸便慢悠悠地晃過來。這一路他想得頗多,不過看樣子,又有什麼事發生了。

「微臣見過四公主、嘉祥公主。」

真是難得這般有禮。

嬌嬌也不耽擱,立時將楚攸喚起,之後便是講了剛才那些事,自然,嬌嬌說得極為隱晦,她並沒有將一切都講出來,有些事,還是不能在四公主面前多言的;但是好在,她與楚攸也算是心有靈犀，楚攸立時明白了她的懷疑與揣測。

「你怎麼看這事？」嬌嬌問楚攸。

楚攸其實早就知道這件事了，雖然那是他初入京城的事，不過那時他們沒有「懷疑」，沒有多言，不過是因為，如此一般，八皇子也是受益者之一。

「妳要調查？」楚攸這句反問也讓嬌嬌明白了一些東西。

這傢伙，早就懷疑過這事，如此一來，她倒是有幾分氣憤，難不成，為了一己之私，所有人都漠視了這件事？

「我會為姑姑弄清楚一切。楚攸，你會幫我吧？」嬌嬌語氣不大好。

楚攸看她這般氣鼓鼓的小包子臉，失笑點頭。「我會，我自然會站在妳這一邊。」

嬌嬌總算是緩下了心神，這樣說還差不多。

四公主看著並不毒舌的楚攸，竟是有幾分不習慣，這樣溫柔的他，很不容易見到。不過此時她已然沒有心思看他了，她滿心都是駙馬的死。

駙馬、她的母妃、她未出世的弟弟，這一切，難道真的都是一個連環局？

想到這裡，她不寒而慄，能做這些事的人，也是她的親人啊！

在皇室裡，難道真的沒有一絲的親情可言？那麼，現在這位極力幫著她找尋真相的嘉祥，又是為了什麼呢？她靜靜地審視嬌嬌。

嬌嬌察覺到她的視線，不過卻也並不惱。

她都尚且不能相信所有人，又為什麼要要求四公主如此呢？她只消做好自己便是。

「當年之事，楚攸，你都知道多少？」

楚攸攤手。「完全不知道，但是如果妳要查，我不會不管的。只是現在，四公主，您該回府了，在這裡也不能找到什麼，倒不如回去自己好好想想。當然，您也不可大肆調查，如若這般，還真是會把您自己的心思擺在明面上了，如此，大概所有的證據都會在還沒查到前就煙消雲散了吧？」

四公主因為楚攸的話回神，仔細一想，可不是這麼回事，如若不是楚攸提醒，怕是回去她就要鬧起來。

嘆息一聲，四公主起身。「雖然不知道你們為什麼要幫忙，但是如若真的能查到什麼內情，我會一輩子都感激你們的。」

嬌嬌看她。「四姑姑，我不需要您的感激，大家都是一家人，我不會袖手旁觀，而且，如果我今日不幫您，難保他日別人不會這樣對我。您看，我也未必就是安全的，對嗎？」

四公主想到嘉祥和楚攸的遇刺，豁然明白，贊同地點頭。

是啊，她們是女子，本不想牽扯其中，可是，旁人卻不這麼想，她們……一樣難。

待到四公主離開，嬌嬌似笑非笑地看著楚攸說道：「你說說吧！」

楚攸不解，言道：「我有什麼可說的？我確實不知道當時的事，四公主嫁人的時候，我不過是剛來京城沒有多久，那時還搆不上級別調查這些事，而且，當時對所有人來說，這事都是……好事，誰人會去調查？畢竟，就算是調查了，也不能絆倒誰，因為，四公主已經沒有那個實力了。」

嬌嬌哼了一聲，似乎十分地氣憤。
楚攸知道她的心情，拉她的手，被嬌嬌甩開。
楚攸難得見嬌嬌這般地孩子氣，笑了起來。
「你笑什麼笑？」
楚攸逕自坐下。「我知道妳生氣這事，可是我當時不調查，也有我自己的原因。如若當時我便是刑部尚書，我一定會調查，不同的時候做不同的事，能達成的效果也不同。妳是個聰敏的姑娘，為人也十分地伶俐，可是妳卻並不明白朝堂，也不知曉這奪嫡之爭的激烈，許多事，牽一髮而動全身。我今日敢與妳一起這樣折騰，很大一部分原因是因為，妳是公主，妳沒有繼承皇位的資格，正是因為如此，皇上才容得下我們，不然，結果必然不同。皇上不喜歡一家獨大，他要的，是百花齊放，他希望他的兒子競爭，因為，他如今身體尚好，對一個帝王來說，皇位是超越一切的，包括親情。」
嬌嬌因為楚攸的話沈默下來，她知道楚攸說得都是實在的。咬了咬唇，小丫頭有幾分難受。
「就是因為要讓幾個兒子在同一個天平上，因此他便可以罔顧自己的女兒了嗎？」
楚攸揉了揉嬌嬌的頭，嘆息道：「是啊，這就是帝王。」
嬌嬌靠在楚攸身上。「那麼，我更希望三皇叔登上皇位了。」
「怎麼說到這事了？妳為何如此想？」楚攸詫異，不明白她此話從何而來。
嬌嬌抬頭看楚攸，言道：「正是因為三皇叔經歷了那些，他才知道親情的重要，你自己沒有這種感覺嗎？我說真的，八皇叔真不大合適。」
楚攸忍不住掐了嬌嬌的臉一下，言道：「妳在影響我的判斷。」
嬌嬌被掐了臉，惱怒地看楚攸。「你怎麼這麼討厭啊！誰准你掐我的臉？我看你是膽子越來越大了，再欺負我，我就揍你。」
嘖嘖！楚攸挑眉。「哦？揍我？怎麼揍？妳自己打不過我吧？嗯？小豆芽菜。」
哇靠！這真是不能忍啊！嬌嬌照著楚攸的胳膊就是一口。
媽蛋，他真是太放肆了呀！
如今天氣漸暖，衣著單薄，嬌嬌這麼一口，楚攸還真感到有幾分疼了，這丫頭不光是口齒伶俐啊，下口的時候，也還真是挺「伶俐」的。
嬌嬌自然知曉那樣的力道能讓楚攸疼，她得意洋洋地抬頭。「看你還敢不敢挑事了？不收拾你一下，你還不知道馬王爺有三隻眼。」
噗！楚攸直接噴笑了。
「妳這形容，真的好嗎？」
嬌嬌後知後覺，有幾分臉紅，不過還是強辯。「咋地！讓你知道我的厲害。」
楚攸笑了起來，低低言語。「我小的時候，很小那時，有一次在母親的房裡午睡。」
呃？嬌嬌有些迷茫，這廝怎麼突然轉了話題？
「然後父親從外面回來，兩人就在那裡敘話，不知怎地，父親惹惱了母親，母親便也咬了父親一口，就像……就像妳剛才一樣！」楚攸滿臉的喜悅溫馨。

嬌嬌想像著他描述的場景，再看楚攸的表情，竟然覺得，呃……有些不好意思了！

咦，咦咦？不對呀！

「那時你那麼小，都能記住？」

楚攸瞥了嬌嬌一眼。「我原本就是記性極好，雖然談不上全然地過目不忘，但是可記十之八九。」

嬌嬌無語，倒是看不出，他這項技能還能這麼用。

「我說呢，你怎麼查閱資料特別快。」

楚攸望天。「難道這個能力只能用來查資料嗎？」

嬌嬌點頭，必須啊！

呃……

「楚攸，你幫我見兩個人吧。」嬌嬌扶著楚攸回房，兩人邊走邊說。

「誰？八皇子和瑞親王？」

「你好聰明呀。」嬌嬌笑嘻嘻。

楚攸黑線，他想不到才有鬼吧！

「行吧，這事我來處理，不過說起來也是，我這受傷了這麼久，表哥倒是極少過來看我。」楚攸有幾分惆悵，八皇子極少來看他，而瑞親王夫妻更是……沒有！

對於這點，嬌嬌反倒有幾分瞭解。「如今諸事糾結在一起，八皇叔雖然與你是一黨，但是許多事，也並非看起來那麼簡單啊，他總是要顧忌些的，這裡是季家，又不是你的尚書府，對吧？」

楚攸不置可否，笑道：「妳竟然會為他說話。」

嬌嬌嘟唇。「他是我八皇叔耶！算起來，你也是我的長輩呢。這京中就是這點不好，親戚套著親戚的，極亂。」

「很好分辨啊！」

那是你，不是我！我是一個現代人，還是沒有七大姑、八大姨的那種人，我覺得分得心很累！嬌嬌默默在心裡吐槽。

嬌嬌這般扶著楚攸在府裡招搖過市，季老夫人聽說了唯有搖頭，卻不曾多說什麼。大家，已然習慣了。

第八十三章

楚攸並不耽擱，既然應允了嬌嬌，便馬上命李蔚安排。

八皇子沒有想到楚攸會在這個時候過來見他，也是有幾分吃驚。

「你身子還未大好，就這般地折騰，可別不將自己的傷當成一回事。」八皇子難得地板起臉訓斥人。

楚攸倒是不以為意。

「我沒事了，已經好得八九不離十了，現在還需要人扶著，不過是為了逗弄小公主罷了。」看她緊張他，竟是也十分地有趣呢！

八皇子看他這般，繼續絮叨。「雖說如此，可是你這身體當時傷得多麼嚴重，我又不是不知道，仔細養著才是正途，這般心急火燎地過來，你……」八皇子停下了話茬兒，擺了擺手，將眾人都遣退。

兩人坐在書房，一時間倒是安靜了下來。

許久，八皇子問道：「你這次來，有事？」

楚攸點頭，攤了一下手，他並不隱瞞，看門見山，他與表哥向來便是如此。

「其實我是受了小公主的囑託才過來的。」

八皇子看他，等待他繼續說下去。

「當年四公主駙馬死的時候，表哥也在場吧？我想知道當時的情景。」
八皇子哼笑一聲，言道：「怎麼又想起調查那個了？」
「我想，大抵是因為兔死狐悲吧！」楚攸無奈笑了。
八皇子細細打量楚攸，半晌，也笑了起來。「楚攸，你在笑。」
「難不成我該哭？」
說起這個，八皇子的感覺似乎比任何人都強烈，當年的事對楚攸造成的影響太大了，大到他這人與許多人不同，乖張到了極點，往日裡便是有笑意，也不過是敷衍；可是今日不是，提到小公主，他竟然十分地喜悅，這樣的楚攸，多了一絲的人情味。
「公主對你影響很大。」
楚攸自然也是知道自己的變化的，但是他倒是覺得自己還是原來的自己，便是有變化，也並不多。
「我們倆算是天作之合吧？」楚攸挑眉。
八皇子被他的話逗笑了，忍不住點了點頭道：「天作之合。」
兩人俱是笑了出來。
其實在八皇子的心裡，楚攸與公主在一起並不是最好的一件事，最起碼對他來說不是的，可是看著這般開懷的楚攸，他竟是也無法說出公主的一絲不好。
楚攸與公主在一起，雖然他也說過，皇上允了他繼續往上走，可是八皇子卻是明白，自己贏的機會確實越發地小了。不知怎地，他就是有這樣的想法，別人看不透皇上的心思，他也是亦然，但是下意識裡，他就有這樣的感覺，也許是庸人自擾，也許是實實在在地預見。

「嘉祥這個女孩子，心思通透，她不會是為了什麼兔死狐悲這樣的理由來調查這件事，雖然她也是一個感性的人，但是對我們，她並沒有拿出任何真心，所以，她要調查得更深層的原因，怕是也與現在的案子有牽連吧？甚至，你們懷疑這一切是同一夥人所為，對嗎？」八皇子認真言道，他與楚攸是可以無話不談的，雖然現在楚攸說話已然有幾分保留，可他並不認為那是疏遠，只是，有些話，楚攸說不得，便是他也是如此，有些話，說不得。

「表哥倒是瞭解嬌嬌。」楚攸並不奇怪八皇子能夠想到這些。

八皇子微微勾起了嘴角。「嬌嬌？你叫得還真親熱，剛才不還是公主嗎？」

「表哥現在也會戲弄人了。」楚攸撓頭，有幾分不好意思。

八皇子微笑搖了搖頭言道：「我哪裡是戲弄你，不過說的都是實話罷了。楚攸，你能夠幸福，表哥很高興。」當年之事，說到底，是林貴妃牽連了林家才會變成那樣。

大抵是感覺到了八皇子的惆悵，楚攸認真言道：「不管怎麼樣，表哥，我都是站在你這一邊的。仇，我也一定會報，不是說我幸福了，就可以放過那些作惡的人，他們做了錯事，一定要受到懲罰。」

八皇子看楚攸這般地認真，言道：「那公主呢？她也是站在我這一邊的嗎？不見得吧？報仇的事，她又是否會真的一直幫你？」

他想的都是比較現實的問題，嘉祥更加支持三皇子，只要有眼睛的人都能看得出來，至於說林家的仇，八皇子更是不敢多想，她真的會幫忙嗎？

楚攸微微笑了起來。「她更看重三皇子，表哥，雖然我們是未婚夫妻，可是，也可以有不同的看法啊，良性的競爭，又有什麼不好？我們對這件事看得很明白，也分得很開。我們雖然很投契，可是到底不是一個人，不會所有觀點都一致的。至於說報仇，你覺得，她是一個什麼樣的人呢？」

八皇子愣住。

「她堅持的，只是正義，而我們，確實蒙冤！」

楚攸並沒有從八皇子那裡得到想要的答案，按照他所言，當時的情形極為正常，根本與他們是否勸酒無關，駙馬確實是飲下酒之後立時倒地不起，可是事實上有沒有其他的問題，這又如何能夠知曉。

對於這一點，楚攸也是相信的，如若真的是用了什麼藥物，便是那時不發作，似乎也不見得能夠撐過那天。

見了瑞親王，也是一樣的說辭，楚攸原本就還傷著，可他拖著身子接連地見了兩人，這京裡稍微有腦子的人便犯起了嘀咕。

也有那御史躍躍欲試，你看吧，身子都好了，還住在季家，委實不像話啊！可還不待他們有什麼反應，就聽楚大人竟是因為太過操勞，已經臥床不起了。

眾人囧，已經擬好的摺子啊！

而此時，嬌嬌正是一臉鄙夷地看著楚攸躺在那裡裝病。

「你這樣真的好嗎？」

這似乎已經成了嬌嬌的口頭禪了，每次見楚攸，她都要這樣說一下，沒辦法，這廝裝得太厲害了，她覺得看不過眼啊！

楚攸微笑看嬌嬌，咳嗽幾聲，似乎極為虛弱的樣子。

「我這不是自己找法子與公主多相處嗎，如若回了尚書府，皇上怕是更不會允了我多與妳接觸。」話倒是說得冠冕堂皇。

嬌嬌嗤了一聲。

兩人正在閒話，就看見鈴蘭飛奔而來，本來這丫頭就不是個沈穩的，今日更是浮躁得厲害，她衝到門口，咚咚敲門。

李蔚看鈴蘭這般，笑言。「鈴蘭姑娘怎麼跟攆兔子似的。」

鈴蘭瞪他一眼，大聲言道：「小姐。」

嬌嬌微笑將她喚了進來。

李蔚被漠視了，摸著鼻子跟在鈴蘭的身後，嬌嬌看兩人的做派，微微勾起了嘴角。

「我與妳說了多少次了？不可這般莽撞。」

「奴婢知錯了。」鈴蘭有幾分不好意思，連忙福下。

嬌嬌本也沒想著如何待她，言道：「說吧，又有什麼事了？」

這麼一問，鈴蘭眼睛一亮，連忙言道：「是江城啊，江家來提親了。」

嬌嬌與楚攸對視一眼，眼裡喜悅漸多。

「哦？現在人還在？」

鈴蘭忙不迭地點頭道：「老夫人、二爺、二夫人都在呢。咦，小姐，您怎麼不問江城向誰人提親？」

嬌嬌微笑搖頭，這事還用問嗎？

「行了，妳多關注些，有什麼事過來告訴我。」

鈴蘭「哎」了一聲，再次呼呼地跑了出去。

楚攸微笑言道：「妳這丫鬟，倒是個跳脫的性子。」

嬌嬌垂下眼瞼，手指點著桌面，許久，抬頭看楚攸。「楚大人培養的人，果然不同凡響。」

此言一出，不只楚攸，連站在門口準備關門的李蔚都呆住了。

大抵是楚攸的呆樣讓嬌嬌十分喜悅，她竟是笑了出來。

楚攸緩了半晌，看向了門口，李蔚連忙關門，屋內只餘他們兩人。

楚攸沈吟問道：「妳何時知道的？」

「前幾日。」嬌嬌依舊笑意盈盈。

楚攸不解。「我自認為，用到鈴蘭的時候並不多，自進了京城，更是不曾用她，妳又為何能夠猜中？」

是的，鈴蘭便是他放在季家的那個內奸。楚攸也知曉，如果要往這個宅子裡安插人，其實非常地不容易，季老夫人看似隨和，但是卻不易相信他人，最好的便是家生子，只有這樣的人，才會讓老夫人不過多關注。

而鈴蘭，恰好是這樣一個人選，鈴蘭是家生子，而她的父親，與楚攸關係不錯，後來她的父母去世，楚攸雖離得遠，卻也時常照拂她一些，待到季老夫人決定回江寧，楚攸便是動了這樣的心思，將鈴蘭作為安插在季家的一個有力人選。更加巧合的是，鈴蘭被分給了小養女季秀寧，本來楚攸是有幾分遺憾的，沒想到倒是挖到了更大的寶。

嬌嬌看楚攸，有幾分疑惑。「你為什麼要在季家安排人？我以為，你和季家的關係雖談不上親密無間，但是也是不錯的，畢竟，你與季致遠是真正的知己。」

從季致遠的習作、生活軌跡便可大體看出此人的心路歷程，說兩人是知己，並不為過。活人可能會騙人，但是死人卻不會，他的生活習慣、行為方式更不會，也正是因為這些，她和老夫人當時都選擇了相信楚攸。

楚攸看嬌嬌雖表情疑惑，但是卻沒有憤慨，言道：「她是致遠死後才安排的，也不是為了害季家，如若真是那樣，鈴蘭也不會做的，我只不過是想多知道些季家的動態，更想知道，會不會有人再次對季家出手，妳該知道，季致遠的死讓我很困惑。」

嬌嬌點頭，這個理由倒是讓人能夠信得過。

「有些我的事情，是鈴蘭告訴你的吧？」

楚攸臉紅，點頭。

大抵是怕她發作鈴蘭，楚攸言道：「她不會害妳的，我也只用了她幾次。」

嬌嬌想到滑翔翼，想到大抵就是因為這事，她微微抿嘴，不再多言。

楚攸看她不說話，起身來到她身邊，嬌嬌並不看他。

楚攸呵呵笑，說道：「我沒有惡意，我發誓。」

他雖然在笑，但是卻是十分地小心翼翼。這些日子，如若有什麼讓他覺得不安，大抵便是此事了，卻不想，這事不待他說，她已然知曉。

嬌嬌雖然心裡惱怒，但是看他的表情，竟是又心軟下來。

他似乎極為擔憂，楚攸沒有親人，所以他極為在乎身邊的人，八皇子如是，瑞親王妃如是，她，也是一樣。

捏了一把楚攸的臉，惹得楚攸齜牙咧嘴，嬌嬌頗為大度地言道：「算了，原諒你了。」

楚攸聽她說這話，嬉皮笑臉地湊了上來。「妳要是不解氣，可以再打打我，沒關係的，我皮厚，禁得住。」

嬌嬌白他一眼。

兩人鬧夠了，楚攸問道：「說起來，我倒是非常好奇，妳是怎麼發現的？按理說不應該啊！」

嬌嬌挑眉，不言語。

楚攸看她不說，伏低做小。「告訴我嘛！」

這話一出，倒是惹了嬌嬌一身的雞皮疙瘩。要不要用這樣嗲的聲音說話啊，你是男人啊！

真是……呃！受不了！

揉了揉自己的胳膊，嬌嬌瞪他。「你再這樣說話，我一輩子也不告訴你緣由，憋死你。」

楚攸囧，隨即笑得別有幾分深意。「原來，妳已經想得那麼久了啊……一輩子……」

嬌嬌掐了他一下，惹來楚攸的痛呼。

「其實，我一直覺得，你在季家安排了人，不然你不會那麼清楚季家的每一件事，我是不覺得你是做了什麼揣測或者未卜先知，這根本不合常理；可是這事我一直沒有什麼頭緒，直到……我們同時受傷，你住進了季家，而李蔚跟著你一起住了進來。如果我沒有猜錯，許多時候，你是讓李蔚和鈴蘭聯繫的吧？」嬌嬌問道。

楚攸明瞭。「他們倆相處的樣子讓妳懷疑了，對嗎？」

嬌嬌微笑。「可不是嗎？鈴蘭雖然跟誰都是自來熟，但是對李蔚，還是有幾分不同的。她的態度太過熟絡，與以往的她並不一樣，你要知道，我和鈴蘭算是一起長大的，也許別人看不出來，但是我卻能夠感覺到那細微的差別，我想，之前你一定是讓李蔚與鈴蘭接觸。也正是因此，他們相處的方式才會有幾分不同。」

「那就不能是互相喜歡？」

嬌嬌嗤了一聲。「不是。男女相愛，有時候，也不需要有什麼證據或者求證，兩個人如何，但看語氣神態，就能分辨出一二，他們不是。」

「果然厲害。」楚攸由衷言道。

嬌嬌搖頭。「如若我真的厲害，早該發覺這件事，現在也有些晚了。」

楚攸笑了出來。

「妳知道了，我倒是覺得如釋重負，不然總覺得心裡有事。」其實楚攸一直都想告訴她，不過卻又因為自己性子的緣故，一直都沒有開口。

嬌嬌白了他一眼。「有事也沒見你告訴我，還不是我自己發現的？」

楚攸嬉皮笑臉地再次湊了上去。「不然妳打我吧，我真知道錯了；再說了，我發誓，自己沒利用這個幹過任何壞事。」

「切！」

「哎，不過妳也該感謝我啊，妳看，如若不是我，江城那個蠢貨哪會這麼快向季秀慧提親？指不定還要蹉跎多久呢？」想起這個，楚攸覺得，自己也算是媒婆了。

嬌嬌看他洋洋自得的樣子，十分地鄙視。

「人家兩個是真的互有好感的。」她吐槽。

楚攸可不那麼以為。「有好感又沒有修成正果的還在少數嗎？江城那麼蠢，如若不是這件事，怕是他再過十年、八年也看不出自己的心意吧，到時候季秀慧等得起嗎？哭都沒地方哭去，季家已經有一個不嫁人的季秀雅了，季秀慧不可能也走這一步。」

「江城也不可能只因為這麼一件事就完全了然吧？」嬌嬌抬槓。

誰想楚攸竟然笑得極為奸詐。「嘿嘿，當然不是。先前，我故意誘導了季子魚和季秀美啊，他們倆對江城戳穿了季秀慧的心意，再加上這件事，可不就讓江城明瞭了嗎？哈哈！」

噗！嬌嬌噴笑了！

「你這人，心眼也太多了，敢在我眼皮子底下幹這樣的事，你是想挨揍是吧？你這麼算計我的家人，還敢得意。」嬌嬌捶他。

楚攸依舊是笑呵呵的，他做的是好事啊！

「我這是為了誰啊，還不是為了妳，妳還不領情？」

「為我？」嬌嬌有幾分的不解。

誰知楚攸點頭，十分認真。「可不就是為了妳嗎？妳想想，不管怎麼說，妳當初也是季家的三小姐，妳都嫁人了，季家的大小姐和二小姐還沒嫁，說出去好聽嗎？我是先妳之憂而憂，季秀雅我是暫時沒轍，不過季秀慧不然啊，讓他們倆早日走到一起，不是也讓妳了了一分心思嗎！」

楚攸揚著臉，一臉「我太聰明了，請表揚我」的驕傲神情！

鈴蘭小心翼翼地回房，見嬌嬌正在看書，略垂著頭，有幾分忐忑。「奴婢見過小姐。」

嬌嬌沒有抬頭，只是繼續看書，反問道：「提親的人走了？」

鈴蘭「哎」了一聲，攥著衣角，跪了下來。「小姐，奴婢錯了。」

嬌嬌看她如此，想來應該是楚攸已經告訴了她，似笑非笑地抬頭，問道：「怎地了？」

「對不起，對不起……」鈴蘭的眼淚就這麼落了下來，她現在只覺得自己對不起小姐，是她背叛了小姐。

彩玉見鈴蘭如此，有些納悶，不過又看一眼自家小姐，默默地退到了門外。

嬌嬌其實沒有埋怨鈴蘭，每個人都有自己的人生，而且，鈴蘭並沒有害她。

「妳起來吧，以後注意便是了。」倒是輕描淡寫的。

但嬌嬌越是輕描淡寫，鈴蘭越覺得自己不是東西。小姐一直待她很好，可是她卻騙了小姐，不僅騙了小姐，還將小姐的一些事情偷偷地告訴了楚大人，其實當時她也是很矛盾的，可是最終還是那麼做了。

「我……」鈴蘭囁嚅著嘴角想要解釋，可是又無從開口，不知道自己該從何說起。

嬌嬌看她自責的模樣，忍不住嘆息一下，開口道：「鈴蘭，其實，沒有關係的，事情已經過去了，只要妳自己能夠保證妳以後的忠心，那就可以了。」

鈴蘭忙不迭地點頭。「我能，我能的，我已經和楚大人說了，以後我不會再通風報信了。」

嬌嬌勾起了嘴角。「這樣不是就很好嗎？」

鈴蘭眼巴巴地看著嬌嬌，嬌嬌示意她起來，猶豫了一下，鈴蘭照做。

「我說了沒有關係便是真的沒有關係，鈴蘭，很多時候一時怎麼樣並不重要，重要的是一世，妳懂嗎？」

鈴蘭低低想了想，點頭說道：「小姐，我知道了，以後我會忠心的。」

嬌嬌微笑。

看鈴蘭的表情很是難過，嬌嬌岔開了話題。「妳在前院打聽得如何了？祖母那邊可是同意了？」雖然嬌嬌覺得不同意的可能性幾乎沒有，但是也只是「幾乎」。

「回小姐，老夫人那邊說要再考慮一下呢，不過奴婢看著，老夫人似乎是想答應的。」

「二叔、二嬸呢？」

鈴蘭歪頭想了一下，回道：「這個倒是看不出來耶，不過二爺說了，一切都聽老夫人的，二夫人什麼也沒說，我覺得啊，二夫人未必看得上江城公子。」

「妳怎麼會這麼覺得？」嬌嬌詫異地看著鈴蘭。

鈴蘭點頭。「我們都在外面偷看啊，我感覺到二夫人不是那麼高興的。二夫人本就比較要強，可是現在您看，大小姐要做女官，二小姐如若再嫁給什麼根基也沒有的江城，您覺得二夫人能高興得起來嗎？」

嬌嬌想了一下，竟是覺得鈴蘭說得有道理，確實是這樣，二夫人這人性子與她們是有幾分不同的；再說了，哪有做父母的不希望自己的兒女過得好的，都說女子高嫁，可不就是這麼個道理？

二房的三個姑娘中，秀慧最聰明，也最好看，二夫人難免對她期許頗高，這是人之常情。

「嘉祥公主在嗎？」老夫人身邊的彩蘭的聲音傳來。

鈴蘭連忙應聲。

「啟稟公主，老夫人請您過去敘話呢！」彩蘭進門請安之後言道。

嬌嬌點頭，明瞭這必然是為了秀慧的婚事，不過她一個女孩子又能出什麼主意呢。

略作整理，嬌嬌帶著鈴蘭出門，如同往常一樣，鈴蘭看自家小姐的表情，心裡更是堅定了要好好地表現。

嬌嬌本以為大家都在，但是不想，卻是只有老夫人和季致霖兩人。

「祖母、二叔。」她笑嘻嘻地微福。

季致霖笑得儒雅。「公主多禮了，如此大禮，我等如何受得住。」

嬌嬌嗔道：「自然是受得住。鈴蘭，妳出去吧，我與祖母、二叔閒話一會兒。」

「是。」鈴蘭微福退下。

「秀寧丫頭過來坐。」嬌嬌也不矯情，立時爬到了老夫人的炕上，雖然已經進入了夏日，但是老夫人還是習慣這樣暖暖的火炕，年紀大的人本就比較怕冷。

「嬌嬌是該恭喜祖母和二叔？」眼睛笑得彎彎的，嬌嬌打趣道。

「妳這丫頭，還打趣上我們了。」老夫人拍了她的手一下，惹得嬌嬌格格地笑。

眾人笑夠了，老夫人再次開口。「想來妳已經知曉了吧，剛才江家差人前來提親了，對這事，妳是怎麼看的？」

嬌嬌挑眉，一臉疑惑地問道：「難不成，他們求的是我？」說罷，再次笑了出來。

老夫人怔了一下，隨即明白她的意思，白了她一眼。「妳這孩子，淨是會惹我生氣，雖求得是妳二姊姊，但是我們總是該好好想想，妳也知道，凡事不可一而再再而三，我們不能不吸取秀雅的教訓？」

嬌嬌正色道：「話雖如此說，可是我想，這事還是該主動地和二姊姊說一下，看看她是個什麼想法。當初秀雅姊姊那事，我們都知道吳家的不靠譜，可是如今不同啊，江家還是值得信任的，兩位老人十分地和藹，而且，江城的為人更是單純得很。這個時候，怕是需要看的只有秀慧姊姊的想法吧？當然，如若您們不喜寒門子弟，只是嚮往高門，那又是另外一回事了。」

嬌嬌自從和楚攸在一起，說話也是越發地毒舌。

季致霖微笑。「我們自己也不是什麼高門，又求什麼高門子弟呢？自然是秀慧的喜好最為重要。」

嬌嬌攤手。「那就是啦，既然是二姊姊的喜好最為重要，那麼我們現在說的這所有的一切都是沒有用的，只須將二姊姊叫來，問問她的意見便好。」

老夫人再次白了嬌嬌一眼。「讓妳過來，和不讓妳過來有什麼分別，我自會詢問秀慧的意見，可是在問這之前，我總是要多想點，大家在一起參謀一下，如此也是極好。」

嬌嬌四下張望，問道：「二嬸呢？既然是討論二姊姊的婚事，二嬸應該也要在場吧？」

季致霖撫著茶杯，言道：「她去秀雅那裡了，秀雅有幾分不適。」

原來是這樣。

「大姊姊怎麼樣了？可是有什麼事？」

「應該沒什麼吧。」季致霖神秘莫測地笑了笑。

嬌嬌立時懂了，恍然大悟。「原來，二姊姊也擔心呢！」

三人俱是笑了起來。

這個家裡最有可能反對的人便是二夫人，而秀慧那麼聰明，自然是明白這一點，所以，還不待讓二夫人有反駁的機會，秀慧便立時地央了秀雅幫忙說情，如今秀雅這個狀況，不管是她說什麼，二夫人都是要聽一些的；而且，她已經打算不嫁人做女官了，如若逼得秀慧也是如此，那麼她們怎麼過得去？

嬌嬌想到這裡，越發地覺得，秀慧的聰明還真不只她表現出來的。

高手啊！

如果她沒有前世二十多年的經驗，不見得就會比秀慧強多少，如今她多了這麼多的經驗，也不過是與秀慧差不離罷了。

「其實這麼看起來，我們的討論也是毫無道理的，二姊姊可以把一切都搞定啊，她是喜歡江城的。」嬌嬌總結。

老夫人又何嘗不知曉，可是自己的孫女兒要嫁人，這心情總是十分奇怪，想到皇上對楚攸的刁難，季老夫人甚至覺得，她有些明白皇上為何如此了。

話已至此，卻是沒有繼續下去的必要。

老夫人看嬌嬌有些消瘦的臉蛋，叮囑。「妳也是，別讓自己太累，凶手是要找，可是也不能不顧自己啊。」

嬌嬌笑咪咪地挽著老夫人的胳膊，將腦袋靠在她的肩膀上，撒嬌道：「還是祖母對我最好。」

老夫人被她逗笑，言道：「妳呀，就是個鬼靈精，最會哄人了。」

季致霖抿了一口茶，補充道：「可不是嗎？您看楚攸都被哄成什麼樣了，我昨天看見他在蠢笑，幾乎不敢相信那竟然會是楚攸。」

嬌嬌臉突然紅了，嘟囔。「二叔怎麼可以笑話人，再說了，楚攸本來就蠢，與我有什麼關係，如果不是皇爺爺賜婚，我才不要這個老男人呢！」

季老夫人和季致霖對視一眼，隨即都「呵呵」。

嬌嬌覺得，他們在嘲笑她有沒有！欺負人！

「你們到底是跟誰一夥的啊。」

季致霖笑容更大，皺眉，似乎有些勉強地道：「呃……貌似是妳吧？」

摔！說得這麼勉強。

「二叔太過分了。」

老夫人看嬌嬌的表情，被逗得更是開懷。

「看來嬌嬌改變了楚攸，楚攸也不見得沒有改變嬌嬌啊，往日裡哪見妳這麼有活力的樣子。」

嬌嬌囧……祖母也欺負人！

「說起來，妳調查得如何了？」老夫人想到這一層，問道。先前知道安親王是幕後黑手的可能性不大，老夫人真是十萬分地感激上蒼。如若真是那樣，他們季家可如何過得去。

嬌嬌不再開玩笑，反而是正色起來。「現在正在調查中，不過說誰怎麼樣也為時尚早，慢慢來吧。」

嬌嬌暫時不想說出有關他們對薛大儒的懷疑，雖然之前的時候她已提過此事，可是倒也沒有多言，沒有證據，一切都是枉然。

老夫人遲疑一下，問道：「他……還是主要的嫌疑人？」

嬌嬌點頭，這個他，不做他想，必然是薛大儒。

老夫人看一眼季致霖，嘆息一聲，季致霖沒有說話，垂首。

「對了祖母，薛先生是和你們一起同一時期進京的嗎？」嬌嬌問道。

老夫人搖頭。「那倒是沒有，他比我們早進京四年，當時薛大儒已經名揚天下，皇帝召他進京面聖。」

嬌嬌「哦」了一聲，不再言語。

季致霖打量嬌嬌，想從她的表情裡分辨出她的考量，卻不得要領，實在是忍不住，他終於開口問道：「妳是如何想這件事的？」

嬌嬌彎了彎嘴角。「我沒有什麼想法，如今一切都要看證據，先前不是已經說了嗎，最後我一定會用證據說話的。其實現在的當務之急，是要找一個人。」

「什麼人？」

「可以被皇后信任的人，可以被她委以重任的人。」

提到皇后，季家母子是幫不上什麼忙的。

一時間，屋內沈寂下來。

「啟稟老夫人，楚大人差人來請嘉祥公主過去。」陳嬤嬤的聲音傳來。

季致霖失笑。「這是一個時辰不見就如隔三秋？」

嬌嬌瞪他。

「好了，老二，你也別取笑丫頭了，你年輕的時候，還不是一樣。好了，秀寧，快些過去吧，當心自己的身體。」

嬌嬌甜甜回道：「我知道了，祖母放心便是！」

第八十四章

嬌嬌在楚攸這裡看見花千影一點也不意外，她只是想跟那些一臉「他們有姦情」的傢伙說——我們真的不是你們想的那樣啊！我們真的只是在討論案子，真的真的！你看，還有外人在啊！

「屬下見過公主。」花千影行禮。

「有新線索了？」如若不然，花千影怎麼會來。

「是的，屬下查到了其中幾個殺手的身分。」

楚攸示意花千影繼續說下去。

「屬下派出去跟著薛大儒、崔振宇、許昌的人並沒有什麼結果，但是根據江城描述的特徵，屬下去青城山調查了一下，果然是大有收穫。我剛才先去見了江城，與他溝通了一下，現在有三個殺手的身分我是可以確定的，他們並沒有行走江湖，而是在學成之後離開了師門，消失得無影無蹤；一般這樣的人，大體都是走入了殺手這樣的行業，可是屬下調查過，他們也沒有加入殺手組織。在調查的過程中，屬下發現一件很有意思的事，原來，十五年前，薛大儒曾經到過青城山。」

嬌嬌與楚攸對視。

「其實當時很多人都不認識他，但是很恰巧，青城山有一位老者聽過薛大儒講學，他認得他，而且，青城山出來的三名殺手，其中一人受過薛大儒的恩惠。」

花千影調查得很細微，她一個女子能夠做到六扇門的總捕頭，靠的可不是臉，而是實實在在的能力。

「線索越來越多。」嬌嬌呢喃。

楚攸握住了她的手。「線索雖然多和雜，但是越多，我們越能拼湊出一條清晰的線，我們會找到所有的證據，更會找到幕後黑手。」

嬌嬌點頭。

三人正在敘話，就聽李蔚在門口低聲稟告。「啟稟公主，三皇子來了。」

嬌嬌疑惑，這個傢伙怎麼在這個時候到了？

「但願他是瞌睡來送枕頭的。」嬌嬌感慨。

「可能嗎？」楚攸冷笑。

「那又有什麼不可能的。」

「屬下六扇門總捕頭花千影見過三皇子。」

「快起來，傳說中的花總捕頭，原來是個美人啊。」不是說是個夜叉嗎？謠言害死人啊！

聽他這不靠譜的話，嬌嬌無語……

花千影倒是不卑不亢，不再多言，站在楚攸的身邊。

「怪不得大家都不說妳是美人，這也得看妳跟誰比啊，妳站在妳家尚書大人面前，可不就是黯淡無光了嗎？」三皇子總算了然。

我想弄死你！楚攸心想。

我想弄死你！花千影心想。

「三叔，您到底來幹麼？」嬌嬌連忙打圓場，別以為她沒看出來啊，楚攸和花千影的嘴角都在抽動啊，你看看，都攥起拳頭來了，雖然敢揍皇子的可能性不是很大，但是也不排除萬一。

三皇子聽嬌嬌提醒，總算是找回了自己的理智，他看一眼楚攸和花千影，見嬌嬌點頭，示意無所謂，三皇子開口道：「那我真說了喔。」

嬌嬌點頭。「說吧。」

三皇子沒有遲疑地便道：「我知道與麗嬪有一腿的人是誰了。」

「你知道了？」嬌嬌與楚攸皆是瞪大了眼睛。

三皇子點頭。「是八皇子。」

「不可能。」楚攸立時反駁。

三皇子攤手。「為什麼不可能？他就一定要什麼事都告訴你嗎？」

嬌嬌緩了下心神，十分地不解。「三皇叔怎麼知道的？」

「常在河邊走，哪有不濕鞋？他們以為自己萬無一失，可是終究不是沒人看見，我找到一個證人。」

「他看見了？」嬌嬌問道。

三皇子點頭。

「八皇子不可能是殺害麗嬪的人。」楚攸低語，表情難過。

三皇子忍不住翻了一個白眼。「你聽啥呢？我說了，我只是知道與麗嬪有一腿的人是誰，不是說，我知道了殺死麗嬪的人是誰，殺她的人，你們還要繼續調查。」

嬌嬌點頭表示自己明瞭。

「雖然看似是與麗嬪有染的人最有嫌疑，但是也不代表別人就沒有，也許，是八皇子做的這件事；也許，是有人知曉了八皇子與她的關係，做這件事構陷他；還有可能，是她的死與這些事本就沒有關係，是因為旁的事。」花千影總結。

「真聰明能幹。」三皇子崇拜地看著她。

花千影表情瞬間龜裂，她默默地別過了頭，不忍直視。

嬌嬌看楚攸，見他一言不發地坐在那裡，表情十分地難看，這下換她安撫他，握住楚攸的手，嬌嬌溫柔言道：「這事，也不是百分之百肯定，你且別太過憂心，我去見見八皇叔吧，問一下這件事的具體情況。」

「我去！」楚攸道。

呃？嬌嬌看他。「我去比較合適。」

楚攸站起了身，立時就要出門。

三皇子看楚攸的表情，譏笑道：「你撵兔子呢，急成這樣？」

楚攸這次沒有嬉皮笑臉，也沒有反駁，只是認真言道：「我要快點知道結果，確認了他的證詞，我才能放心，不然，寢食難安。」

言罷，出門，嬌嬌連忙跟上。

「我陪你過去，花總捕頭，妳幫我照顧下三皇叔。皇叔自便，我稍後便歸。」

這兩人一溜煙地離開，花千影看三皇子，不曉得該如何照顧，想了半晌，言道：「微臣護送三皇子回宮。」

三皇子看花千影消瘦的身形，一身男裝，英姿颯爽。

三皇子問道：「總捕頭在六扇門待了許多年了吧？」似乎很早就聽說有花千影這麼一個人了。

花千影點頭。「回三皇子，快十六年了。」

這廂府裡一片安寧，那廂，楚攸的臉卻已經黑成了鍋底。

嬌嬌坐在他的身邊，開導他。「你也別把事情想得太壞，等見了八皇叔再說吧。」

楚攸也不看嬌嬌，不過卻握著她的手。「薛青玉那樣的女人都下得了口，表哥瘋了不成。」

嬌嬌聽了這話，笑了一下，其實，她心裡才不是這麼想的呢，雖然她與八皇子不熟，但是可沒覺得他是個饑不擇食的，如今這般，總是覺得不那麼簡單，如若他與薛青玉有染，那麼，八皇子必然是有所圖謀的。

「瘋不瘋，你稍後就能見到人了啊。楚攸，你答應我，要冷靜，你與你表哥相依為命那麼多年，旁人不信他，你也該信他的。」

楚攸聽嬌嬌說出了這樣的話，詫異地看她，問道：「妳相信表哥？」

嬌嬌微笑。「他是你的表哥，可是也是我的八皇叔啊。楚攸，你不要將自己繃得這麼緊，很容易出事的。」

楚攸看嬌嬌一臉的關切，心裡頓時覺得暖洋洋的，將自己的頭靠在了嬌嬌的肩膀上，他半晌沒有說話，嬌嬌也沒有推開他。

不多時，馬車便來到八皇子府門口，門房見是季家的馬車，知曉必然是楚大人到了，進屋通傳，不過看轎簾掀起，大家還是略驚了一下。

嘉祥公主竟然也在，更加讓人覺得不可思議的是，嘉祥公主竟然還扶住了楚大人，而楚大人則是咳嗽個不停。

嬌嬌看楚攸裝模作樣的表現，心裡覺得好笑。

此時八皇子正在家中寫字，聽說楚尚書和嘉祥公主到，他十分驚訝。

楚攸來他這裡正常，可是……小公主怎麼也跟來了？

「嘉祥見過八皇叔。」嬌嬌雖然扶著楚攸，可是該有的禮還是非常妥帖的。

「你們倆快坐下，都這個樣子了，怎麼還隨意地出門，他日如若再有事，你便差人來找我便是，我親自登門。」八皇子十分不放心楚攸的樣子。

嬌嬌看他一臉關切不似作偽，甚至人也比往日有了一絲人氣。感慨，果然嫡親的表兄弟啊！

楚攸挑眉笑。「我沒事，如若我不這般地虛弱，怎麼和咱們的小公主同坐一輛馬車？再說了，如若我活蹦亂跳，大概明天就有人要上奏摺讓我搬出季家了。」

「你這樣有意思嗎？」八皇子瞪他。

楚攸認真點頭道：「還真有！」

難得的，八皇子和嬌嬌心有戚戚焉地白了他一眼。

「說吧，你這次來又是為了什麼？」八皇子問道，楚攸近來能不出門就不出門，既然過來了，必然是有很重要的事。

提到這個，楚攸的臉色並不大好，他看著八皇子，認真問道：「表哥，你與我說實話，你和麗嬪薛青玉，到底有沒有關係？」

聽他這麼問，八皇子站在那裡不動，靜靜地看著他。

「表哥！」

八皇子看著兩人的表情，楚攸十分地急切，而小公主則是面露微笑。

半晌，他回到自己的書桌前，寫了一個大大的「有」字。

「你們都知道了。」

很明顯，這是承認。

楚攸頹然地靠在椅背上，他就不明白，為什麼會這樣。

「薛青玉那種女人，表哥為什麼要這樣？那她的死呢？她的死與你有沒有關係？」楚攸追問。

八皇子抬頭，似笑非笑地看著楚攸，反問道：「那你覺得呢？你覺得，她的死與我有沒有關係？」

楚攸心裡焦躁，有幾分激動，他梗著脖子剛想開口，嬌嬌抓住了他的手，楚攸轉頭看嬌嬌，她甜甜一笑，楚攸愣住。

八皇子看著兩人這般，一直沒有動作，只是這麼看著。

半晌，楚攸再次看向了八皇子。「我自然是相信表哥的，可是你也知道，薛青玉死得不明不白，大家對她的死最大的懷疑便是那個奸夫所為，而現今有證據告訴我們，你是那個奸夫，你讓我怎麼能不著急。再說了，表哥，便是你不喜歡皇上，也不能隨便睡他小妾啊！如若這事讓皇上知道，你有沒有想過，會有什麼樣的下場？這世間，總是沒有不透風的牆的。」

八皇子看楚攸如此地焦急，再次笑了出來。「知道……知道便知道吧，那又如何呢？我做得好與不好，總歸是不會被他放在眼裡的，大不了，他可以像滅了我母妃一樣滅了我，有何難呢？」

「八皇叔何苦說這樣的氣話呢？我們大家最不希望的那個人便是您。我只想知道，八皇叔為何要這樣做。」嬌嬌嗓音軟軟的，很柔。

八皇子看著兩人仍舊握在一起的手，垂首。「她勾引我，而且無意中流露，她知道四皇子的一個大秘密，既然如此，我也是不吃白不吃。」

嬌嬌微笑地問：「那八皇叔知道這個大秘密究竟是什麼嗎？」

八皇子苦笑搖頭。「還不待我哄她說出這個大秘密，她已經死了，而且，我發誓，她的孩子和我沒有關係。」

嬌嬌聽了，擰眉，她仔細地看著八皇子，想從他的話中看出真假，可是卻不得而知。

而潛意識裡，她覺得，八皇子說的是真的，他所表現出來的可以相信，倒不是因為楚攸或者是因為他是她的皇叔，而是外在的一些旁觀證據，似乎是可以佐證這樣的話的。

薛青玉確實有一樣東西，雖然他們現在還沒有找出其中的秘密，但是嬌嬌覺得，是這個東西的可能性極大。而八皇子東西沒有到手，萬沒有殺人的必要。

而這個時候楚攸也在沈思，他與嬌嬌對視，從對方眼裡看出了相同的揣測。

如此一來，楚攸總算有幾分心安，他生怕自己的感情影響了他的判斷。

「表哥怎麼知道孩子和你沒有關係？」

八皇子微笑，看了眼嬌嬌。

嬌嬌立時把自己的耳朵捂上——好吧，你們說吧，少兒不宜嗎？

八皇子忍不住笑了出來，真是個可愛的小丫頭。

「男人不想讓女人懷孕，方法很多的，例如，最後關頭……」

見他們不再言語，嬌嬌歪頭問道：「那天晚上，八皇叔去過現場嗎？又或者，有人引您去現場，或者給您傳信嗎？」

八皇子搖頭。「沒有，正是因為沒有，所以我很好奇，也更加堅信，殺薛青玉，不是為了陷害我。」

嬌嬌手指輕輕點著桌面，琢磨著這事，八皇子看到她的小動作，不禁想到了皇上，也怪不得皇上喜歡她，連小動作都一樣啊！

嬌嬌想了半晌，突然笑了起來。「薛青玉與四皇子可沒有什麼關係，她又是如何知道四皇子的大秘密的？八皇叔相信她？」

「她能勾引我，也能勾引老四。我想，那日我們三個被皇上軟禁在宮裡，還真說不準什麼冤不冤枉，薛青玉這個女人，十分放蕩。」

嬌嬌「呵呵」冷笑兩聲，非常不以為意。您自己吃都吃了，好意思說這樣的話嗎？別人可以說，您說便有幾分虧心了吧！

縱使嬌嬌什麼也沒說，但是很明顯，這屋內的兩人竟然很神奇地感知到了她的內心話。

八皇子摸了摸鼻子，倒是不好再說什麼了，畢竟他還是人家長輩啊。

不過須臾的工夫，嬌嬌竟是笑了出來，而且，照楚攸來看，這笑容，很奇怪！

「可是妳想到了什麼？」楚攸問她。

嬌嬌將自己的手從楚攸的手中抽了出來，看一眼兩人，對手指。「說起來，皇爺爺和皇叔也算是連襟呢！」

楚攸和八皇子立時石化。

嬌嬌越想越覺得自己這話太大膽，有幾分不好意思，又捂住了臉。「請大家忽略我剛說的！」

半晌，楚攸伸出一根手指，哆哆嗦嗦地指著嬌嬌。「妳、妳、妳妳妳說什麼？」

嬌嬌看他這般模樣，立時覺得此人果真是沒有見過世面，雖然表面看起來淡定又裝啥，但是內裡還是有著十足的少男心。

八皇子無語了，心想這話如果傳出去……他們可真是離死不遠了吧？

嬌嬌調整自己的狀態，看兩人言道：「剛才是開玩笑的啦。」

他娘的，誰信！

不過這個時候，楚攸默默地收回了自己還在顫抖的手指，不再多言。

「說不定啊，四皇叔、五皇叔、八皇叔，沒有一個逃脫得了薛青玉的勾引呢！」嬌嬌聲音軟綿綿的，煞是好聽，但是她說出來的話卻每每讓大家心驚肉跳。

楚攸聽了這話，想了一下，恍然點頭，深覺如此，說道：「如果真是這樣，那麼當真是有趣了。」

「是啊，想她死的人，還真是太多了。」嬌嬌補充。

「咦，不對，便是薛青玉與四皇子有染，她身居深宮，如何有機會能夠知曉四皇子的秘密？偷情這種事，不都是速戰速決的嗎，她怎麼就會知道什麼？」楚攸不愧是刑部出身，想事情也快。

嬌嬌看他，又看八皇子，言道：「所以說，事情不見得如表面所看到的一般啊，對吧，八皇叔？」

八皇子看著嬌嬌，沒有接話，場面一時靜了下來。

許久，八皇子看著嬌嬌問道：「妳到底想暗示我什麼？」

「不是暗示，是明示。我相信，其中必然有貓膩，我也相信，您不會相信薛青玉有什麼四皇子的把柄，真正的原因是什麼？楚攸相信你的說辭，可是，這說不通，我是不相信的，八皇叔！」

八皇子就這麼看著嬌嬌，許久，收起了自己儒雅的表情，笑了起來，越笑越大聲。

他站了起來，來到窗邊。

「真是聰明，這下，妳更認為我是凶手了吧？」

嬌嬌搖頭，又想到他不可能看到，言道：「不管您信不信，其實，我懷疑的人，從來都不是您，即便，您真的是那個奸夫！」

八皇子詫異地回頭看嬌嬌，見楚攸面無表情地窩在椅子上，而嬌嬌則是認真地看著他。

「妳……不懷疑我？為什麼？」平心而論，如果事情走到今天這一步，他在她的位置上，也是要懷疑自己的，可是，她說不懷疑，她不懷疑，這很不合情理不是嗎？

「兩個原因，一則，我相信，殺薛青玉，不是因為什麼亂七八糟的男女關係，而是，她真的拿了別人的東西；二則，楚攸信您。」嬌嬌學著楚攸的動作也窩在了椅子上。

八皇子看他們兩人如出一轍的動作，有幾分愣怔。

「妳的第二條，是臨時補充上的吧？」八皇子譏諷。

嬌嬌沒有反駁，點頭。「是呢！如果不是他在這兒，我必然不會這麼說。」她是實話實說的好孩子。

「妳倒是直言。」楚攸冷哼。

「這是我的優良品格。」嬌嬌笑咪咪。

八皇子嘆息道：「那妳亂七八糟地繞了一圈，到底想說什麼？」他發現，對小公主，他真的沒有什麼耐心。

「我要知道當時的實情，而不是敷衍。」

八皇子再次嘆息，他發現，面對這位主兒，他嘆息的次數是越發地多了起來。

「她說，她在皇后的宮裡找到了一樣很有趣的東西，而我只是想得到而已，至於說老四與老五是不是真的與她有關，我不知道，孩子的事，我也沒有說謊。」

皇后的宮裡……找到了有趣的東西？

嬌嬌忽然就笑了起來，說道：「季致遠的書。」

「什麼？」八皇子看嬌嬌，不解，不過看她微妙的表情，豁然明白。

「妳是說，薛青玉偷偷收起來的東西，是季致遠的書？妳又是怎麼知——」

那本書，在她手裡。

嬌嬌看他。「書上找不到秘密。我想，大家之所以認為這本書有秘密，恰恰是因為，這本書被收得極為隱蔽吧？一本普通的書卻要藏得這麼隱秘，如果沒有問題，誰信呢？」

所有人都安靜了下來。

半晌，嬌嬌打起精神。「我總是會找到真相的，現在沒有找到，不見得以後找不到。」

「攜手！」楚攸微笑。

「嗯。」

看兩人這般，八皇子竟然覺得，自己有了幾分欣慰的感覺。

「哎！」嬌嬌出聲。

「什麼？」楚攸不解。

「梁親王不能有孩子，皇上把一個皇子過繼給了他，可是那個人為什麼就是九皇子呢？不是年紀更小的十皇子，不是沈默木訥無心皇位的七皇子，甚至……甚至不是您，八皇子，為什麼單單是九皇子？」嬌嬌問道。

呃？

一時間，楚攸和八皇子都呆住了，是啊，為什麼單單是九皇子？當時他們都沒有想那麼多，總歸不是自己就好，皇上如何選的，他們也不知曉；可是現在嘉祥在問，她問，為什麼那個人會是九皇子？

八皇子陷入了深思。

「楚攸，你說，如果是你，你會怎麼選擇？」

「我不會將自己的孩子過繼給別人。」楚攸正色道。

「我說假如。」嬌嬌翻白眼。

「沒有假如，我生平最期望的便是全家能幸福地生活在一起，沒有這種假如，我不會這麼做。」楚攸很是執拗。

嬌嬌本想吐槽幾句，可是看楚攸認真的樣子，她豁然明白了，對於其他人來說，可能會有這個假如，但是楚攸不可能有！

她復而看向了八皇子。

「八皇叔，您呢？如果是您，您會選哪個？皇上早不選，晚不選，為什麼會是那個時候呢？梁親王不能有孩子也不是一天半天了，早些時候，皇上可沒這麼提吧？」

八皇子回想幾年前的情形，並不覺得有什麼奇怪之處。「當時也沒有什麼特別奇怪的事發生，父親提出這件事的時候很突然，我們大家都沒有想到，然後老九就被過繼走了。」

「每一個人都會出事，抑或者，不是出事，只是，或多或少都失去了繼承的資格。」嬌嬌抬頭看八皇子。

「我父親憑空消失，三皇子傻了，九皇子被過繼，四公主失去了駙馬刺激到了她母妃，她的小弟連出生的機會都沒有；而您，八皇子，您的母妃被賜死，舅舅全家皆亡，您一輩子都有污點，而且，您沒有幫手。五皇子只長歲數不長腦子，七皇子不就是個木匠嗎？現在也不過只有四皇子和十皇子最合適了，如果我沒有猜錯，我們動作不快些的話，大體，十皇子也會經歷一些什麼。」不知怎麼的，嬌嬌突然就理清楚了一切。

而聽了她的這番話，楚攸眼色深了許多，只要是能讓四皇子不好，他就覺得什麼都好，而今，他的小未婚妻告訴他，這一切，都可能是那個人做的，他立時便被燃起了鬥志。

八皇子細細思量下來，竟是也驚出一身的冷汗。許多事，當局者迷，這麼被她一說，他們竟是覺得，事情大體就該是這樣。

這時，他是真的服了。

「如果這次我被誤導指出了安親王是凶手，那麼你們說，朝堂的格局是不是又會大變？」楚攸臉色變得更加難看。

「我真的很想知道，我們的皇后娘娘，她究竟是一個什麼樣的女人呢？」嬌嬌自言自語。

八皇子想到那個慣是端莊嫻淑，彷彿從來不會與他人爭執的溫柔女子，不禁打了一個寒顫。

韋貴妃的溫柔是歷經劫難的無所謂，而皇后娘娘，那是天生的一層外衣。

「有什麼我能做的？」八皇子認真道。

嬌嬌聽他語氣不同，有些奇怪地看他。

「我可以不當皇帝，四皇子，一定要死。」八皇子陰惻惻地言道。

嬌嬌看他，又想到裝瘋三十多年的三皇子，生活得一塌糊塗的四公主，還有……她早亡的父親，不禁在想，真的這麼重要嗎？為了一個皇位，這樣傷害所有的孩子，讓大家統統都生活在地獄裡，真的值得嗎？

嬌嬌言道：「我想，我們要更加齊心協力調查。我和楚攸調查遇刺的案子，這點是皇上欽定的，我們不能改，八皇叔您來調查四公主駙馬的死和林貴妃巫蠱案，至於九皇子為什麼會被過繼，這件事我來調查。你們看，如此可好？」

楚攸沈吟一下，點頭。「如此甚好，齊心協力調查，可以分工合作，而且還客觀，我相信，如此一來會事半功倍。」

八皇子想了下，點頭應道：「好。」

「那麼接下來，我應該再去一個地方了。」嬌嬌垂首。
「哪兒？」
「瑞親王府。」如果瑞親王妃，也就是楚攸的二姊真的是穿越的，那麼，她能夠得到的幫助更大。
「我陪妳。」楚攸言道。
嬌嬌微笑看他，緩緩答了一個好。
嬌嬌看八皇子，又看楚攸，言道：「我猜測，一切都是咱們皇后娘娘的計謀，可是那又怎麼樣呢？皇后娘娘已經死了，而她的兒子，不及她的十萬分之一，她選定的那個幫手雖然也是聰明，可是卻不是無懈可擊。俗話說，三個臭皮匠還頂一個諸葛亮呢，而我自認為，我們三個總是比臭皮匠還強許多。」
八皇子這時雖然還是微笑，但是卻又與之前見到的不同，彷彿是……活了過來的感覺。原本嬌嬌總是覺得他太裝，可是將一切說開，他彷彿真的不同了。
就如同之前的楚攸，每個人都是一樣，正是因為經歷了那些慘痛的往事，所以每一個人都不正常，而現在，找到了真正要走的路，他們似乎都真正的不同了起來。
——未完，待續，請見文創風230《風華世家》5完結篇

風華世家 4

國家圖書館出版品預行編目資料

風華世家 / 十月微微涼著. --
初版. -- 臺北市 : 狗屋, 2014.10
冊 ; 公分. --（文創風）
ISBN 978-986-328-363-8（第4冊 : 平裝）. --

857.7　　103018137

著作者　十月微微涼
編輯　王佳薇
校對　沈毓萍　馮佳美
發行所　狗屋出版社有限公司
地址　台北市104中山區龍江路71巷15號1樓
電話　02-2776-5889～0
發行字號　局版台業字845號
法律顧問　蕭雄淋律師
總經銷　知遠文化事業有限公司
電話　02-2664-8800
初版　103年10月
國際書碼　ISBN-13　978-986-328-363-8
原著書名　**《锦绣世家》**，由北京晉江原創網絡科技有限公司授權出版

定價250元
狗屋劃撥帳號：19001626
網址：love.doghouse.com.tw　E-mail：love@doghouse.com.tw